Zum Buch:

Oliver Bellingcourt wohnt schon länger in der Chestnut Road, auch wenn die anderen Hausbewohner das vermutlich kaum bemerkt haben. Denn er verbringt die meiste Zeit in seinem Apartment und vor dem Computer. Leider mit Blockade, weil ihm einfach nichts Überzeugendes für die Fortsetzung seines extrem erfolgreichen Spiels *Catmosphere* einfallen will. Da kommt ihm im Grunde gelegen, dass die neue Nachbarin aus den USA immer öfter seine Hilfe braucht. Wenn er in Lucys blaue Augen sieht, könnte er auch so leicht alles andere vergessen ... Sollte er aber auf keinen Fall, denn sie wartet schließlich auf ihren Verlobten!

Zur Autorin:

Anne Sanders arbeitete als Journalistin unter anderem für die Süddeutsche Zeitung, bevor sie sich 2014 voll und ganz für die Schriftstellerei entschied. Ihre Liebe zu den Britischen Inseln zieht sich durch so gut wie all ihre Romane – auch durch die Jugendbücher, die sie unter anderem Namen verfasst. Die Bestsellerautorin lebt mit Mann und Katzen im Großraum München.

Anne Sanders

An Liebe führt kein Weg vorbei

ROMAN

HarperCollins

1. Auflage 2025
Originalausgabe
© 2025 by HarperCollins in der
Verlagsgruppe HarperCollins Deutschland GmbH
Valentinskamp 24 · 20354 Hamburg
info@harpercollins.de
Umschlaggestaltung und Motiv von
Hauptmann & Kompanie Werbeagentur, Zürich
Gesetzt aus der Stempel Garamond
von GGP Media GmbH, Pößneck
Druck und Bindung von GGP Media GmbH, Pößneck
Printed in Germany
ISBN 978-3-365-01022-8
www.harpercollins.de

1

Lucy

Liebe Edna,

*lass uns bitte den Part überspringen, in dem du be-
hauptest, du hättest es mir gleich gesagt, in Ordnung?
Das ist nicht nett (war es die letzten 20 Jahre übrigens
auch nicht) und hat noch nie den kleinsten Millimeter
weitergeholfen. Wenn ich es recht bedenke, will ich mich
auf eine derartige Diskussion ohnehin nicht einlassen –
was geschehen ist, ist geschehen, nicht mehr rückgängig
zu machen, es gibt nichts zu bereuen. Hatte ich mir den
Umzug nach England ein kleines bisschen romantischer
vorgestellt? Schon möglich. Hätte ich vorher vielleicht
etwas weniger Bridgerton schauen sollen, dafür ein paar
mehr Folgen von dieser Serie … wie hieß sie noch? Über
diese sozial schwache Familie in Manchester, bei der alle
auf einmal zu Alkoholikern werden oder so ähnlich?
Gut, egal, lassen wir das. Sagen wir einfach: Ein bisschen
mehr Realismus würde manchmal ganz sicher nicht
schaden. Allerdings ist Manchester nicht Brighton, und
Brighton ist wirklich fabelhaft, Brighton ist …*

Ein dumpfes Rumpeln lässt mich zusammenzucken, und erschrocken blicke ich auf. Das kam aus dem Wohnzimmer. Glaube ich zumindest. Es ist meine erste Nacht hier, das Apartment ist neu und fremd und die Geräusche in diesem alten englischen Haus sind es ebenfalls. Ich lausche in die Stille.

Nichts.

Ich lege den Kopf schief.

Immer noch nichts.

Ich … sollte nachsehen, nehme ich mal an.

Also klappe ich das Tagebuch zu und lege es neben mich auf das Fensterbrett, auf dem ich gerade noch gesessen habe. Ein Halleluja für diese geräumige Küchenfensterbank, die mir wenigstens eine Sitzgelegenheit offeriert in diesen ansonsten gähnend leeren Räumen. Gerade wollte ich Edna davon erzählen, dass die Möbel nun leider doch nicht pünktlich angekommen sind, allerdings hatte ich vor, es ihr schonend beizubringen. Für ein Tagebuch kann Edna ziemlich rechthaberisch sein. Und nachdem sie mich von Anfang an vor diesem Umzug quer über den Globus gewarnt hat, sollte ich die schlechten Nachrichten besser häppchenweise präsentieren.

Auf Zehenspitzen schleiche ich vom Fenster in Richtung Küchentür, die weit offen steht. Ich mag geschlossene Türen nicht, denn sie vermitteln mir das Gefühl, nicht zu wissen, was dahinter passiert, und das beunruhigt mich. Dunkelheit übrigens auch, weshalb ich mehr als dankbar dafür bin, dass in diesem nicht-möblierten, bis auf eine abgenutzte Küchenzeile sehr leer geräumten Apartment immerhin zwei Glühbirnen den Ausräumwahn meiner Vormieter überlebt haben. Eine davon baumelt von der Küchendecke, die andere befindet sich im Gang. Dort lege ich den Schalter um und halte dann einige Sekunden inne.

Nach wie vor ist alles ruhig, dem Himmel sei Dank. Das Geräusch vorhin, es kam vermutlich von den alten Holzdielen, die ganz von allein knarzen und knirschen, weil Holz nun mal ganz von selbst knarzt und knirscht, richtig? Oder von den Rohren, die vor sich hin quietschen, wenn irgendwer irgendwo im Haus die Spülung betätigt? Wahrscheinlich kam es von draußen, denn die Kassettenfenster sind auch schon ziemlich in die Jahre gekommen, weshalb die Gespräche von den Restauranttischen unterm Schlafzimmerfenster künftig vermutlich als Gutenachtgeschichten durchgehen werden.

Ich atme einmal tief durch. Dann gehe ich den Gang hinunter ins Wohnzimmer, das leer ist, zurück ins Schlafzimmer, das ebenfalls leer ist, bevor ich die Tür zum dritten Raum öffne, den Dan als Arbeitszimmer nutzen wird. Die Wohnung ist groß. Und sie ist *very british*, mit ihren warmen Holzdielen, den schnörkeligen Erkern und hohen Fenstern, die man nach oben schieben muss, um sie zu öffnen. Ich mag diese Räume. Und erst mal eingerichtet, werden wir uns hier unglaublich wohlfühlen, davon bin ich überzeugt. Doch im Augenblick … Ich seufze. Ursprünglich war nicht geplant, dass ich die ersten Wochen in diesem neuen Leben allein verbringen würde, allerdings kann ich mich nicht beschweren, schließlich bin ich selbst schuld daran.

Ein letztes Mal öffne ich die Tür zum Schlafzimmer, greife mir die Luftmatratze, die ich dort an die Wand gelehnt hatte, und trage sie in die Küche. Diese erste Nacht werde ich hier schlafen, beschließe ich, bevor ich mein improvisiertes Lager unter dem Fenstersims aufschlage, Edna auf dem Schoß, Stift in der Hand.

Brighton ist genauso, wie ich es mir vorgestellt habe – nur ein kleines bisschen kälter vielleicht. Ja, ich weiß, ich weiß, auch das hätte ich mir denken können. England ist nicht Texas, und dieser Temperaturunterschied von sage und schreibe achtzehn Grad ... hoffen wir einfach, ich werde diesen Sommer nicht erfrieren. Haha. Falls ich es doch tue, habe ich zumindest jeden Tag das Meer gesehen, denn oh, mein Gott, an der Küste zu wohnen ist grandios, nahezu himmlisch! Die Stadt schmiegt sich an den Strand wie zwei Tangotänzer aneinander, und das auf einer Länge, die schier unbegreiflich ist. Ich werde nichts anderes tun, als die Promenade auf- und abzumarschieren, und das in jeder freien Minute. Von denen ich allerdings nicht allzu viele haben werde, denn auch wenn bislang kaum etwas glattgegangen ist bei diesem Umzug, so habe ich immerhin meinen Job! Ha!

Ich blicke auf die Zeilen vor mir und muss unwillkürlich grinsen. Dass es mir tatsächlich gelungen ist, eine Festanstellung zu ergattern, noch bevor ich überhaupt einen Fuß auf diese Insel gesetzt habe, ist unglaublich und fantastisch zugleich. Wer hätte gedacht, dass es in England einen Bedarf an Tanzlehrerinnen gibt, die so etwas Profanes wie Linedance unterrichten?

Ich muss aufhören, es ist schon spät, schreibe ich, bevor ich Edna eine gute Nacht wünsche und das Tagebuch zuklappe. Meine Armbanduhr zeigt 17:10 Uhr an, und mein Lächeln vertieft sich. Dan hat mir die Uhr geschenkt, lange bevor wir beschlossen haben, gemeinsam von den USA nach England zu ziehen. Als hätte er damals schon geahnt, dass es einmal wichtig für mich sein würde, die Zeit im Blick zu behalten, die wir voneinander getrennt sind. Sechs Stunden im Augenblick – er nachmittags in Texas, ich kurz nach elf Uhr nachts in Brighton. Während ich nach dem Handy greife und seinen Kontakt aufrufe, rapple ich mich von meinem Luftmatratzenlager auf und laufe ans andere Ende der Küche, wo mein Koffer aufgeklappt auf dem Boden liegt. Er ist das Einzige, was ich aus Tomball mitgenommen habe, und – nachdem der Container mit unseren Möbeln und Kisten sich verspätet – das Einzige, was ich derzeit besitze.

Ich krame zwischen meinen Kleidern nach einem Pyjama, den ich glücklicherweise eingepackt habe, obwohl es zu Hause gerade viel zu heiß ist, um an Flanell auch nur zu denken. Was fehlt, ist eine Decke, doch für eine Nacht muss es wohl ohne gehen. Ich bin dabei, meinen Kulturbeutel aus einem der Seitenfächer zu ziehen, als Dans Stimme erklingt.

»Lucy? Hi. Ich hab nicht viel Zeit, es ist ein Meeting angesetzt. Was gibt es denn?«

Was gibt es denn? Für einige Sekunden halte ich inne, Waschbeutel in der Hand. »Na ja, fangen wir doch mal damit an, dass ich gut angekommen bin, und dass …«

»… der Transporter mit den Möbeln nicht da ist. Ja, das hattest du geschrieben.« Es entsteht eine Pause, in der ich Dan halblaut mit jemandem sprechen höre.

Ich warte. Ich kann nicht verstehen, was gesagt wird, doch Dan klingt gereizt. Er klingt schon seit Wochen gereizt, um ehrlich zu sein, ganz egal, ob er im Büro eine Unterhaltung führt oder mit mir. Die Vorbereitungen für den Umzug nach England, die aufwändige Organisation, die die Eröffnung der Außenstelle hier mit sich bringt – seit Monaten arbeitet Dan unter Hochdruck, und das scheint schlimmer zu werden, je näher der Tag seines Abflugs rückt. Der in etwa zwei Wochen geplant ist, so alles glattgeht. Während mein Job in der Tanzschule in zwei Tagen beginnt, startet Dan offiziell erst einige Wochen später, ergo meine frühere Ankunft. Allein.

Es raschelt in der Leitung, dann ist Dan wieder da. »Hör mal, es ist gerade ziemlich stressig hier. Kann ich dich später anrufen? In ein, zwei Stunden?«

»Dann ist es hier ein Uhr nachts, und …«

»Dann morgen, okay? Ich muss jetzt wirklich los. Ich freu mich, dass du gut angekommen bist. Ist es schön in der Wohnung? Gefällt sie dir?«

»Ja, sie ist …«

»Ja. Ja, ich komm ja schon! Alles klar. Liebling? Ich muss Schluss machen. Schlaf gut, okay? Wir hören uns morgen.«

»Ist gut. Ich hoffe, es geht nicht mehr allzu lange bei dir. Du fehlst mir. Ich … Dan? Dan?«

Die Verbindung ist längst getrennt. Und der Stich, den ich verspüre, kurz und schnell beiseitegeschoben.

Es stimmt, die vergangenen Wochen und Monate vor unserem Umzug haben sich angespannter angefühlt als die zwei Jahre davor. Aber: Ich hatte beschlossen, nicht länger darüber nachzugrübeln. Dan hat es gerade wahrlich nicht leicht. Seit der Beförderung steht er unter immensem Druck, und der Wechsel nach England, wo eine Riesenaufgabe auf ihn wartet, unter den wachsamen Augen aller – sagen wir einfach, es ist kein Wunder, dass er gestresst ist. Nicht mehr ganz so liebevoll. Öfter mal schlecht gelaunt. Kurz angebunden.

Ich seufze. Lege den Kulturbeutel zurück und ziehe stattdessen eine Handvoll Pullover aus dem Koffer, bevor ich mich hinlege, einen Knäul Sweater im Arm. An irgendetwas muss man sich schließlich festhalten können.

Alles wird gut, Lucy! Mein neues Mantra. Und ich glaube fest daran. Wenn wir erst mal beide hier sind, inklusive unserer Möbel, wenn wir die Wohnung zu unserem Zuhause gemacht haben und uns darüber freuen können, so etwas

Aufregendes zu erleben wie einen Neustart in einem völlig fremden Land, in dieser kleinen, schnuckeligen Stadt, am *Meer*, dann wird tatsächlich alles, alles gut sein. Ganz sicher.

Über diesen Gedanken döse ich ein. Die Luftmatratze ist nur halb so unbequem wie gedacht. Und unter der hübschen Ansammlung Pullover, mit der ich mich zudecke, höre ich sogar auf, vor Kälte zu zittern.

Alles wird gut, Lucy! Der Gedanke flirrt durch meinen Traum, bis mich das Läuten meines Handys daraus aufschrecken lässt.

Es ist Morgen, und es ist nicht Dan, sondern die Umzugsfirma, und – formulieren wir es mal so: *Heute* wird noch nicht alles gut werden, so viel steht fest.

2

Oliver

»Also, Oliver, womit kannst du mich an diesem sonnigen Montagmorgen erfreuen? So, wie du aussiehst, müsstest du das Ding längst fertig haben, liege ich richtig?«

»Was meinst du damit, *so, wie ich aussehe*?«, frage ich, hauptsächlich, um von der eigentlichen Thematik abzulenken. Dass ich nichts für Yunai habe. Dass *das Ding* weit davon entfernt ist, fertig zu sein. Dass es absolut nichts nützt, sich jeden Montag zu einem Online-Meeting zu verabreden, weil es die Entwicklung auch nicht schneller voranbringt.

Yunai seufzt. Dann greift sie nach ihrer Zigarettenschachtel, zündet sich eine an und bläst den Rauch ungeduldig in Richtung Computercam.

»Du siehst aus, als hättest du die Sonne länger nicht zu Gesicht bekommen«, erklärt sie schließlich, »was allerdings nichts Neues ist und absolut nicht mein Problem. Der Umstand, dass du dich seit Wochen in diesem düsteren Kabuff einsperrst und *dennoch* nichts für mich hast, *das* ist mein Problem. Die Zeit wird allmählich knapp, Ollie. Und falls ich dich daran erinnern darf: Es sind nicht mehr nur wir beide hier. *Ich* bin nicht die Einzige, die ungeduldig darauf wartet, dass du verdammt noch mal deinen Kreativmotor zum Schnurren bringst und endlich fertig wirst mit diesem Baby.«

Ich widerstehe dem Drang, nach vorne zu greifen und den Bildschirm mit einem kurzen Klicken schwarz zu färben. Es ist nicht Yunais Schuld, dass wir seit Wochen, eigentlich Monaten, dieselbe Unterhaltung führen. Oder dass sie wirklich schlecht darin ist, passende Metaphern zu finden. Dieses Computerspiel ist schon lange nicht mehr mein Baby – ungefähr seit der Zeit nicht mehr, als wir Leute ins Boot geholt haben, um noch ein bisschen größer zu werden, es noch ein bisschen weiter zu schaffen. Ich frage mich, ob es Tage gibt, an denen sie unsere Entscheidung bereut. Ich weiß, dass ich es tue, öfter als mir lieb ist, bevor mich genauso vehement das schlechte Gewissen überrollt. Gerade ich sollte dankbar dafür sein, was wir erreicht haben. Gerade ich. Weil es mir die Möglichkeit gibt, Menschen, die mir nahestehen, unter die Arme zu greifen, falls es notwendig werden sollte.

»Es tut mir leid«, sage ich also und höre selbst, wie müde das klingt. Ich bin müde. So müde, ich kann kaum mehr geradeaus sehen. »Ich weiß, dass du den Druck mehr spürst als ich, weil sie dir im Nacken sitzen.«

»Und *ich* sitze *dir* im Nacken«, grollt sie, aber es klingt nur halb so bedrohlich, wie Yunai es sich erhofft.

»Mit dir werde ich fertig.«

»Werd fertig mit dem Spiel, Ollie. Okay?«

Über unsere Bildschirme starren wir einander an, und ich stelle fest, ich bin nicht die einzige ausgelaugte Nachtgestalt mit Augenringen hier. Yunai sieht fertig aus, daran können weder ihr bunter Strickpullover noch die farbigen Bänder, die sie sich in ihren rabenschwarzen Bob gewebt hat, etwas ändern.

»Wie geht es deinem Bruder?«, frage ich, und augenblicklich wird ihr Gesichtsausdruck weich.

»Es geht ihm gut. Danke, dass du fragst. Wie geht es deinem Vater?«

»Den Umständen entsprechend. Danke.«

Sie lächelt, und ich lächle ebenfalls. Zwei alte Freunde aus Kindertagen, die gemeinsam so viel erreicht haben, lächeln sich an, weil ihnen mit einem Mal bewusst wird, weshalb sie getan haben, was sie taten. Und warum all das die Mühe wert ist.

Als wir *Catmosphere* das erste Mal hochluden, zu Testzwecken und für eine winzige Community, von der wir uns Spielberichte und Feedback erhofften, waren wir zwei nerdige Teenager, die sich mit Programmieren und dem Zeichnen von Schnapsideen die Zeit vertrieben. Bis zu dem Tag, an dem wir uns Cat und ihrer Welt erneut widmeten, hatten wir beide ein abgeschlossenes Studium in der Tasche und so viel Büroerfahrung, dass uns die launigen Ideen von damals wie eine Art Regenbogen am Horizont der realen Tristesse erschienen. Yunai, weil die 14-Stunden-Tage sie in der Grafikagentur an die Grenzen ihrer Kräfte brachten.

Mir, weil ich in der IT-Abteilung der Computerfirma, für die ich damals arbeitete, einen qualvollen Tod der Langeweile zu sterben begann. Für uns beide schien die Flucht in die Fantasie die einzig praktikable Lösung, also kehrten wir in Cats Welt zurück, nichts ahnend, was wir da eigentlich entwickelten. Ein Spiel, das durch seinen weltweiten Erfolg unser beider Leben um 180 Grad drehen würde, und zwar in einem galaktischen Tempo.

»Ich werde versuchen, noch mal einen Aufschub zu erwirken, aber Ollie? Ich weiß nicht, wie lange ich dir noch dabei zusehen kann, wie du … ich weiß nicht. Dich selbst eingräbst. Du musst raus aus diesem Loch, in das du dich da eingebuddelt hast. Es gibt keinen Grund, daran zu zweifeln, dass die Fortsetzung von *Catmosphere* genauso brillant sein wird wie ihr Vorläufer. Du musst es nur zulassen.«

Der Vorläufer, denke ich trocken, *den wir gut gelaunt und ohne Druck in der Garage meiner Eltern entwickelt haben, bevor das ganze Ding durchstartete wie eine Rakete und wir durch den Schubstrahl aus der Bahn katapultiert wurden.*

»Du klingst wie eine von ComGAs Marketing-Leuten«, sage ich schließlich, was Yunai geflissentlich ignoriert. Stattdessen durchbohrt sie mich mit diesem Blick, der Eisberge zum Schmelzen bringen kann. So lange, bis ich seufzend einknicke.

»Ich setze mich wieder dran«, sage ich ihr, weil es mehr wirklich nicht zu sagen gibt.

»Geh zwischendrin mal an die Luft.«

»Ja, Mum.«

»Oder zieh zumindest die Vorhänge auf.«

Ich verdrehe die Augen.

Und dann klingt Yunai mit einem Mal wieder absolut ernst, weich und wie die Freundin, die sie mir schon immer gewesen ist.

»Kann ich irgendetwas für dich tun?«, fragt sie. »Dann sag es mir bitte, und ich überschlage mich, um dich zu unterstützen, das weißt du. Ein Brainstorming? Wo genau steckst du fest? Wo *genau* liegt das Problem, um die Handlung voranzutreiben? Oder …« Sie überlegt einige Sekunden lang, und ich bin mir ziemlich sicher, ich weiß, was jetzt kommt. »Oder sollen wir mal gemeinsam zu deinen Eltern fahren? Ich habe sie ewig nicht gesehen. Sie würden sich sicherlich freuen. Vielleicht würde die Situation dadurch etwas leichter?«

Ich starre Yunai an, die Antwort steht mir ziemlich sicher ins Gesicht geschrieben. Nein, was meine Eltern betrifft. Und keine Ahnung, wo es hakt. Wenn ich das wüsste, wäre ich der Erste, der sich mit der Problemlösung beschäftigt, und sie die Erste, die davon erfährt.

Seufzend greift Yunai nach ihrer Zigarettenschachtel. Ich hoffe wirklich, dass ich nicht auch noch dafür verantwortlich sein werde, dass sie sich zur Kettenraucherin entwickelt. Wenn ich schon alles andere verbocke.

»Rauch nicht so viel«, sage ich, bevor ich mich vorbeuge, um unsere Verbindung zu trennen.

»Geh raus«, erwidert sie, bevor sie mir eine Kusshand zuwirft. Dann ist sie weg.

Ich lasse mich in meinen Stuhl zurückfallen, als hätte ich gerade einen Marathon absolviert und nicht nur ein Zoom-Meeting mit meiner Geschäftspartnerin. Mein Blick fällt auf das Plakat hinter meinem Rechner – *Catmosphere* in DIN-A1, das in einem altertümlichen Goldrahmen steckt. Ein Geschenk der Gesellschafter von ComGA, nachdem wir den Kooperationsvertrag unterschrieben hatten.

Es gab eine Zeit, da bestanden meine Tage aus nichts anderem als der kribbelnden Freude, mit meinem Computer Welten zu erschaffen, fantastisch, abenteuerlich, groß. Es gab eine Zeit, da hat mir das, was ich tue, unendlich viel Spaß bereitet. Ich bin nicht sicher, wann genau sich das Gefühl in Luft aufgelöst hat, aber ich habe so einen Verdacht.

Der Bildschirm wird schwarz, und ich sitze im Dunkeln. Yunai hat recht – ich habe mich in eine Höhle eingegraben, und je tiefer ich mich hineinfallen lasse, desto schwerer fällt es mir, das Licht am Ende des Tunnels zu sehen. Um bei den schlechten Metaphern zu bleiben. Also hieve ich mich seufzend aus dem Stuhl, gehe zum Fenster und ziehe die schweren Vorhänge auf. Für eine Sekunde bin ich geblendet, so hell ist es draußen. Tatsächlich scheint die Sonne, Yunai hatte recht.

Ich schiebe das Fenster hoch und lasse kühle, salzige Sommerluft ins Zimmer. Unten, auf den Stufen zu unserer Eingangstür, sitzt eine Frau und tippt wie wild auf ihrem

Handy herum. Vielleicht hat sie das Ruckeln des Rahmens gehört oder sie spürt meinen Blick, jedenfalls sieht sie nach oben, und dann lächelt sie mich an.

Und weil ich zu perplex bin und nun noch ein bisschen mehr geblendet, lächle ich zurück, auch wenn es sich eher wie eine Grimasse anfühlt.

3

Lucy

»Entschuldige, kann ich dir irgendwie helfen?«

»Wie bitte?« Ich wende den Blick ab von dem Fenster im zweiten Stock und dem jungen Mann dahinter. Er sah ein kleines bisschen blass aus, und sofort muss ich wieder an das Knarzen und Poltern gestern Abend in meiner Wohnung denken. Ein Schauer rieselt durch meinen Körper. Ich bin nicht sicher, ob der Gedanke an etwaige Gespenster, das Telefonat heute Morgen oder die britische Sonne ihn verursacht hat. Ich meine, kann es kälter sein an einem so strahlenden Tag wie heute? Ich denke nicht.

»Suchst du jemanden? Vielleicht kann ich helfen, ich wohne hier.«

»Oh. Nein. Nein, danke.« Mit der Hand schütze ich meine Augen gegen das grelle Licht und erwidere das offene Lächeln der Fremden, die vor mir steht. Sie ist etwa in meinem Alter, schätze ich, blond und sehr hübsch, und sie trägt ein geblümtes Sommerkleid mit Spaghettiträgern, bei dessen Anblick allein ich zu frieren beginne. »Ich wohne auch hier«, fahre ich fort. »Seit gestern, um genau zu sein.«

»Oh! Wow! Okay!« Und nun hebt sie erstaunt die Brauen. »Apartment 3B?«

»Stimmt! Woher … Ah, es ist vermutlich das einzig freie Apartment hier, richtig?«

»Richtig. Und es ist …« Abrupt hält sie inne, bevor sie den Mund zuklappt, dann wieder öffnet. »Ich bin Hannah«, sagt sie und streckt mir die Hand entgegen. »Hannah Lewis. Ich wohne unter dir.«

»Lucy Dixon.« Ich stehe auf, um Hannahs Hand zu schütteln. »So schön, dich kennenzulernen. Ich bin gestern erst abends angekommen und habe noch niemanden aus dem Haus getroffen.« Das Gesicht hinter dem Fenster fällt mir ein. Es zählt nicht, nehme ich an.

»Und ich habe gar nicht mitbekommen, dass jemand eingezogen ist. Vermutlich war ich gerade in der Redaktion, als der Möbelwagen hier war.«

»Nun ja.« Ich verziehe das Gesicht. »Die Möbel hätten eigentlich schon vor einigen Tagen ankommen sollen, die Hausverwaltung wollte sich netterweise darum kümmern. Aber wie sich nun herausstellt, ist der Transporter noch gar nicht hier gewesen. Erst dachte ich, das ist sicher nur eine kleine Verzögerung – doch so wie es aussieht, ist der Container mit unseren Sachen irgendwo auf dem Weg über den Atlantik verschollen.«

»Wie bitte?« Hannah gibt ein ungläubiges Lachen von sich. »Das gibt es doch nicht! So etwas passiert wirklich?«

»Sieht ganz danach aus.« Ich seufze. »Die Umzugsfirma hat mich heute mit dieser Hiobsbotschaft aus dem Schlaf gerissen. Ich muss mich erst mal sortieren, um zu überlegen, was als Nächstes zu tun ist.«

Hannah schüttelt den Kopf.

Und dann sprechen wir beide gleichzeitig.

»Woher kommst du genau?« »Du arbeitest bei einer Zeitung?« »Texas!« Und dann müssen wir beide lachen, und mit einem Mal fühle ich mich um so vieles besser als noch fünf Minuten zuvor.

»Du kommst aus Texas?«, fragt Hannah, während sie sich auf die Stufen vor unserem Haus niederlässt und mir bedeutet, mich ebenfalls wieder zu setzen. »Wie aufregend! Wie ist es dort? Gott, was für eine Frage! Als könnte man das in ein paar Sätzen beantworten. Was hat dich hierher verschlagen? Und wie lange bleibst du?«

Ich muss lachen. »Es ist vor allem heiß«, erwidere ich, »fast zwanzig Grad wärmer als hier. Wenn ich dich nur ansehe, fange ich an, vor Kälte zu zittern.« Wie zum Beweis ziehe ich die dicke Strickjacke enger um meine Schultern. Es ist mir ein echtes Rätsel, warum Hannah in diesem dünnen Sommerkleid nicht blau anläuft.

»Ich weiß gar nicht, was du willst«, erwidert sie grinsend. »Es sind über zwanzig Grad. Ein herrlich sommerlicher Tag. Wenn ich heute kein Kleid trage, wann dann?«

Ich schüttle mich.

Hannah grinst. »Bestimmt gewöhnst du dich dran.«

»Das hoffe ich. Und ich bete, dass mein restliches Gepäck bald auftaucht. Auf Wintersachen war ich nämlich nicht unbedingt eingestellt.« Ich werfe einen Blick auf mein Smartphone, das ich nach wie vor in der Hand halte. Immer noch keine Nachricht von Dan. Bis Hannah mich ansprach, hatte ich einen halben Roman in unseren Chat getippt, um ihm von dem Anruf der Transportfirma zu erzählen. Und ja, ich weiß, es ist noch sehr früh in Austin, noch nicht einmal fünf, aber Dan ist eben auch Dan und normalerweise schon auf dem Weg ins Fitnessstudio. Und davor ... *davor* hätte er ruhig mal einen Blick auf sein Telefon werfen können, etwa nicht? Um nach seiner Verlobten zu sehen, die beinah 8000 Kilometer entfernt gar nicht mal so kleine Startschwierigkeiten hat, und für die er sich nicht zum ersten Mal weniger Zeit nimmt als für seine Beinpresse.

All das ärgert mich mehr, als ich zugeben möchte, selbst wenn ich ehrlich bemüht bin, diese negativen Gefühle von mir wegzuschieben. Auch Dan befindet sich gerade in einer Ausnahmesituation. Es ist nicht fair von mir, ihn zusätzlich unter Druck zu setzen. Ich trage viel weniger Verantwortung als er.

»Lucy?«

»Oh, sorry.« Ich hebe den Blick und sehe in Hannahs fragendes Gesicht. »Ich bin kurz abgedriftet, tut mir leid. Es ist nur ...« Ich klappe den Mund zu. Schlucke den Satz, den ich eigentlich sagen wollte, hinunter, denn etwas Negatives soll nicht das Erste sein, was Hannah über Dan hört. »Ich habe meinen Verlobten noch nicht erreichen können«, sage ich also, und dann lache ich, obwohl mir nicht zum Lachen ist, bei dem Versuch, die Situation herunterzuspielen. »Er hat noch keine Ahnung von dem Chaos hier, aber zu Hause ist es noch sehr früh, also …« Ich zucke die Schultern. Hannah sieht mich an, als hätte sie meine Verharmlosung mehr als durchschaut, doch sie kommentiert sie nicht.

»Dann bist du schon mal vorgeflogen, sozusagen?«, fragt sie stattdessen. »Und dein Verlobter kommt nach?«

Ich nicke. »So der Plan. Dan soll die Leitung der britischen Dependance seiner Firma übernehmen, und, ja … das hat den Umzug nach England notwendig gemacht. Und eigentlich«, fahre ich fort, »wollten wir zusammen herkommen, aber dann habe ich glücklicherweise auch gleich einen Job gefunden, und der geht schon morgen los. Außerdem sollte irgendjemand hier sein, wenn unsere Sachen angeliefert werden, und nun bin ich also in Brighton, im Gegensatz zu unserem Hausrat.« Ich lächle. Es fühlt sich angestrengt an.

»Das ist Mist«, sagt Hannah. »Du Arme. Kann ich irgendetwas für dich tun?«

»Wenn du nicht zufällig gerade einen verloren gegangenen Container aus der Tiefsee gefischt hast? Dann nein, ich fürchte nicht.«

»Eine Sache vielleicht.« Sie steht auf und steigt über den niedrigen schmiedeeisernen Zaun, der unsere Treppe von dem Außenbereich des Restaurants trennt, das im Erdgeschoss dieses Mietshauses untergebracht ist. Ein Italiener, denke ich. Die rot-weißen Fensterläden und die gleichfarbige Markise mit dem *Little-Italy*-Schriftzug lassen wenig Zweifel aufkommen.

Hannah schlängelt sich zwischen schmiedeeisernen Tischen und Stühlen hindurch zu einer Glastür, klopft an die Scheibe, und es dauert keine fünf Sekunden, bis die Tür geöffnet wird und ein kleiner, gemütlich wirkender älterer Mann heraustritt. Er breitet die Arme aus, als wollte er Hannah hineinziehen, und ruft: »Hannah! Was für eine schöne Überraschung an diesem herrlichen Morgen!«

Um ganz ehrlich zu sein – das klang ein kleines bisschen theatralisch.

Hannah scheint das genauso zu sehen. »Du hast gelauscht, oder? Gib es zu, Orlando, ich sehe es dir an der Nasenspitze an!«

»Was stimmt mit meiner Nasenspitze nicht?«, sagt der Mann, der offenbar Orlando heißt, bevor er sich an Hannah vorbeischiebt und in meine Richtung kommt. Ich stehe auf, um ihn zu begrüßen, schon hat er über den Zaun hinweg nach meinen Händen gegriffen.

»Aaaah, *ciao bella*! Was für ein herrlicher Anblick an diesem fantastischen Morgen! Du musst Lucy sein.«

»Ja, ich … das bin ich tatsächlich!« Ich werfe Hannah einen überraschten Blick zu, und die rollt mit den Augen.

»Lucy, das ist Orlando«, beginnt sie, als sie sich zu uns stellt. »Wirt des fantastischen *Little Italy*, in dem du unbedingt essen solltest, solange deine Kochutensilien noch auf hoher See schwimmen.«

»Mindestens«, wirft Orlando ein.

»Mindestens. Orlando, das ist Lucy. Sie ist aus Texas und mit ihrem Verlobten hergezogen, der allerdings noch im

Land der tausend Möglichkeiten weilt. Die beiden wohnen künftig in 3B.«

»In 3B? Hm-hm.« Ein letztes Mal drückt Orlando meine Hände, dann lässt er sie los. »Und der Container mit deinen Sachen ist verloren gegangen? *Mio dio*, so ein Unglück. Darf ich euch beide dafür auf einen Cappuccino einladen? Das schreit ja geradezu nach einem tröstenden Stück Gebäck dazu.«

»Du *hast* gelauscht, das war so klar!«, ruft Hannah hinter Orlando her, der sich fröhlich auf den Weg ins Innere seines Lokals gemacht hat.

»Dante«, hören wir ihn rufen. »*Due cappuccini* und ein bisschen *dolce*, und zwar *rapido*!«

»Komm, wir setzen uns in die Sonne«, sagt Hannah, und genauso machen wir es. Und mit einem Mal ist dieser erste Montagmorgen in diesem fremden Land um so vieles heimeliger geworden, als ich mir das vor einer Stunde noch hätte vorstellen können.

Wir sitzen auf der kuschligen kleinen Terrasse, trinken exquisiten Kaffee und essen noch bessere Cantuccini, während Hannah mir davon berichtet, dass sie für eine Lokalzeitung namens *Argus* arbeitet und mit einem Schauspieler liiert ist.

»Ein Schauspieler?«, frage ich aufgeregt. »Kenne ich ihn?«

»Vielleicht?« Hannah grinst. »Er ist vorwiegend in England bekannt, aber demnächst womöglich auch in Texas.«

Sie sieht über allen Maßen stolz aus und so verliebt, dass ich lachen muss.

»Wirklich? Was ist seine nächste Rolle? Spielt er einen Ölbaron?«

»Fast.« Hannah nippt an ihrem Cappuccino, bevor sie ihr Handy hervorzieht. »Er spielt John Keats. Hier, es gibt einen ersten Teaser, willst du ihn sehen?«

Sie zeigt ihn mir. Der Filmteaser dauert in etwa zwanzig Sekunden und dreht sich um einen jungen Mann mit braunen Locken und warmen Augen, der offenbar ein berühmter britischer Dichter war. »Und dein Freund heißt Viktor de Ruiter?«, frage ich überflüssigerweise, weil ich das gerade in dem kurzen Abspann lesen konnte.

Hannah nickt.

»Den Namen werde ich mir merken«, sage ich, und Hannah grinst mich an, wohl wissend, dass ich damit nur überspielen wollte, bisher nie von ihm gehört zu haben.

»Dante«, erklärt plötzlich eine tiefe Stimme neben mir. Ich blicke auf und sehe einem noch jüngeren Mann ins Gesicht, mit noch dunkleren Augen und pechschwarzem Haar – er sieht aus wie aus einem Katalog über römische Gottheiten, und er scheint sich darüber sehr wohl im Klaren zu sein. »Meinen Namen solltest du dir unbedingt auch merken«, gurrt er, bevor er mir zublinzelt und sich dann an Hannah wendet: »Du kannst nicht zufällig heute Abend für mich einspringen? Ich würde unserer neuen Nachbarin zu gern ein bisschen die Stadt zeigen.« Sein Blick, der sicher verführerisch sein soll, trifft mich erneut, als er hinzufügt:

»Wie ich höre, bist du noch nicht lange in Brighton? Ich bin ein exzellenter Reiseführer, und falls du …«

Hannahs lautes Stöhnen unterbricht diese ungewöhnliche Bewerbung, bevor sie aufsteht und besagten Dante in Richtung Tür schiebt. »Wieso heißt eigentlich dein Bruder Romeo, und nicht du, hm?«, fragt sie, bevor sie ihn ins Innere scheucht. »Sssh, sssh, los mit dir, geh die Tische decken oder was auch immer.«

»Wir sehen uns, texanische Schönheit«, ruft er mir über die Schulter zu, bevor Hannah die Glastür hinter ihm zuwirft.

»Entschuldige«, sagt sie. »Das war Dante, einer von Orlandos Söhnen. Ignorier ihn einfach. Er ist penetrant, aber harmlos.«

Ich lache. »Gut zu wissen.«

Hannah verdreht die Augen. »Penetrant, harmlos und nicht sehr zuverlässig, was die Arbeit im Restaurant angeht. Falls du also einen Job suchst … Orlando ist mehr als dankbar für jeden, der im Notfall hier einspringen kann.«

Bei dem Wort *Job* wird mein Grinsen automatisch noch ein Stück breiter, bevor ich Hannah glücklich erkläre: »Wie schon gesagt – ein Job ist vermutlich das Einzige, was ich gerade nicht brauche, denn den habe ich schon!«

4

Oliver

Ich sitze genau da, wo ich die vorangegangenen Wochen auch gesessen habe: An meinem Schreibtisch, vor meinem Computer, in meinem abgedunkelten Arbeitszimmer, ohne zu wissen, welcher Monat, welcher Tag, geschweige denn welche Uhrzeit es ist. Die Stunden fließen zusammen wie Wasser, mein ganzes Leben scheint aus einem Pool nicht zu greifender Substanzen zu bestehen. Das Gespräch mit Yunai fühlt sich an, als sei es Jahre her, dabei sind es sicher erst ein paar Stunden. Ich fluche. Lehne den Kopf nach hinten, starre die Decke an, blicke zurück auf den blinkenden Cursor vor rabenschwarzem Hintergrund. Ich kann mich kaum daran erinnern, wie es zu Anfang war, wie spielerisch ich den Zugang zu *Catmosphere* gefunden habe, wie leicht mir alles fiel. Seit *Cat* nicht mehr das ist, was es zu Beginn war – ein Spiel hauptsächlich für mich und Yunai, etwas, das wir gemeinsam kreiert, geliebt und gelebt haben –, kommt es mir vor, als wäre dort, wo es einst herkam, nichts mehr zu holen. Da ist nur noch Leere. Was unglücklich ist, gemessen daran, wie viele Menschen mittlerweile darauf warten, dass ich performe. Und jetzt stöhne ich auch noch, laut und hemmungslos ins Nichts dieses Gefängnisses, das sich mein Arbeitszimmer nennt, bevor mich das Lärmen meines Handys aus der Misere rüttelt.

Bis ich das Telefon gefunden habe, hat es aufgehört zu läuten, Sekunden später ploppt eine Nachricht meiner Mutter auf. Sie bringt mich dazu, nur noch lauter zu stöhnen. Es gibt niemanden, der meine Schuldgefühle mehr triggert als meine Mutter, und das, obwohl es mit Sicherheit das Letzte ist, was sie möchte. Ihr Verständnis dafür, dass ich bestimmt zu beschäftigt sei, um mich zu melden, dass sie das nachvollziehen könne und absolut nicht stören, nur sagen wolle, dass es meinem Vater besser gehe und er sich unglaublich freuen würde, mich bald mal wiederzusehen. Dass beide mächtig stolz auf mich seien.

Jede einzelne ihrer Nachrichten beendet meine Mutter damit, mir zu sagen, wie sehr sie mich liebt. Und alles, was ich fühle, wenn ich ihre Texte lese, ist Gram, ein regelrechter Schmerz, und dieses verdammte schlechte Gewissen, weil ich der mieseste Sohn aller Zeiten bin. Und darüber hinaus.

Ich bin gerade dabei, mich mental selbst zu zerfleischen, als es an der Tür läutet. Die Post, vermute ich, ohne die Uhrzeit auf dem Schirm zu haben, aber der Paketbote ist normalerweise der Einzige, der bei mir vorstellig wird.

Ich gehe zur Tür, drücke auf den Summer, da klopft es. Als ich die Tür öffne, lehnt Dante, der Sohn des Italieners von unten, im Rahmen.

»Bist du gerade erst aufgestanden oder warst du überhaupt nicht im Bett?«, fragt er anstelle einer Begrüßung und so, als wäre es das Normalste der Welt, dass er hier vor meiner Tür steht und mich nach meiner Nacht fragt, wenn er in Wirklichkeit noch nie bei mir geläutet hat.

Verwirrt sehe ich ihn an, und ebenso verwirrt klingt vermutlich meine Antwort. »Keine Ahnung. Wie spät ist es?«

Und nun ist es an Dante, erstaunt die Brauen hochzuziehen. »Hast du kurz Zeit?«, fragt er.

Ich räuspere mich. »Ja, klar, wieso nicht, ich …«

»Wir haben ein neues Kassensystem, aber irgendwie funktioniert's nicht. Kein Mensch steigt da durch, zumindest niemand von uns Technikidioten, und da dachte ich, du könntest es dir vielleicht mal ansehen. Du bist doch so ein Computerfreak, richtig?«

»Ich bin … IT-Techniker, falls du das meinst, allerdings bin ich nicht vertraut mit Kassensystemen, insofern weiß ich nicht …«

»Du bist am nächsten dran, glaub mir, Ol.«

Ol?

»Also. Kommst du?« Dante sieht mich abwartend an.

»Jetzt gleich?«

»Das ist super, danke.« Er klopft mir auf die Schulter und schiebt mich dabei wenig subtil aus der Haustür in Richtung Treppe.

»Ah … okay. Moment. Warte.« Resigniert mache ich mich von ihm los und greife mir zumindest noch meinen Schlüssel von der Kommode neben der Tür, bevor er mich aus meiner eigenen Wohnung ausschließt. Dante Esposito kann ziemlich überzeugend sein, das weiß ich nicht erst seit heute. Im Dezember überredete er mich im Vorbeilaufen, an dem Silvesterfest unten im Restaurant teilzunehmen, und obwohl es mir die folgenden Monate gelang, mich mehr oder weniger aus seinem Blickfeld zu stehlen, werde ich das Gefühl nicht los, dass er mich seitdem irgendwie auf dem Radar hat. Warum auch immer.

Ich folge ihm die zwei Stockwerke hinunter ins Erdgeschoss und dann durch die Tür, die vom Treppenhaus ins Restaurant führt. Der rote Kater sitzt davor. Ich bin nicht sicher, zu wem er gehört, außer zu dem Haus selbst, denn er läuft schon mindestens so lange hier herum, wie ich darin wohne. Er streicht um meine Beine, und ich beuge mich hinunter, um ihn zu streicheln. Sobald Dante die Tür geöffnet hat, saust der Kater wie ein Pfeil ins Restaurant, wo er nach rechts abbiegt, in Richtung Küche.

»Buon appetito«, ruft Dante dem Tier nach, bevor er weiter zum Tresen läuft und ich hinter ihm her. Das Lokal ist leer, die Stühle stehen noch auf den Tischen, die Türen sind geschlossen, doch es hängt ein schwerer Duft von Knoblauch und Zwiebeln in der Luft, und aus der Küche sind Gemurmel und Geklimper zu hören.

»Um zwölf machen wir auf«, sagt Dante, »du hast also circa noch vierzig Minuten, um das hier hinzukriegen. Das wäre super! *Mille grazie!*«

»Wie schon gesagt, ich bin kein Experte …«

Wir hören die Küchentür aufschwingen, schon taucht Dantes Vater Orlando auf, in seiner typischen Restauranttracht: weißes Hemd, schwarze Hose, darüber eine ebenfalls schwarze Schürze, die mittlerweile reichlich spannt, wie es aussieht.

»Signor Bellingcourt«, begrüßt er mich überschwänglich, »wie schön, Sie wiederzusehen! Wo haben Sie gesteckt das letzte halbe Jahr? Immer nur Arbeit, wie?«

»Könnte man so sagen, ja.« Ich klinge wie ein Roboter, und so etwas wie Mitleid flackert in Orlandos Augen auf, oder aber ich habe es mir nur eingebildet? Es ist beinah Mittag, und Dante hat richtig vermutet – ich war gestern nicht im Bett. Meine düstere Ahnung, wie fertig ich aussehen muss, spiegelt sich im Gesichtsausdruck des Wirts wider, und es kostet mich reichlich Anstrengung, keine Grimasse zu ziehen.

Ich fühle mich wie ein Wrack. Ich *bin* ein Wrack. Und alle können es sehen, nicht nur Yunai.

»Nun, es ist wunderbar, dass Sie uns helfen wollen«, sagt Orlando und klopft mir auf die Schulter. Scheint eine Familienangewohnheit zu sein. »Vielen Dank schon mal. Wir sehen uns später noch.« Womit er zurück in die Küche verschwindet.

»Alles klar?«, fragt Dante, blickt von mir zur Kasse und wieder zurück, und ich nicke nur.

Eine halbe Stunde später habe ich die Kassensoftware de- und noch mal neu installiert, die Benutzeroberfläche angepasst, das System mit diversen Tablets für die Bedienungen verbunden sowie die EC-Kartenleser korrekt eingerichtet.

Ich bin dabei, Dante zu versichern, dass jetzt alles funktionieren müsste, als er mir zuvorkommt: »Scheiße, das sieht kompliziert aus«, sagt er, und dann: »Hey, ich weiß, das ist jetzt reichlich unverschämt, aber könntest du noch ein bisschen hierbleiben und uns über die Schulter schauen, bis wir das alles kapiert haben?«

Ich blinzle ihn an. Das Schlafdefizit und die generelle Beschaffenheit meines Hirns dieser Tage haben meine Reaktionsfähigkeit irgendwie erlahmen lassen, wie es scheint. »Diese Leute«, beginne ich schließlich, »die euch das System verkauft haben – haben die keine Schulung angeboten? Oder, ich weiß nicht, daran gedacht, euch das alles anständig zu installieren?«

»Danke, Kumpel!« Dante grinst mich an, bevor er mir – genau – herzhaft auf die Schulter klopft.

»Das ganze Ding hat ein Bekannter von uns organisiert«, erklärt Orlando, der aus dem Nichts neben mir auftaucht und einen Teller mit dampfendem Inhalt auf dem Tresen abstellt. »Es gab keine Schulung und auch niemanden, der es uns hätte installieren können. Sie sind also ein Lebensretter, Signor Bellingcourt! Für Sie«, fügt er hinzu, und zögernd verlasse ich meinen Posten hinter der Kasse und komme um die Theke herum.

»*Parmigiana di melanzane*«, erklärt er breit lächelnd. »Genau das Richtige in diesem Augenblick, habe ich recht? Etwas, das von innen wärmt und doch die Müdigkeit vertreibt?«

Ich werfe einen Blick auf die mit brodelndem Käse dekorierte Schnitte, die wirklich hervorragend aussieht, allerdings: »Es tut mir ehrlich leid, aber wenn ich etwas wirklich überhaupt nicht mag, dann sind es Auberginen.«

Ich sehe von dem Teller zu Orlando, dessen Lächeln gerade in sich zusammenfällt wie ein Soufflé, während sich Dantes Brauen bis zu seinem Haaransatz gehoben haben.

»Es tut mir wirklich leid«, wiederhole ich alarmiert.

Orlando nimmt kopfschüttelnd den Teller, um ihn zurück in die Küche zu tragen, begleitet von einem hitzigen Strang italienischer Wörter, die ich zum Glück nicht verstehen kann.

Dante stößt ein ungläubiges Lachen aus, und ich höre mich sagen: »Ich bleibe, bis ihr die Software verinnerlicht habt«, während ich inständig hoffe, dass es sich hierbei um Stunden handeln möge und nicht um Jahre.

Allmählich füllt sich das Restaurant mit Mittagsgästen, und ich weise gerade Romeo in das Kassensystem ein. Er ist eine deutlich schüchternere, heruntergedimmte Version seines älteren Bruders Dante, und ich kann mich nicht erinnern, je mehr als zwei Worte mit ihm gewechselt zu haben. Auch jetzt ist er schweigsam, aber sehr aufnahmefähig. Er begreift die Zusammenhänge viel schneller als Dante, um ehrlich zu sein, denn der scheint immer und von allem abgelenkt, so wie in diesem Augenblick auch.

»Hannah«, ruft er, und seine Stimme klingt derart verändert, dass ich aufblicke. »Und Lucy! Kann ich euch noch irgendetwas bringen? Etwas Süßes? Herzhaftes? Scharfes?«

Dantes Worte klingen … schmierig, und wenn ich mich nicht komplett täusche, schüttelt Hannah sich ein bisschen. Ich kenne sie kaum. Dafür, dass sie schon seit ein paar Jahren die Wohnung gegenüber meiner bewohnt, weiß ich tatsächlich reichlich wenig über sie. Aber immerhin ihren Namen. Gerade setzt sie zu einem deutlich unterkühlten Vortrag darüber an, wie wenig ausgerechnet Dante ihr weiterhelfen kann, speziell mit etwas *Scharfem*, und ich wende meinen Blick der Frau zu, die lächelnd neben Hannah steht.

Es ist dieselbe, die heute Morgen auf den Stufen zu unserem Haus saß, und für eine Sekunde bleibt mir tatsächlich die Luft weg. Von Nahem sieht sie einfach unglaublich aus, das Gesicht sonnengebräunt, das Lächeln breit und absolut umwerfend, die Augen groß und rund, zwischen grün und blau changierend, sie erinnern mich an eine Bucht, von Pinienwald umgeben, an kristallklares Wasser und …

Ich sehe weg. Hole tief Luft und erinnere mich daran, dass ich die Frau überhaupt nicht kenne und eigentlich auch gar nicht kennenlernen will, denn das letzte Mal, als ich mich derart unrealistisch und von jetzt auf gleich zu jemandem hingezogen fühlte … Nun. Daran will ich mich eigentlich auch nicht erinnern.

»Hannah, Lucy, ihr kennt den guten alten Ol hier?« Diesmal klopft Dante mir auf den Rücken, und das so fest, dass ich ein spontanes Husten ausstoße. »Er hat gerade unser Kassensystem in Gang gebracht.«

Eine unangenehme Pause tritt ein, in der Dante von einem zum anderen blickt, als müsse irgendwer noch irgendwas hinzufügen. Am Ende quetsche ich ein einfallsreiches »Genau« hervor.

Dante zieht die Brauen nach oben, bevor er sich Hannah zuwendet: »Am besten lässt du es dir auch gleich erklären, solange Ol noch hier ist.«

»Oliver!« Ich rufe es beinah, und wieder sieht mich Dante an, als hätte ich den Verstand verloren, wohingegen Hannah wirkt, als habe sie gerade in etwas Ungenießbares gebissen.

»Kannst du …«, beginnt Hannah, »ich meine, reicht es nicht, wenn du mir die Kasse erklärst, wenn ich das nächste Mal hier bin?«

Nur fürs Protokoll: Die Frage ist nicht an mich gerichtet.

»Ich arbeite heute ja gar nicht.«

Ich blicke zu Boden. Sehe aus dem Augenwinkel zu Lucy, die schnell den Blick abwendet. Falls sie mich beobachtet haben sollte, hat ihr das, was sie gesehen hat, bestimmt nicht sonderlich gefallen.

Ich wende mich wieder der Kasse zu. Tue so, als sei ich nach wie vor schwer damit beschäftigt und darüber hinaus ohnehin gar nicht da.

Es gelingt mir einigermaßen. Bis die beiden Frauen das Restaurant durch den Seiteneingang ins Treppenhaus verlassen haben, musste ich glücklicherweise keiner von beiden mehr in die Augen sehen. Ich will gerade tief durchatmen vor Erleichterung, als Dante wieder neben mir auftaucht.

»Jeez«, sagt er, während er mir einmal mehr auf die Schulter hämmert. »Wenn mich eine Frau je so ansieht wie

Hannah dich gerade ...« Er schüttelt den Kopf, den mitleidigsten aller fadenscheinigen Ausdrücke im Gesicht.

Na, großartig. Jetzt muss ich mich von einem Anfang zwanzigjährigen Casanova für meine nicht vorhandenen sozialen Fähigkeiten bemitleiden lassen.

»Falls du jemals Hilfe brauchst«, fügt er hinzu, »du weißt schon ...« Er wirft mir einen eindringlichen Blick zu, deutet auf die Tür, durch die Hannah und Lucy verschwunden sind, dann auf mich, hin und her. Ich ahne, worauf er anspielt, aber ich weigere mich auch diesmal, den Gedanken zu vertiefen.

»Also, falls du jemals Hilfe in dieser Richtung brauchst«, wiederholt Dante, »sag einfach Bescheid.«

5

Lucy

Noch bevor ich am Dienstagmorgen meinen neuen Job antreten kann, sterbe ich beinah den klassischen Tod einer Amerikanerin in England: Bei dem Versuch, die Straße zu überqueren, schaue ich in die falsche Richtung, und – Bäm! Der Wagen, der von rechts angebraust kommt, kann gerade noch rechtzeitig bremsen. Welch adrenalinfreundlicher Start in den Tag!

Aber von vorn.

Nach einer zerrissenen Nacht, in der sowohl der nach wie vor irritierende Jetlag eine Hauptrolle spielte als auch das eine oder andere fremdartige Geräusch, mache ich mich Dienstagmorgen noch vor acht Uhr auf den Weg in ein neues Leben. Tadaaa! Ich muss erst um neun in der *Dance Academy* vorstellig werden, aber ich weiß noch nicht, wie lange ich dorthin brauchen werde. Ich meine, ich bin es ja nicht mal gewohnt, zu Fuß zu gehen – zu Hause sind wir so gut wie jede Strecke mit dem Auto gefahren. Aber hier, mit dem Linksverkehr ... Nun ja. Ich bin nicht sicher, ob ich überhaupt in England fahren möchte. Bei Dan dagegen gehe ich davon aus, dass er nicht mit der Bahn pendeln wird. Dafür, dass er es überhaupt tut, liebe ich ihn wirklich. Festanstellungen werden Tanzlehrerinnen nicht gerade hinterhergeworfen – in Tomball hatte ich zum Beispiel keine. Dass ich hier, im fernen England, noch dazu ein Stück Heimat mitbringen und klassischen Linedance unterrichten darf – wie cool ist das bitte? Sehr cool. Überaus cool. Der Job ist der Grund, weshalb wir nach Brighton gezogen sind und nicht nach London. Der Job, und das Meer natürlich.

Ich gebe die Adresse der *Dance Academy* in das Navi meines Handys ein. 34 Minuten Fußweg, heißt es da. Perfekt.

Vor zwei Tagen, als ich nach einer halbstündigen Zugfahrt von London am Bahnhof ankam, war ich zu aufgeregt, um wirklich etwas von Brighton zu erfassen. Das Einzige, was mir sofort aufgefallen ist: Von beinah jeder Straße aus kann man das Meer sehen; es ist, als würde die ganze Stadt sich der See zuneigen, wie eine vom Wind geformte Weide. Die Luft ist frisch und salzig, und Möwen sitzen auf den Dächern der überwiegend niedrigen Häuser, auf Laternenpfählen oder alten schnörkeligen Glockentürmen, sie kommentieren das wuselige Treiben in diesem kleinen Ort zu ihren Füßen.

Ich beschließe, in Richtung Strand zu laufen, auch wenn das einen Umweg von einigen Minuten bedeutet. Die Sonne scheint auch heute wieder in gewohnter Kälte, doch ich bin fabelhafter Laune, denn wie heißt es so schön? Es gibt kein schlechtes Wetter, nur falsche Kleidung, also ziehe ich die einzige Strickjacke, die ich besitze, fester um meine Schultern, bevor ich erneut fast überfahren werde. Himmel, ich muss wirklich besser aufpassen. Von diversen Nahtoderfahrungen einmal abgesehen fühle ich mich wie an einem ersten Urlaubstag – da schlendere ich über kopfsteingepflasterte Straßen, vorbei an Pubs und Cafés und kleineren Shops, während über mir Vögel kreischen. Schon jetzt gehört dieser Klang zu meinem ganz persönlichen Lieblingssoundtrack.

Die *Dance Academy* erreiche ich um kurz vor neun. Allerdings … Was soll ich sagen? Womöglich ist der Weg in mein neues Leben am Ende doch steiniger als gedacht.

»Es tut mir wirklich leid, Lucy – ich darf doch Lucy sagen? Wie dem auch sei: Wenn sich niemand für den Kurs anmeldet, kann er leider auch nicht stattfinden.«

»Aber …« Das ist zunächst alles, was ich hervorbringe, als mich die freundliche Leiterin der Tanzschule, Miss Cavanagh, *nenn mich Miriam*, darüber aufklärt, dass das Interesse der Brightoner an texanischem Volkstanz nicht halb so groß ist wie erhofft.

»Ich weiß«, fährt sie fort, »wir hätten uns das auch anders gewünscht. Leider ist bis heute tatsächlich keine einzige Anmeldung bei uns eingegangen. Und das, obwohl wir schon vor Monaten mit dem Kursangebot rausgegangen sind.«

»Das ist …« Ich bin in Versuchung, auch diesen Satzanfang im Nirwana verweilen zu lassen, als ich mich an meine Sprachkenntnisse erinnere und es noch mal versuche. »Okay, das ist wirklich, *wirklich* schade. Aber was tun wir jetzt? Soll ich einen anderen Kurs geben in der Hoffnung, dass sich womöglich im Herbstprogramm mehr Leute für Linedance anmelden?«

»Oder überhaupt jemand?«

»Oder überhaupt jemand.« Ich starre Miriam Cavanagh an und nehme das mit dem freundlich zurück. Sie ist jung, Mitte zwanzig, würde ich schätzen, und hat ein sehr weiches Gesicht, doch ihre Augen sind kühl und ohne jegliches Mitgefühl. Ich frage mich, wie sie es geschafft hat, sich in ihrem Alter bereits mit einer Tanzschule selbstständig gemacht zu haben. Aber vielleicht liegt die Antwort ja genau darin. Kühl zu handeln, ohne übertriebene Nächstenliebe.

Auf dem Stuhl vor ihrem Schreibtisch, den sie mir beim Eintritt zugewiesen hat, richte ich mich auf.

»Ich wurde für texanische Linedance-Kurse eingestellt, aber ich bin durchaus in der Lage, auch andere Stunden zu unterrichten. Sag mir einfach, was gerade gebraucht wird, und dann überbrücken wir die Zeit bis dahin.«

»Nun«, beginnt Miriam, und selten hat ein Wort weniger optimistisch geklungen, »unglücklicherweise gibt es bei unserem bestehenden Kursprogramm gerade keinerlei Lücken zu füllen. Sprich: Wir brauchen im Augenblick niemanden mehr, der Tanz unterrichtet, egal welcher Art.«

»Aber ich bin extra aus den USA hergezogen!«, rufe ich, bevor ich sicherheitshalber noch einmal wiederhole: »Du hast mich eingestellt!« *Und ich brauche diese Stelle dringend, schon allein für das Arbeitsvisum*, ist das, was ich denke, aber lieber nicht ausspreche.

»Ich bin mir dessen bewusst, und es tut mir ehrlich leid. Auch wir von der *Dance Academy* dachten, dass etwas so Exotisches wie *Linedance* sich gut in unserem Angebot machen würde, aber man kann den Tanzschülern ja leider nicht in die Köpfe schauen.« Miriams Schulterzucken soll wahrscheinlich bedauernd wirken, doch im Augenblick bin ich noch nicht bereit, klein beizugeben.

»Was ist mit meinem Vertrag?«, frage ich. »Ich meine, ich habe einen Arbeitsvertrag unterschrieben.«

Für eine bis fünf Sekunden sieht Miriam mich schweigend an, dann seufzt sie. Ich bin nicht sicher, ob sie erwartet hat, dass ich von selbst auf die Idee komme, den Vertrag zu lösen, doch das fällt mir im Traum nicht ein. Ich brauche diesen Job. Ich brauche das Arbeitsvisum. So lange Dan und ich noch nicht verheiratet sind … Der Gedanke lenkt mich kurzfristig ab. Wir hätten heiraten sollen, *bevor* wir nach England gezogen sind. Es wäre das einzig Sinnvolle gewesen. Unglücklicherweise hat mein karriereorientierter Verlobter im Moment nicht einmal die Zeit, an unsere Hochzeit zu denken, geschweige denn sie tatsächlich zu planen, also …

»Wir könnten zunächst einmal im Büro etwas für dich suchen«, erwidert Miriam schließlich, »und eventuell kannst du als Vertretung einspringen. Ein halbes Jahr ist schließlich keine Ewigkeit.«

Nein, denke ich bitter. *Und es klingt auch nicht so, als würde ich nach diesem halben Jahr noch einen Job als Tanz-lehrerin bei der* Dance Academy *haben.* Eine Erinnerung schießt mir durch den Kopf. Der Wirt des *Little Italy* und wie er mich fragt, ob ich zufällig auf Jobsuche bin. Vielleicht wäre das doch die beste Lösung. Ich meine, ich habe früher schon gekellnert und … ja, war froh, dass ich es irgendwann nicht mehr tun musste. Und dann fällt mir noch etwas ein – der Anblick eines blassen dunkelhaarigen Mannes, der mich anstarrt, als brächte er es einfach nicht fertig, woanders hinzusehen. Während ich mich schwertat, den Blick von seinem T-Shirt zu lösen, auf dem ein komplizierter Zeichensatz aus Wörtern und Buchstaben irgendeines Zitats von Stephen Hawking zu lesen war. Was ich nur deshalb weiß, weil immerhin der Name richtig geschrieben war. Komischer Typ, dieser Oliver. Mir ist noch nicht ganz klar, was genau mit ihm nicht stimmt, aber *dass* es irgendetwas mit ihm auf sich hat, darauf würde ich meine Tanzstiefel verwetten. Womit wir wieder beim Thema wären.

»Ich kann sofort anfangen«, sage ich Miriam ohne jeglichen Enthusiasmus.

»Sagen wir morgen«, gibt sie ebenso leidenschaftslos zurück. »Ich muss erst im Büro nachsehen, wo die Hilfe am dringendsten gebraucht wird.«

Die Sonne steht nach wie vor hoch über Brighton, doch der Rückweg an der Strandpromenade entlang, vorbei an Spiel- und Sportplätzen, Cafés und Fischbuden in Richtung Pier, erfüllt mich nicht einmal mit der Hälfte der Freude, die ich noch auf dem Hinweg verspürt habe. Was nur allzu verständlich ist, nehme ich an. Ich meine, vor einer Stunde hatte ich noch einen Job, auf den ich mich seit Wochen gefreut habe. Nun habe ich nur noch ... Mir ist noch nicht mal ganz klar, womit genau Miriam denkt, meine Zeit füllen zu wollen.

Ich seufze. Dann krame ich in meiner Handtasche nach meinem Handy. Kurz vor zehn. Ich muss nicht erst auf meine Armbanduhr blicken, um zu wissen, dass es in Texas jetzt erst vier Uhr morgens ist.

Mist.

Ich würde gern mit jemandem sprechen. Mit Dan am allerliebsten, aber meine Schwester wäre gerade auch eine schöne Option. Wobei ich schon vorher ziemlich sicher weiß, was Daisy mir sagen würde: »Es ist noch nicht zu spät, um nach Hause zu kommen, Lucy! Vielleicht solltest du einmal an dich denken anstatt immer nur an Dan!« In diesem Standpunkt ist sie Edna sehr ähnlich, und ja, als Nächstes würde Daisy vermutlich fragen: »Sprichst du immer noch mit deinem Tagebuch, als wäre es eine Person? Bist du *zwölf*? Gott, Lucy! LUCY!«

Ich stecke das Telefon wieder ein und fühle mich bereits ein kleines bisschen weniger einsam, obwohl ich mit niemandem gesprochen habe. Allein der Gedanke daran, dass es Menschen gibt, die für mich da sind, verscheucht das leere Gefühl in meiner Mitte. Und nun zieht sich mein Herz doch noch schmerzhaft zusammen, weil diese Menschen jetzt ziemlich weit weg sind – weil ich sie zurückgelassen habe.

Wobei meine Eltern wenig dagegen einzuwenden hatten, ihre Tochter einmal quer über den Teich davonziehen zu lassen. Freundlich ausgedrückt. Mein zukünftiger Mann hat keinen größeren Fan als meinen Vater, der seinen Ehrgeiz und Erfolg bewundert. Immerhin kannte er ihn auch zuerst: Dan ist der Sohn einer der Golffreunde meines Dads. Nichtsdestotrotz behandelt meine Mutter ihn wie ihren eigenen Sohn. Den sie nie hatte.

Meine Schwester hingegen … Nun, sagen wir einfach, sie ist die Stimme der Vernunft, die Edna nur allzu oft die Buchstaben einflößt, sozusagen. Sie stand Dan von Anfang an reserviert gegenüber. Nicht direkt abweisend, eher zurückhaltend. Daisy ist drei Jahre älter als ich und somit drei Jahre reicher an Erfahrung. Und mit einem Seitenblick auf Dan ließ sie gleich zu Beginn verlauten: »Es gibt keine perfekten Männer, Lucy. Die gibt es nun mal nicht.« Ob das für ihren eigenen Freund, einen Bauingenieur namens Joey, auch gilt? So wie ich meine strenge Schwester kenne, vermutlich ja. Armer Joey.

Ich blinzle in den wolkenlosen Himmel, der beinah texanisch aussieht. Dann blicke ich aufs Meer, wo das dunkle Stahlgerippe des ehemaligen West-Piers aus dem Wasser ragt, verlassen, melancholisch, wunderschön.

Zwei Welten treffen aufeinander in der Spanne eines Wimpernschlags.

Ich habe es mir mit Edna an einem der Café-Tische gemütlich gemacht, die unmittelbar an der Promenade den besten Blick aufs Meer bieten, als mein Handy zu läuten beginnt.

»Dan!« Meine Armbanduhr zeigt 5:30 Uhr an. »Endlich! Oh Gott, es ist so schön, deine Stimme zu hören!«

»Dabei habe ich noch gar nichts gesagt.« Ich höre das Lächeln, das seine Worte umspielt, und aus mir unerfindlichen Gründen fühle ich, wie sich meine Kehle verengt. Es war alles so viel in den vergangenen zwei Tagen. Ich wünschte mir so sehr, dass ich nicht allein mit all dem fertigwerden müsste.

»Hör zu, Lucy, ich habe nicht viel Zeit. Ich muss um sieben im Büro sein und vorher meine Laufrunde noch schaffen.«

»Das ist …« *bedauerlich*, wollte ich eigentlich sagen, bevor ich über mich selbst die Stirn runzle. Ich habe gerade so gut wie meinen Job verloren, was Dan nicht wissen kann, allerdings kommt er auch nicht auf die Idee zu fragen, wie es mir geht an meinem ersten Arbeitstag. Oder im Allgemeinen.

»Ich habe die Umzugsfirma erreicht«, fährt er fort, »und ihnen ein bisschen Dampf gemacht. Es kann nicht angehen, dass denen unser kompletter Hausrat einfach so verloren geht. Immerhin habe ich mittlerweile rausgefunden, dass es wohl keinen Zwischenfall gab – also keinen Unfall auf hoher See oder etwas in der Art.«

»Ja, das ist schon mal …«

»Er muss irgendwo sein, und wenn sie ihn nicht wiederfinden, werden sich unsere Firmenanwälte darum kümmern. Und das kann teuer werden.«

»Ich … okay. Danke. Heißt das, ich muss jetzt niemandem mehr hinterhertelefonieren?«

»Du machst am besten gar nichts«, erklärt Dan bestimmt.

»Wenn es wirklich hart auf hart kommt, ist es wichtig, dass sie nichts haben, womit sie sich rausreden können.«

»Was sollte ich denen denn sagen, womit sie sich rausreden können?«, frage ich empört.

»Du weißt doch, wie du sein kannst, Lucy. Zu freundlich, zu weich, zu … gut für diese Welt. Okay, ich muss jetzt wirklich Schluss machen. Kein Grund mehr zur Sorge, okay?«

»Okay, aber Dan …«

»Wie ist das Wetter? Ist es schön in Brighton?«

Das Wetter? »Es ist sonnig, aber …«

»Perfekt! Mach dir ein paar schöne Tage. Ich melde mich wieder, sobald ich kann.«

»Dan …«

»Bye, Lucy! Lieb dich!«

»Ich dich auch. Du fehlst mir, und … Dan?«

Ich lasse das Handy sinken. Die Verbindung ist längst getrennt.

Die Sache mit Dan, sie ist … kompliziert. Ich weiß, dass er mich liebt. Er zeigt es mir, so gut er eben kann. Was er *nicht* kann, ist, von seiner ehrgeizigen, zielstrebigen Umlaufbahn abzuweichen. Manchmal kommt er mir vor wie das rosa Kaninchen aus *Alice im Wunderland* – immer im Stress, kann nicht zwei Minuten innehalten, hat dauernd was zu tun. Am Anfang unserer Beziehung stand ich sehr weit oben auf Dans To-do-Liste, doch an die Spitze habe ich es wohl nie geschafft. Und das zermürbt mich, ich gebe es zu.

Erneut nehme ich mein Handy zur Hand, und dann tippe ich doch noch eine Nachricht.

Habe heute erfahren, dass sich bei der Tanzschule nicht genug Leute für einen Linedance-Kurs angemeldet haben. Sie wollen mich irgendwie im Büro beschäftigen, aber ich nehme nicht an, dass sie meinen Vertrag verlängern. Ich bin ziemlich deprimiert deswegen. Was mache ich, wenn ich keinen neuen Job finde?

Ich starre die Nachricht an, und dann lösche ich sie wieder. Ich bin eine erwachsene Frau, ich kann allein mit meinen Problemen fertigwerden und muss nicht andere unnötig damit belasten. Ganz abgesehen davon: Geht die eine Tür zu, macht sich eine größere auf, ist es nicht so?

Ich winke dem Kellner, damit er mir noch eine Tasse von diesem hervorragenden Kaffee bringt, dann ziehe ich Edna näher zu mir heran und zücke den Stift. Aus dem Augenwinkel nehme ich eine Bewegung wahr – eine Möwe, aaah, ich liebe diese Vögel! Sie sehen so majestätisch aus, wie sie da so im Sturzflug … huch. Das ist jetzt aber sehr nah, und … Erschreckend knapp fliegt besagte Möwe über die Tische hinweg, und wie eine Gewehrsalve schießt sie dabei mit ihrem Kot auf die Sonnenschirme des Cafés. Ich bin zu perplex, um mich rechtzeitig in Sicherheit zu bringen.

Die Frau am Nebentisch reicht mir ein Taschentuch und sagt trocken: »Willkommen in Brighton.«

6

Oliver

Ich schrecke auf, und im ersten Augenblick bin ich desorientiert: Eine tiefe Schwärze umhüllt mich, ich kann absolut nichts erkennen, doch ich fühle die Matratze unter mir, ich bin also nicht im Schreibtischstuhl eingeschlafen wie schon so viele Male zuvor. Tatsächlich bin ich ins Bett gegangen, ich erinnere mich. Es war schon reichlich spät und kann noch nicht allzu lange her sein, zumindest fühle ich mich, als hätte ich keine drei Minuten die Augen geschlossen. Im Dunklen taste ich nach meinem Handy, das auf meinem Nachttisch liegen müsste, und dann höre ich es wieder – das Klopfen, das mich aus dem Schlaf gerissen hat, dann ein hektisches Wispern. Es kommt von draußen.

Statt meines Telefons erwische ich den Schalter der Nachttischlampe, drücke ihn, und noch während ich gegen das grelle Licht anblinzle, schäle ich mich aus der Decke und schwanke den Gang hinunter. Durch den Spion erkenne ich eine Figur vor Hannahs Tür, doch mehr leider nicht. Wieso entwickelt jemand ein Guckloch, durch das man alles nur verzerrt erkennt, frage ich mich? Es wirkt wie eine Lupe, nur im negativen Sinn – alles ist weiter weg – und irgendwie kleiner und verschwommen und … Scheiß drauf.

Ich laufe zurück ins Schlafzimmer und ziehe T-Shirt und Jeans über, dann ein Paar Sneaker. Und dann, bevor ich es mir anders überlegen kann, renne ich zurück in den Gang, reiße die Tür auf und blicke geradewegs in das erschrockene Gesicht der neuen Nachbarin, bevor das Licht im Treppenhaus ausgeht und uns in Dunkelheit hüllt.

Sie gibt eine Art Japsen von sich, während ich an der Wand zu meiner Rechten nach dem Lichtschalter taste. Als die Deckenlampe wieder aufflammt, ist sie schon halb die Treppe in den dritten Stock nach oben gelaufen, bleibt dann jedoch abrupt stehen.

Wir starren einander an. Ich bin zugegebenermaßen nach wie vor nicht ganz wach. »Was …«, beginne ich verwirrt, bevor ich mich räuspere und es noch mal versuche. »Ist alles in Ordnung? Ich hab etwas gehört, deshalb wollte ich nachsehen …« Mit der Hand deute ich vage in Richtung Hannahs Tür, während ich mich davon abzuhalten versuche, Lucys Outfit näher zu betrachten. Sie trägt einen hellen Schlafanzug, soweit ich sehen kann, doch was ist das für ein Muster?

Ich konzentriere mich auf ihr Gesicht. Ihre Augen sind noch größer als gestern im *Little Italy*, sie hat sie weit aufgerissen. Die dichten blonden Haare hängen ihr in einem geflochtenen Zopf über eine Schulter, und sie knabbert an ihrem Daumennagel herum. Es vergehen einige zähe

Sekunden, dann kommt sie die Stufen zögernd wieder herunter und bleibt in etwa anderthalb Meter Entfernung vor mir stehen.

»Ich hatte auch was gehört«, sagt sie schließlich, und es klingt atemlos. »In meiner ... in meiner Wohnung. Da waren Geräusche. Ich wollte Hannah fragen, ob sie ... ob sie ...«

Ich sehe sie abwartend an, doch es kommt nichts mehr. Aus Hannahs Wohnung ist ebenfalls nichts zu hören, wahrscheinlich ist sie nicht zu Hause.

»Du hast Geräusche gehört«, wiederhole ich schließlich. »In deiner Wohnung. Was für Geräusche?«

Diesmal beißt sie auf ihrer Lippe herum. Mittlerweile ahne ich, was in ihrem Kopf vorgehen könnte, die Diskussion darum nämlich, dass sie eigentlich nicht vorhatte, ausgerechnet mir ihre Misere anzuvertrauen. Und dann die Erkenntnis darüber, dass ihr im Augenblick wohl nichts anderes übrig bleibt.

Nach einigen weiteren Sekunden schüttelt Lucy schließlich den Kopf, dann zuckt sie die Schultern. »Keine Ahnung.« Sie flüstert. »Es hat sich angehört, als wäre jemand im Nebenzimmer.«

Das Treppenhauslicht nutzt diesen Moment, um sich erneut zu verabschieden.

Lucy gibt einen erschrockenen Laut von sich.

Ich drücke hastig den Lichtschalter.

Die Lampe flackert auf, und wieder starren wir einander an.

»Willst du, dass ich mit nach oben komme?«, frage ich schließlich, und wenn überhaupt möglich, weiten sich Lucys Augen noch ein bisschen mehr.

»Ich meine, um kurz nachzusehen, ob jemand in deinem Apartment ist«, füge ich schnell hinzu. Nur, um dann noch schneller zu versichern: »Natürlich ist niemand in deiner Wohnung! Aber wir könnten kurz nachsehen, damit du dich besser fühlst und damit du …«

»Okay!«

Ich klappe den Mund zu.

»Ja. Das wäre nett«, sagt Lucy, bevor sie sich nach kurzem Zögern umdreht und die Treppe hinaufsteigt.

»Es ist alles in Ordnung«, versichere ich ihr, nachdem ich mir jeden der drei Räume angesehen habe. Was nicht länger als zehn Sekunden gedauert haben kann, da die Zimmer leer sind. Überhaupt sieht die Wohnung nicht so aus, als sei gerade jemand eingezogen, ganz im Gegenteil: Sie ist unmöbliert, unbewohnt, kalt – nicht einmal das Licht funktioniert, da von der Decke nur nutzlose Kabel baumeln.

»Wenn ich nur wüsste, woher diese Geräusche kommen«, erwidert sie, und es klingt beinah so, als würde sie mit sich selbst reden. »Ich meine, es ist nicht das erste Mal, dass ich davon wach geworden bin, weil ich etwas gehört habe. Nur heute war es besonders laut. Deshalb bin ich runter zu Hannah, und – oh.« Erschrocken blickt sie auf, dann greift sie zu ihrem Handy. »Ich schicke ihr schnell eine Nachricht, dass alles in Ordnung ist.«

Während Lucy in ihr Telefon tippt, sehe ich mich in der Küche um, in der wir stehen – das einzige Zimmer neben dem Gang, in dem eine Glühbirne von der Decke hängt. Zu meinen Füßen liegt ein aufgeklappter Koffer mit einem Durcheinander an Kleidungsstücken und unter dem Fenster eine Luftmatratze mit einer zerknüllten Wolldecke darauf. Ich runzle die Stirn bei dem Anblick. Dass sie auf diesem Ding ein Auge zutun kann, grenzt an ein Wunder.

»Unsere Möbel sind noch nicht angekommen«, erklärt Lucy, bevor sie ihr Telefon auf die Arbeitsfläche der Küchenzeile legt. Einen Tisch gibt es nicht. »Die Luftmatratze habe ich tatsächlich unten am Strand gekauft, und dann die Decke bei *Marks & Spencer*.« Ihre Augen weiten sich. »Völlig uninteressant, oder? Tut mir leid. Jedenfalls: Bei der Überführung unserer Sachen ist irgendetwas schiefgelaufen. Mein Verlobter kümmert sich darum. Er wird auch bald hier sein, er muss bloß in der Firma noch den Umzug vorbereiten.«

Mein Blick fällt auf den Ring an ihrer linken Hand, den sie nun hin- und herzudrehen beginnt, wie um ihren Worten Nachdruck zu verleihen. Er ist schmal, jedoch mit einem dicken, eckigen Stein dekoriert. Er sieht genauso aus, wie man sich einen Verlobungsring vorzustellen hat, nehme ich an.

»Okay, also.« Ich wende mich von dem Schmuckstück ab und der Tür zu. »Ich werde dann mal wieder runtergehen. Ich …« … kratze mich am Kopf. »Vermutlich war es nur irgendein Geräusch in einem der Rohre oder in den Leitungen. Das Haus ist alt.«

»Yep. Genau.« Lucys Stimme quietscht ein bisschen.

Ich bin schon fast den Gang hinunter und an der Eingangstür, als sie ruft: »Aber vielleicht könntest du es dir kurz anhören?«

Den Türknauf in der Hand, drehe ich mich zu ihr um.

»Ich meine«, fährt sie fort, »wenn du vielleicht noch fünf Minuten hierbleiben könntest, falls sich die Geräusche wiederholen? Es ist …« Sie sieht auf ihre Armbanduhr. »Es ist drei, ach, herrje. Es tut mir so leid, dass ich dich geweckt habe. Kann ich dir einen Kaffee anbieten? Löslichen allerdings nur. Die Kaffeemaschine ist auch noch verschollen.«

Ich lasse den Knauf zur Wohnungstür los und folge Lucy zurück in die Küche. Gleich drei. Das bedeutet, ich habe in etwa anderthalb Stunden Schlaf gehabt, aber wer wird schon mitzählen?

»Das war so klar. Ich meine, dass du extra hierbleibst, und dann ist natürlich nichts zu hören.«

»Ich bin noch keine zehn Minuten hier.« Schätze ich. Mein Handy ist unten, und Lucy die Einzige hier mit Uhr. Ich werfe ihr einen Blick zu. Beide sitzen wir auf der Luftmatratze, sie an einem Ende, ich am anderen. Es ist die einzige Sitzgelegenheit in dieser Wohnung, von dem Fensterbrett einmal abgesehen, aber Lucy denkt sich offenbar nichts dabei, quasi ihr Bett mit mir zu teilen, also denke ich mir auch nichts. Denke ich jedenfalls.

Cowboys!

Auf ihrem weißen Pyjama reiten Cowboys Lasso schwingend durch die Prärie.

Lucy nippt an ihrer Tasse Kaffee und verzieht das Gesicht. »So scheußlich.« Sie schüttelt sich ein bisschen. »Ich sollte mir dringend eine Kaffeemaschine besorgen, wer weiß, wie lange das mit unseren Sachen noch dauert.«

»Oder Tee? Ich meine, schließlich bist du jetzt in England.« Ich räuspere mich. Meine Stimme klingt, als würde ich sie viel zu selten benutzen, was leider auch der Fall ist. Und ich frage mich, wann Lucy bemerken wird, dass sie sich mit mir eine Art Grottenolm in die Wohnung geholt hat.

»Mist.« Erschrocken sieht sie mich an. »Du hast so recht. Ich bin so dumm. Hättest du lieber einen Tee? Ich meine, ich habe keinen … aber ich sollte dringend welchen besorgen, das steht außer Frage. Wenn du das nächste Mal vorbeischaust, habe ich sicher welchen da, versprochen.« Sie blinzelt mich an, sehr ernst, und ich versuche, dieses Lächeln auf meinem eigenen Gesicht in den Griff zu bekommen, denn auch das fühlt sich reichlich eingerostet an.

»Was ist denn mit euren Möbeln passiert?«

»Nicht nur mit den Möbeln«, erwidert Lucy zerknirscht, »mit all unseren Sachen – Kleidung, Bücher, Unterlagen, dem Inhalt all unserer Schränke.« Sie seufzt. »Der Container ist verschollen. Die Firma sucht noch danach. Dan kümmert sich darum. Mein Verlobter.« Sie wirft mir einen Blick zu, und ich nicke. »Bist du auch verlobt?« Und nun verzieht sie erneut das Gesicht, ganz ohne Kaffee. »Sorry. Es ist spät. Beziehungsweise früh. Ich schlafe nicht sonderlich gut, wegen der Geräusche, und …« Sie wedelt mit der Hand über ihrem Kopf herum. »Jetlag, schätze ich. Du musst die Frage nicht beantworten, ich weiß nicht, warum ich sie gestellt habe.«

»Okay.« Ich nicke. »Und nein, ich bin nicht verlobt.« Weit entfernt davon, füge ich in Gedanken hinzu. Extrem weit entfernt. »Vielleicht haben sie den Container mit euren Sachen versehentlich falsch verladen? Ich meine, er könnte auf einem Schiff in Richtung Timbuktu gelandet sein. Wäre nicht das erste Mal, dass so etwas passiert.«

»Timbuktu?«

Lucy hat wirklich, wirklich ausdrucksstarke Augen. Groß und rund und von einer Art grünem Blau, das an Südseebuchten erinnert, an Sommer.

»Timbuktu.« Sie wiederholt das Wort, nachdenklicher diesmal, bevor sie mehr zu sich selbst sagt: »Das ist gar keine schlechte Idee. Ich werde da gleich morgen noch mal anrufen.«

Die Stille, die sich anschließend zwischen uns ausbreitet, fühlt sich schwer und irgendwie endgültig an. Ich nippe an dem Kaffee, unterdrücke ein Schaudern und stelle die Tasse neben mir ab. Dann lehne ich den Kopf nach hinten und schließe die Augen, nur für einen Moment.

Ich sollte gar nicht hier sein, denke ich. Die Woche hat gerade erst angefangen, ich fühle mich wie ausgelaugt, obwohl ich am Rechner nichts gebacken bekomme, geschweige denn simplen Small Talk zustande bringe, mit einer der attraktivsten Frauen, der ich je begegnet bin. Die zudem auch noch verlobt ist. Es war eine glückliche Fügung, dass ich heute überhaupt einschlafen konnte, und riesiges Pech, dass Lucy ausgerechnet in dieser Nacht aus ihrem Apartment geflohen kam. Es war Pech, aber auch irgendwie schön … es ist …

In einem Augenblick fahren meine Gedanken noch Achterbahn, im nächsten schrecke ich aus tiefster Dunkelheit auf und stoße mit Lucys Kopf zusammen, der auf meiner Schulter gelegen haben muss. Entsetzt starren wir einander an, während draußen irgendjemand Sturm läutet.

7

Lucy

»Hannah!«

Ich weiß nicht, warum ich so überrascht klinge, schließlich war ich diejenige, die Hannah gestern Nacht eine aufgebrachte Textnachricht geschrieben hat – eine Nachricht darüber, dass irgendetwas in meinem Apartment ist, weshalb irgendjemand (Oliver Bellingcourt nämlich) sich gerade auch darin befindet, um nachzusehen, was das sein könnte. Ausgerechnet.

»Geht es dir gut?« Hannahs Augen sind weit aufgerissen, und sie wirkt, als sei sie drei Stufen auf einmal nehmend die Treppe heraufgesprintet.

Ich nicke, während ich die Tür weiter öffne, um sie hereinzulassen. »Es geht mir gut. Ich bin nur gerade erst aufgewacht.« An Olivers Schulter. Aber das erzähle ich Hannah besser nicht.

»Ich habe deine Nachricht gerade erst gelesen«, erklärt sie, während sie mir über den Gang in Richtung Küche folgt. »Du hast nicht wirklich Oliver Bellingcourt mit in deine Wohnung genommen, oder? Ich meine, ich wohne diesem Mann seit Jahren gegenüber und kenne ihn so gut wie überhaupt nicht. Wer weiß, was er in seiner abgedunkelten Wohnung so alles treibt? Er könnte ein Kettensägenmörder sein, der junge, wehrlose Frauen in seiner Badewanne vierteilt. Er könnte ... Er könnte noch schlimmere Dinge anstellen, Dinge wie ...«

Nein, der Weg von der Eingangstür zur Küche ist nicht sonderlich lang, doch Hannah redet schnell und ununterbrochen, bis sie urplötzlich innehält, als sie mit einem Mal Oliver gegenübersteht. Der sich – Gott sei Dank – schon von der Luftmatratze erhoben hat, auf der wir beide bis vor fünf Minuten selig geschlummert haben. Was unglücklicherweise nur allzu gut an seinem derangierten Zustand zu erkennen ist: Er sieht zu einhundert Prozent danach aus, als sei er gerade erst aus dem Schlaf erwacht. Die dunklen Haare zerzaust, die Wangen gerötet, das T-Shirt verknittert. Ich lasse meinen Blick darüber schweifen in der Angst, auf seiner Schulter Sabberflecken hinterlassen zu haben, kann aber zum Glück nichts erkennen. Liebe Güte, ich habe sozusagen auf der Brust eines mir völlig Fremden geschlafen! Wie konnte das passieren?

»Uuuuh«, beginne ich wenig eloquent. »Oliver war so nett und hat ...« *Hier übernachtet?* »... mit mir Wache gehalten. Quasi. Aus irgendeinem Grund war dann aber gar nichts mehr zu hören.« *Und dann sind wir wohl eingeschlafen. Wange an Wange. Jeez.*

»Aha«, macht Hannah.

Oliver räuspert sich, dann fährt er sich mit einer

Hand durch die Haare, was sie nur noch mehr durcheinanderbringt. Frisch aus dem Schlaf gerissen wirkt er gar nicht mehr so versteinert wie gestern, sondern nurmehr schüchtern. Und verlegen. Und peinlich berührt. Und süß irgendwie.

Okay. Schluss damit.

Er wirft mir einen Blick zu. »Ich … werde dann mal …«, beginnt er, bevor er sich in einem Hin-Her-Her-Hin-Manöver an mir vorbei in Richtung Tür bewegt. Inzwischen bin ich sicherlich ebenso rot im Gesicht wie er. »Falls … egal.« Damit nickt er uns beiden zu und verschwindet in den Flur. Sekunden später fällt die Eingangstür ins Schloss.

Mit erhobenen Brauen dreht sich Hannah zu mir um.

Einige Sekunden lang halte ich dem fragenden Blick stand, bevor ich einknicke. »Was hätte ich tun sollen? Es war wirklich, *wirklich* gruselig. Ich dachte, es sei jemand in der Wohnung. Im Arbeitszimmer, um genau zu sein. Ich habe zuerst an deiner Tür geklopft, obwohl ich auch darauf nicht stolz bin, aber es hat niemand geöffnet, und dann stand da plötzlich Oliver, und …« Ich wedle ein bisschen mit den Armen herum, als würde das alles erklären.

»Wow«, sagt Hannah. »Du kannst genauso schnell reden wie ich. Und ich bin sehr froh, dass du noch lebst. Darf ich?«

Sie lässt sich auf die Luftmatratze fallen. Ich sage ihr nicht, dass dies exakt der Platz ist, auf dem Oliver bis vor fünf Minuten noch geschlafen hat. Stattdessen setze ich mich neben sie.

»Ich hatte Ohrenstöpsel drin«, sagt Hannah. »Präventionsmaßnahme wegen meiner Schwester Eve und ihrem Freund. Adam. Habe ich dir von Eve erzählt? Sie wohnt bei mir.«

Ich nicke. »Hast du. Und ihr Freund heißt tatsächlich Adam? Das ist … himmlisch, geradezu, oder?« Ich grinse.

»Ja, das kannst du leicht sagen, du hast die zwei noch nicht gehört. Glaub mir, *himmlisch* ist nicht der richtige Ausdruck für die Art und Weise, wie die beiden übereinander herfallen. Und das hätte anfangs ganz sicher niemand vermutet. Es tut mir leid, das zu sagen, aber meine Schwester ist manchmal eine richtige Tussi. Und Adam – er war eigentlich mal ihr Mathenachhilfelehrer. Und genauso sieht er auch aus. Wie ein Nerd. Wie …« Sie runzelt die Stirn. »Wie eine jüngere Version von Oliver, wenn man es genau nimmt.«

»Oh. Hm.« Ich klappe den Mund zu. Nachdem Oliver so nett gewesen ist, mir letzte Nacht Gesellschaft zu leisten, und nachdem ich mich ein bisschen mit ihm unterhalten konnte, finde ich eigentlich, dass er ganz nett aussieht. Sehr schüchtern eben und unsicher irgendwie, aber eben auch … nett. Die dunklen Augen sind schön. Die Haare richtiggehend seidig. Er ist schlaksig, aber groß, und intelligent, glaube ich. Obwohl er das ziemlich gut hinter seinem eher stümperhaften Kommunikationstalent verbirgt. Es könnte schlimmere Nachbarn geben. Insofern …

»Ich denke, Oliver ist ziemlich hilfsbereit«, ist alles, was ich Hannah am Ende sage. »Es war sehr nett von ihm, mir beizustehen.«

Wieder zieht Hannah die Brauen bis fast unter den Haaransatz, schließlich schüttelt sie den Kopf. »Es tut mir leid, dass ich dein Klopfen nicht gehört habe. Und es tut mir leid, dass Eve dich wohl ebensowenig gehört hat.« Sie beißt sich auf die Unterlippe. »Und es tut mir leid ... es tut mir leid ...«

Ich runzle die Stirn. »*Was* tut dir leid?«

Für einen Moment sieht es so aus, als würde Hannah mit sich selbst debattieren, wie genau der Satz weitergehen soll, schließlich seufzt sie, dann stöhnt sie, dann wirft sie die Hände in die Luft. Und schließlich ruft sie: »Es tut mir leid, dass ich dir nicht gesagt habe, dass es in dem Apartment spukt.«

Ich blinzle sie an. »*Wie bitte?*«

»Es tut mir leid, dass ich dir nicht gesagt habe, dass es in dem Apartment spukt.« Hannah hat so schnell gesprochen, dass ich für einen Moment sicher bin, mich verhört zu haben. Allerdings kaut sie auf ihrer Unterlippe herum. Und sie sieht mich schuldbewusst an.

»In welchem Apartment spukt es?«, frage ich also, obwohl mir sehr wohl klar ist, dass dies eine rhetorische Frage ist.

»In deinem«, erwidert Hannah kleinlaut.

Für ein, zwei, drei Sekunden starre ich sie einfach nur an, bevor ich aufspringe. »Oh, mein Gott, ist das dein Ernst? In *diesem* Apartment? Du meinst ...« Ich drehe mich einmal um mich selbst, als würde das irgendeinen Sinn ergeben, bevor ich mich wieder neben Hannah auf die Matratze fallen lasse. »In *diesem* Apartment?«

Hannah verzieht das Gesicht. »Ich meine, das ist natürlich Quatsch«, beginnt sie, »es gibt keinen Spuk und keine Gespenster oder Poltergeister oder paranormale …«

Mit jedem Wort reiße ich die Augen weiter auf, und als Hannah das bemerkt, wechselt ihre Argumentation die Richtung.

»Genau!«, ruft sie, »das ist alles Unsinn, also muss es irgendwo eine logische Erklärung dafür geben.«

»Wofür genau?«, frage ich atemlos.

»Für die Geräusche. Aus den Wänden. Oder wo auch immer die herkommen. Ich weiß das doch auch nur vom Hörensagen. Von deinen Vormietern, um genau zu sein.«

Ich gebe einen Laut von mir, der zwischen Quietschen und Schreien changiert. »Du meinst, die Mieter, die vor uns hier gewohnt haben, haben auch schon Geräusche gehört? Und sie haben nicht herausgefunden, woher sie kamen?«

Hannah zieht eine Grimasse. »Sie sind vorher ausgezogen.«

»Warum?«

»Weil …« Für eine Sekunde noch sieht Hannah mich mitleidig an, dann wechselt sie die Taktik. »Das weiß ich nicht, ich hatte nie viel mit den Leuten zu tun. Vermutlich wollten sie einfach woanders wohnen.«

»Haben die Mieter denn oft gewechselt?«

»Sie …« Hannah klappt den Mund zu.

Ich setze den strengsten Blick auf, den ich draufhabe, und schließlich knickt sie ein.

»Okay, weißt du was? Wir rufen die Hausverwaltung an.

Es kann nicht angehen, dass dieses mysteriöse Knarzen und Poltern noch mehr Menschen aus dieser Wohnung vertreibt. Ich finde dich nett! Ich hätte gern, dass du hierbleibst.«

»Oh, mein Gott, Hannah.« Entrüstet werfe ich die Arme in die Luft. »Wie viele waren es?«

»Ähm. Ich … Nun ja …«

»Wie viele?«

»Drei.« Sie seufzt. »Drei, seit ich hier wohne.«

»Ich kann das nicht glauben.« Ich lasse mich nach hinten fallen, wo ich mir den Kopf an der Unterseite des Fensterbretts stoße. Vermutlich aus diesem Grund ist meine Wange in der Nacht an Olivers Schulter gelandet. »Also gut«, erkläre ich, während ich den Gedanken abschüttele und mich wieder aufrichte. »Ich rufe die Hausverwaltung an. Aber zuerst – oh, Mist. Wie spät ist es?«

»Ich weiß nicht. Halb neun vielleicht?«

»Verdammt, ich muss in die Tanzschule.« Ich springe auf und eile zu meinem Koffer auf der Suche nach etwas zum Anziehen.

Hannah steht ebenfalls auf. »Oh, stimmt ja – dein erster Tag in der Tanzschule! Wie war's?«

Ich halte in der Bewegung inne.

Ich bin noch nicht einmal eine Woche in Brighton, und bisher ist schiefgegangen, was schiefgehen konnte, verhextes Apartment inklusive.

Sollte mir das irgendetwas sagen? Während ich mich rasch umziehe, erzähle ich Hannah alles. Wer redet, kann zumindest nicht grübeln, stimmt's?

8

Oliver

Alles ist wie sonst auch, bloß vollkommen anders.

Ich sitze am Rechner, wie jeden Tag. Die Vorhänge sind zugezogen, wie immer. Ein Glas Cola steht neben mir und die obligatorische Tasse Tee fürs Gewissen, der Bildschirm ist schwarz, der Cursor blinkt.

Ich sitze seit zwei Stunden hier, habe noch nichts gearbeitet, und trotzdem ... aus mir unerklärlichen Gründen fühle ich mich besser als sonst. Ausgeschlafen. Kaum zu glauben, aber die Nacht, die ich sitzend auf einer Luftmatratze verbracht habe, mit Lucys Kopf an meiner Schulter, war die beste, die ich seit Langem hatte. Schlaftechnisch gesehen, meine ich. Ich bin ewig nicht mehr so schnell eingeschlafen. Und nicht mehr so erholt aufgewacht. Vermutlich hätte ich auch noch stundenlang weitergeschlafen, hätte es nicht an der Tür geläutet.

Ich lege die Hände auf die Tastatur. Es juckt in den Fingern, ich spüre es deutlich. Irgendwo tief in mir drin wartet das nächste Abenteuer auf Cat. Ich schließe die Augen. Sehe eine Lagune vor mir, türkisblaues Wasser, das sanft auf schneeweißen Sand rollt. Cat steht am Ufer und blickt gen Horizont. Das Wasser umspielt ihre nackten Füße. Plötzlich …

Es klingelt, und ich zucke zusammen. Na, fantastisch. Ich habe überhaupt nichts bestellt, aber der Paketbote wird nicht müde, mich aus meinem Arbeitsflow zu reißen. Selbst wenn von Flow keine Rede sein kann.

Ich laufe zur Tür und drücke auf den Öffner, als jemand klopft. Na, das kenne ich doch bereits.

»Ol? Ich bin's, Dante.«

Ich öffne die Tür einen Spaltbreit. »Hallo?« Es klingt wie eine Frage, was vor allem daran liegt, dass ich keine Ahnung habe, wie ich seit vier Jahren hier wohnen konnte, ohne dass Dante Esposito auch nur einmal vor meiner Tür stand, während er es nun schon zum zweiten Mal innerhalb von zwei Tagen tut.

»Hallo!« Er grinst breit. Dann hält er mir eine Styroporschale entgegen. »Mit den besten Grüßen von meinem Vater!«

»Was ist das?« Ich mache keine Anstalten, ihm das Ding abzunehmen.

»Saltimbocca, mein lieber Freund. Saltimbocca alla romana.« Damit drückt Dante mir sein Präsent gegen die Brust und mich gleichzeitig zurück in die Wohnung, in die er mir folgt, ganz ohne Einladung.

»Was …«

»Wow.« Er nickt anerkennend. »Mir fällt gerade auf, dass ich mir noch nie Gedanken darüber gemacht habe, wie dein Apartment wohl von innen aussieht, aber jetzt, wo ich es sehe, bin ich irgendwie nicht überrascht.« Er schlendert durch den Gang wie durch ein Museum. »Dunkelgraue Wände. Viel Stahl. Dicke Teppiche. Wo ist die Küche?«

Es hat wohl wenig Sinn, ihn zu fragen, was das Ganze … Nein. Sicher nicht. Ich seufze. Dann deute ich mit der Hand in die Richtung. »Geradeaus.«

»Klar. Ist ähnlich geschnitten wie bei uns. Nur seitenverkehrt.« Wieder nickt er, dann steckt er den Kopf in mein Arbeitszimmer. »Oh, stark, das ist mal eine Höhle, oder? Wie kannst du bei der Dunkelheit überhaupt was erkennen?«

»Der Cursor leuchtet in der Regel. Dante, hör mal, ich war gerade mitten in …«

»Jaja, aber jeder muss essen, oder? Und mein Vater hat ausdrücklich gesagt, ich soll warten, bis du probiert hast. Okay? *Multo bene.*« Schon ist er in der Küche und hat sich an den Esstisch gesetzt. Er nimmt mir die Schachtel aus der Hand und hebt den Deckel an. Der Geruch von Knoblauch und Tomate steigt auf, und etwas anderes, Penetranteres.

»Außergewöhnlich hell hier drin«, sagt Dante und lacht, während er mir den Karton hinschiebt.

Ich setze mich. »Die Küche war schon drin.«

»Sonst wäre sie nicht weiß, sondern schwarz, richtig?«

Ich lasse das unkommentiert. Die Wahrheit ist: Ja, ich habe es gerne nicht ganz so hell, und nein, darüber hinaus ist mir Einrichtung völlig egal. Als ich hier einzog, hat Yunai mir geholfen. Sie kennt mich besser als jeder andere Mensch.

»Messer? Gabel?«, fragt Dante.

Ich stehe auf und hole Besteck und Teller aus dem Schrank.

»Ist das nicht ein bisschen merkwürdig?«, frage ich, als ich mich wieder setze. »Wieso schickt dein Vater mir Essen nach oben? Und wieso musst du hierbleiben und mir dabei zusehen, wie ich es probiere?«

Das *ist* merkwürdig, oder? Jetzt, wo ich darüber nachdenke ... Ich lasse die Hand, mit der ich gerade die Gabel aufnehmen wollte, wieder sinken, und Dante lacht auf.

»Was? Denkst du, wir wollen dich vergiften? Weil Wohnungen in Brighton knapp sind, Romeo und ich langsam ans Ausziehen denken sollten und dein Apartment hier genau das Richtige für uns wäre?«

Mein Stirnrunzeln ist unmissverständlich, und Dante lacht noch lauter. »Du bist wirklich putzig, wenn ich das mal so sagen darf. Wo ist dein Humor geblieben? *Dio mio!* Und jetzt probiere die Saltimbocca. Ich muss allmählich wieder runter.« Er nimmt mir die Gabel aus der Hand, dann das Messer auf, schneidet sich ein Stück Fleisch ab und schiebt es sich in den Mund. »Mmmmh, so gut!«, sagt er und nimmt sich noch ein Stück. »Hier. Siehst du? Nichts passiert. Mein Vater hat da nur so ein Ding laufen ...« Er zuckt mit den Schultern. »Du mochtest seine *melanzane* nicht. Das hat ihn hart getroffen.«

»Das hat rein gar nichts mit seinem Restaurant zu tun.« Ich bin verwirrt und klinge auch so. »Ich mag ganz einfach keine Auberginen.«

»Ja, aber siehst du denn nicht, wie viel das mit meinem Vater zu tun hat?«, fragt Dante, und es klingt reichlich theatralisch. Er nimmt noch mehr von der Saltimbocca und fügt mit vollem Mund hinzu: »Papa ist davon überzeugt, dass er jedem das richtige Mahl servieren kann, je nach Laune. Oder Gemütslage. Oder allgemeiner Verfassung, wie auch immer. So ähnlich wie in diesem Film mit dieser süßen Französin? Die jedem die passende Schokolade aufschwatzt?«

Dante starrt mich abwartend an. Ich schüttle den Kopf.

Er seufzt. »Um es kurz zu machen: Diese Saltimbocca ist genau das, was du jetzt, genau in diesem Augenblick, brauchst. Sagt mein Vater.« Er schneidet sich ein weiteres Stück ab, dann hält er mir das Besteck hin und schiebt den Rest des Essens in meine Richtung. Viel ist nicht mehr übrig, was gut ist, nehme ich an, weil ich Fleisch ausgesprochen ungern esse. Ich sage es Dante.

»Was soll das heißen, du isst kein Fleisch?« Der Kerl sieht mich derart entsetzt an, man könnte meinen, er hat noch nie vom Konzept des Vegetarismus gehört.

»Ich esse Fleisch«, erkläre ich, »aber … nicht jedes. Es kommt auf die Konsistenz an. In dieser Form«, ich nicke in Richtung der Styroporschachtel, »kann ich es nicht essen, weil … Mir wird übel davon. Tut mir leid.«

Dante sieht von mir zu der Beinscheibe in Tomatensauce, dann wieder zu mir. Sieht so aus, als hätte ich ihn dieses eine Mal tatsächlich sprachlos gemacht.

»Sag deinem Vater, dass ich mich bedanke und seine Mühe zu schätzen weiß, okay? Aber …«

»Aber Saltimbocca ist nicht dein Gericht«, schließt Dante, und es klingt ungläubig und überrascht und ganz leicht … erfreut?

»Vielleicht sollte er die, äh, die Künste seiner Vorhersagen lieber nicht an mich verschwenden?«

Dante grinst. Dann zieht er die Schachtel zu sich, klappt den Deckel zu und stolziert damit in Richtung Eingangstür. »Werde ich ausrichten«, verspricht er zum Abschied, und ich bleibe mit dem seltsamen Gefühl zurück, dass er das nur allzu gern tut – warum auch immer.

Zwei Stunden später. Cat steht nach wie vor barfuß in der Lagune, das Wasser hat sich um ihre Knöchel geschmiegt, es windet sich in glitzernden Kreisen um die blasse Haut, zieht sich enger und enger zusammen, so lange, bis es als eine Art Fessel fungiert, die meine Figur tiefer und tiefer in den Sand schraubt.

Okay.

Keine schlechte Ausgangsposition. Wenn es mir jetzt noch gelingen würde, in weniger als fünf Stunden etwas mehr als einen Absatz zu codieren …

Oh Mann.

Ich lasse den Hinterkopf gegen die Kopfstütze meines Bürostuhls sinken, er ist irgendwie zu schwer, um ihn zu halten. Definitiv ist es heute ein bisschen besser gelaufen als gestern oder die Tage davor, aber wenn ich weiter so vor mich hin krieche, wird *Catmosphere beyond* nie fertig werden, so einfach ist das.

Meine Gedanken springen zu Lucy, wie schon Dutzende Male zuvor, seit ich heute Morgen aus ihrer Wohnung geflohen bin. Und vor Hannah, um ehrlich zu sein. Ich bin nicht sicher, was ich getan habe, um bei ihr den Eindruck eines Kettensägenmörders zu erwecken, aber irgendwie muss ich es geschafft haben. Ich richte mich auf und lasse den Blick durch mein Arbeitszimmer schweifen, über schwarze Wände, dunkle Regale, den violetten Lesesessel, auf den Yunai bestanden hat (»Du willst dich doch nicht ernsthaft fühlen wie in einem Sarg, oder?«). Es ist die Umgebung, in der ich mich wohlfühle, in der ich klar denken kann, in der mich nichts ablenkt. In der mir nichts zu viel wird, in der sich mein Hirn beruhigt, ungefähr so wie gestern an Lucys Seite auf dieser Luftmatratze.

Was mich auf eine Idee bringt.

Wenn ich heute ohnehin nicht weiterkomme als bis zu sinnlos wabernden Wasserschlangen, kann ich genauso gut einen kurzen Ausflug in die Innenstadt machen. Und etwas Nützliches tun.

9

Lucy

»Was meinst du damit, in dem Apartment spukt es?«

»Ich meine damit, dass ich … ich höre Geräusche. Es klappert und kratzt, und vorgestern Nacht hat es sich so angehört, als wäre im Arbeitszimmer irgendetwas zu Boden gegangen, dabei steht ja noch gar nichts drin, das zu Boden gehen könnte. Die Räume sind leer, und trotzdem …«

»Lucy!«

Ich klappe den Mund zu und starre auf den Bildschirm meines Laptops. Dan hat sich in seinen Bürostuhl zurückgelehnt und schüttelt den Kopf, während er diesen Blick aufsetzt, den ich leider nur allzu gut kenne. Er bedeutet so viel wie: *Du armes Ding, was mache ich nur mit dir?* und wird immer dann bemüht, wenn ich in Dans Augen etwas Dummes, Leichtsinniges oder Überflüssiges tue, wahlweise sage oder davon erzähle.

»Sei nicht albern«, erklärt er prompt. »Es gibt keine Apartments, in denen es spukt, selbst in England nicht. Hast du die Hausverwaltung schon angerufen?«

»Ich hab noch niemanden erreicht.«

»Ich würde es ja für dich übernehmen, aber ich tue mich ein bisschen schwer damit, denen zu erklären, dass es in unserer neuen Wohnung Gespenster geben soll. Wie läuft es in der Tanzschule?«

Für den flüchtigsten aller Momente bin ich irritiert über Dans Tonfall, dann atme ich den Ärger weg. Wir haben nicht lange Zeit zu sprechen – es ist Dans Mittagspause, und sicher muss er bald ins nächste Meeting –, also sollte ich die wenigen Minuten, die wir haben, nicht damit verbringen, Streit anzufangen. Es ist bloß ... An manchen Tagen wird mir einfach bewusster als an anderen, wie wenig Dan und ich gemeinsam haben. Tatsächlich frage ich mich manchmal, ob er nicht viel mehr mit meinem Vater auf einer Wellenlänge schwimmt als mit mir. Manchmal klingt er wie er. Er sieht sogar ein bisschen aus wie mein Vater mit diesen kurzen blonden Haaren und den Augen, die ein winziges bisschen zu klein sind und deshalb immer ein wenig kalt wirken. Ganz abgesehen davon, dass die zwei sich auch besser verstehen. Blendend nahezu.

Ich hole einmal tief Luft. »Sie haben mir immer noch nicht angeboten, einen Kurs zu übernehmen. Aber der Bürojob ist okay, schätze ich.« *Langweilig. Öde. Überhaupt nicht das, was ich machen möchte.* »Die Leute sind nett.« *Und distanziert. Und die Leiterin ist ... schwierig.* »Es ist alles in Ordnung.« *Amen.*

»Gut.« Dan nickt. »Freut mich, dass es dir so gut gefällt.«

Nicht ganz das, was ich gerade gesagt habe, aber okay.

»Ich muss Schluss machen, Lucy. Wir sprechen uns bald wieder, in Ordnung?«

Ich kann sehen, wie Dan nach vorn greift, um die Verbindung zu beenden, und hebe die Hand.

»Moment! Was ist mit dem Container? Ein Nachbar hat mich gestern darauf aufmerksam gemacht, dass sie ihn eventuell versehentlich auf ein falsches Schiff geladen haben könnten. Am besten rufe ich da noch mal an, oder? Um sie darauf aufmerksam zu machen, dass sie womöglich auch mal in Timbuktu nachfragen sollten?«

Dan gibt einen abfälligen Ton von sich. »Ich bin mir ziemlich sicher, dass sie das auf dem Schirm haben, aber okay: *Ich* rufe dort an.«

»Okay.« Noch einmal tief einatmen. Er meint es gut, und er ist immer darum bemüht, mir das Leben so leicht wie möglich zu machen. »Dan?«

»Hm?«

»Ich kann's kaum erwarten, dass du endlich herkommst.«

»Bald. Aber zwei Wochen wird es schon noch dauern. Minimum.«

»Minimum? Ich dachte, du sagtest ...«

»Ich sagte, *voraussichtlich*, Lucy. Ehrlich, ich hab keine Zeit mehr. Das ist ein Riesending in London und muss gut vorbereitet sein. Und hättest du nicht unbedingt bei dieser Tanzbude anfangen wollen, wärst du jetzt auch noch nicht allein in Brighton. Darüber hatten wir gesprochen. Aber du wolltest dich ja durchsetzen.«

Ich kneife die Augen zusammen.

»Sieh mich nicht so an. Das war nicht meine Entscheidung.«

»Nein. War es nicht.« Ich seufze, denn es stimmt. Ausnahmsweise habe ich eine Entscheidung getroffen, die Dan nicht zu einhundert Prozent unterstützt, und – nun ja. Sagen wir einfach, er wird nicht müde, es mir unter die Nase zu reiben.

»Ich freue mich einfach darauf, hier mit dir zusammen zu sein«, sage ich schließlich.

»Ich weiß.« Dans Ton wird milder, und über den Bildschirm lächeln wir einander an. »Ich freue mich auch. Es ist nicht dasselbe ohne dich in unserer Wohnung. Und ohne all die Sachen, die dieses vermaledeite Unternehmen wer weiß wo hingeschippert hat.«

»Na, wenigstens spukt es dort nicht«, bemerke ich, bevor ich mich daran hindern kann.

Dan verdreht die Augen, und erwartungsgemäß habe ich den leisen Anflug von Romantik im Keim erstickt. »Bis später, okay? Ich melde mich, sobald ich Zeit finde.«

»In Ordnung.« Ich kann gerade noch ein schnelles *Ich liebe dich* in Richtung Texas werfen, dann ist die Verbindung gekappt.

Seufzend klappe ich den Rechner zu. Ja, Dan neigt dazu, Entscheidungen für uns beide zu treffen, weil er der Meinung ist, dies sei das Beste für alle. Und weil er wirklich stur sein kann. Was ich hasse. Aber in diesem einen Fall … Ich sehe mich in der Küche um. Starre durch die geöffnete Tür auf das Stück Gang, das ich von hieraus sehen kann. Erschaudere bei dem Gedanken daran, dass ich auch heute die Nacht hier werde verbringen müssen, nur diesmal ohne einen hilfsbereiten Nachbarn, der sich völlig uneigennützig seinen wohlverdienten Schlaf rauben lässt, damit es mir besser geht.

Am liebsten würde ich runtergehen. Zu Hannah in erster Linie, allerdings hat die mir heute Morgen von einem Abendtermin erzählt, von dem ich keine Ahnung habe, wie lange der dauert. Bliebe für mich also nur, mich an Oliver zu wenden, und das kommt ja nun überhaupt nicht infrage. Ich meine, Dan ist nicht gerade der eifersüchtige Typ, das war er zumindest bisher nie. Deshalb gehe ich trotzdem davon aus, dass er es nicht gerade angemessen finden würde, mich nachts bei einem der neuen Nachbarn zu wissen. Erst recht nicht bei einem männlichen.

Es klingelt. Na, das ist doch immerhin mal eine Abwechslung. Ich springe hoch, laufe zur Tür und blicke durch den Spion ins Treppenhaus.

So was. Wenn man vom Teufel spricht.

»Oliver«, begrüße ich eben Herbeigedachten, sobald ich die Tür geöffnet habe, und es klingt genauso überrascht, wie ich mich fühle.

»Ja. Ich. Hallo.« Für eine Sekunde starrt er mich an, als hätte er einen Geist gesehen, dann fährt er sich mit einer Hand durch die Haare. Auf seinem dunkelgrünen T-Shirt prangt der Spruch *Life is short. Code faster.* Dafür, dass wir quasi die vergangene Nacht miteinander verbracht haben, wirkt er reichlich verlegen und noch unsicherer als zuvor. Soweit das überhaupt möglich ist.

Ich öffne die Tür weiter. »Möchtest du reinkommen?«

»Ich ...« Er zieht eine Grimasse, und ich kann nicht verhindern, dass mir ein kurzes Lachen entfährt. Und zu denken, wie erfrischend es ist, zur Abwechslung mal einem Mann zu begegnen, dessen Selbstvertrauen nicht wegen Überbeanspruchung kurz vorm Erschöpfungstod steht. So wie bei Dan, wenn man meiner Schwester Daisy glauben möchte.

»Okay. Hier.« Letztlich greift Oliver nach einem etwa hüfthohen Karton, der an der Wand des Treppenhauses lehnt und den ich zuvor nicht bemerkt hatte. »Das ist eine Gästematratze. Sie steht bei mir im Keller rum, und ich brauche sie gerade nicht. Sie ist auch zum Aufpumpen, aber sicherlich bequemer als diese kleine Strandluftmatratze, auf der du gerade schläfst.«

»Oh.« Überrascht blicke ich von Oliver auf den Karton und wieder zurück. »Das ist toll, wie nett, danke schön! Aber ... das wäre überhaupt nicht nötig gewesen. Bist du sicher, dass du sie nicht selbst brauchst?«

»Ganz sicher.« Oliver nickt. Dann reibt er sich mit einer Hand den Nacken, während er die andere hochhält, von der eine Leinentasche baumelt. »Und ich hab noch ein paar Glühbirnen mitgebracht. Ich dachte, wir könnten sie in den Zimmern anbringen, in denen es noch kein Licht gibt. Damit du die Geister wenigstens sehen kannst, wenn sie wieder vorbeischauen.«

Er verzieht keine Miene, aber das könnte auch daran liegen, dass er seine Gesichtsmuskulatur nicht ganz so gut im Griff hat, wenn es um Emotionales geht. Ich kenne den Mann zwar erst wenige Tage, doch ich bin überzeugt davon, dass er sich erstens schwer damit tut, sich sozial zu integrieren, und zweitens nur sehr leidlich Kommunikation betreibt. Allerdings ist er gestern Nacht, ohne zu zögern, mit in mein Apartment gekommen, um mich zu retten, was sehr, sehr nett von ihm war. Und offensichtlich ist er gewillt, noch mehr zu tun als das.

»Das war nicht ernst gemeint«, unterbricht Oliver meine Gedanken. »Das mit den Geistern. Und das mit den Glühbirnen können wir auch gerne lassen oder, ich weiß nicht, wenn es dir gerade nicht passt ...«

»Doch! Doch, doch, doch. Ich habe nur kurz überlegt.« Ich trete ein Stück zur Seite und winke ihn in die Wohnung, bevor ich die Tür hinter ihm schließe. »Ich weiß, du hast es lustig gemeint, aber Hannah hat mir heute so gut wie alle meine Befürchtungen bestätigt. Um genau zu sein, hat sie gesagt, jeder wisse, dass es in Apartment 3B nicht mit rechten Dingen zugeht. Hast du davon gewusst?«

»Wovon gewusst?«

Wir sind vor der Tür zum Wohnzimmer stehen geblieben. Oliver sieht mich an, als hätte ich gerade Chinesisch gesprochen.

»Dass diese Wohnung hier eine ungesunde Fluktuation an Mietern aufweist. Und dass die bisherigen Mieter allesamt ausgezogen sind, weil sie *Geräusche* gehört haben. Aus der *Wand*.« Ich unterdrücke den Schauder, der automatisch durch meinen Körper spazieren möchte. Vermut-

lich kann ich nur deshalb so selbstbewusst darüber sprechen, weil es erst Nachmittag ist und draußen noch hell.

In dem Augenblick aber, in dem es dunkel wird … Ich
greife nach dem Beutel mit Glühbirnen in Olivers Hand
und gehe voraus ins Wohnzimmer.

10

Oliver

Ich sage Lucy, dass, nein, ich keine Ahnung davon habe, weshalb die Wohnung in den vergangenen Jahren so viele Mieterwechsel aufwies, und dann flüchte ich kurzzeitig noch mal nach unten, um eine Leiter zu holen. Ich bin 33 Jahre alt. Ich sollte wissen, wie man eine Unterhaltung führt. Ich sollte mich nicht von großen blauen Augen, einem hellen Lachen, Grübchen und generell verströmter Magie blockieren lassen. Magie? Genau, Bellingcourt. Jesus!

Mit blockieren meine ich jedenfalls blockieren: Als Lucy mir von ihrer Spuktheorie erzählt hat, hatte ich kurz das Gefühl, eingefroren zu sein. Wie ist es möglich, dass es jemand schafft, den Herzschlag des anderen zum Rasen und gleichzeitig zum Stillstand zu bringen?

Wir sind bei der vierten und letzten Glühbirne im Badezimmer angekommen, und mittlerweile habe ich mich daran gewöhnt. Also, nicht an das Anschließen der Lampen, sondern daran, Lucy um mich zu haben, ihren Blick auf mir zu spüren und ihre Fragen zu beantworten, die an eine Inquisition erinnern. Was mit Sicherheit übertrieben ist und allein mir so vorkommt, einfach, weil ich so verdammt aus der Übung bin. Ich habe so lange niemanden mehr um mich gehabt, außer Yunai und dann und wann meine Eltern, dass ich das mit der oberflächlichen Konversation weniger gut beherrsche als ein Oger. Und der ist vermutlich noch besser darin.

»Wieso kannst du das überhaupt?«, fragt sie beispielsweise. »Lampen anschließen, meine ich.«

»Mein Vater.« Zwei Wörter, und ich muss mich räuspern. So viel zum Thema »Aus der Übung«. »Er ist Elektriker. War es, bevor er in Rente ging. Aber das ist auch schon alles, was er an mich weitergegeben hat. Die Grundkenntnisse. So etwas Banales wie Lampen anschließen.«

»Das reicht vollkommen, wenn du mich fragst.« Aus dem Augenwinkel sehe ich sie grinsen. »Und deine Mutter? Ist sie ebenfalls in Rente?«

»Meine Mutter arbeitet noch Teilzeit. Als Erzieherin in einem Kinderheim.«

»Ooooh. Wow. Das ist toll.«

Ich gebe einen zustimmenden Laut von mir. Meine Mutter ist toll, keine Frage. Das, was sie tut, auch. Ganz sicher hat sie etwas, *jemand* anderen verdient als mich.

»Und du? Was machst du, wenn du nicht gerade Nachbarinnen in Not aus ihrer Dunkelheit befreist?«

»Ich? Ähm. Ich bin Spiele-Entwickler, schätze ich.«

»Schätzt du?« Dieses Grinsen schon wieder. »Dann schätze ich mal, dass das passt.«

»Dass es passt?«

»Der Beruf. Zu dir. Ich kann mir gut vorstellen, wie du den ganzen Tag allein in einem abgedunkelten …«

Sie hält abrupt inne, und ich werfe ihr einen Blick zu.

»Den ganzen Tag allein in einem abgedunkelten …?«, wiederhole ich fragend.

Lucy schüttelt den Kopf. »Das war blöd von mir. Entschuldige. Ich habe keine Ahnung, weshalb ich das gesagt habe.«

»Weil du dachtest, dieser Typ sieht aus, als würde er junge Frauen in seiner Badewanne vierteilen? Mit einer Kettensäge?«

Lucy beißt sich auf die Unterlippe. »Welche Spiele entwickelst du?«, fragt sie anstelle einer Antwort.

»Adventures.«

»Das sind diese Spiele, bei denen man irgendwelche Abenteuer bestehen muss, oder? So etwas wie *Monkey Island* oder *Catmosphere*?«

Das ist der Moment, in dem mir beinah das Messer aus der Hand gleitet, mit dem ich eben noch die Isolierung der Kabel entfernt habe. Ich kann gerade noch verhindern, dass es zu Boden fällt.

»Hoppla.«

»Ich hab's gleich«, erkläre ich. »Reichst du mir die Lampenfassung?« Falls sie mein Ausweichmanöver als solches erkannt hat, lässt sie es sich jedenfalls nicht anmerken. Sie schweigt, während ich weiterarbeite und bis ich ihr erkläre, dass sie nun die Sicherung wieder reindrücken kann, weil ich fertig bin.

Sofort springt Lucy in Aktion und aus dem Zimmer, bevor sie wiederkommt und mit einer dramatischen Geste den Schalter betätigt. »Ein dreifaches Tadaaaa!«, ruft sie. Und, wie schon die letzten drei Male auch: »Es werde Licht!«

Und das wird es. Ich steige von der Leiter. Lucy weicht einen Schritt zurück.

»Ich denke, das waren alle, oder?« Ich klappe die Leiter zusammen. »Sollen wir jetzt die Matratze aufpumpen? Ich hab eine Elektropumpe dabei, sie steht noch im Hausflur.«

»Das ist so …«, beginnt Lucy. Sie schüttelt den Kopf. »Das ist wirklich so, *so* nett von dir. Hätte ich gewusst, dass ich in England so hilfsbereite Nachbarn haben würde, wäre ich schon vor Jahren hergezogen.«

Ich bin nicht sicher, was ich dazu sagen soll, also sage ich nichts. Lucy beobachtet meine Hand, mit der ich begonnen habe, meinen Nacken zu massieren, bevor sie zu Boden sieht. Zu spät, um das Lächeln zu verbergen. Sie lacht mich aus, nehme ich an. Aus gutem Grund noch dazu. Ich benehme mich wie ein Höhlenmensch. Ein Höhlenmensch, der in der Lage ist, Licht zu machen – aber keinen geraden Satz sagen kann.

»Ich kann dir die Pumpe dalassen«, schlage ich vor. »Dann störe ich dich nicht weiter.«

»Oh, nein!« Lucy blickt auf und sieht beinah erschrocken aus. »Du störst überhaupt nicht! Ich habe nichts vor, gar nichts, bei dem du stören könntest. Ganz im Gegenteil, dachte ich … Ich dachte, ich würde dich gern als Dank für deine Mühe und Umsicht und für deine Hilfe, also als Dank dafür würde ich dich gern zum Essen einladen.« Sie verzieht das Gesicht. Was ich an Worten zu wenig gebrauche, verwendet Lucy zu viel. Es ist süß. Schnell schiebe ich den Gedanken von mir.

»Allerdings ist meine Küche noch nicht eingerichtet«, fährt sie fort. »Gerade beläuft sich der Bestand auf einen Wasserkocher und zwei Tassen aus dem Souvenirshop. Immerhin mit Brighton-Panorama. Wie dem auch sei: Wie wäre es mit dem *Little Italy*? Darf ich dich auf einen Teller Pasta einladen? Oder eine Pizza?«

»Das ist absolut nicht nötig.«

»Doch, ist es.«

Wir stehen immer noch im Badezimmer. Mit einer Hand halte ich die Leiter. Die Vorstellung, mit Lucy an einem der Tische im *Little Italy* zu sitzen, vor den Augen aller – zumindest denen von Dante, seinem Vater, vielleicht auch Hannah –, wirkt nicht gerade beruhigend auf mich. Die Aussicht, in ein paar Minuten zurück in meine eigene Wohnung zu gehen, wo nichts auf mich wartet außer einem blinkenden Cursor, ist noch weniger schön.

»Bitte«, sagt Lucy. Sie blickt auf ihre Armbanduhr. »Es ist jetzt … gleich halb sechs.«

Ich runzle die Stirn. »Sieht so aus, als sei es erst halb zwölf. Ist sie stehen geblieben?«

»Nein.« Sie schüttelt den Kopf. »Die Uhr zeigt die Texas-Zeit an. Um halb sechs hat Orlando sicher schon auf, oder? Gehen wir.«

Womit sie mir die Klappleiter aus der Hand nimmt und in den Gang marschiert.

»Lucy!« Keine Ahnung, warum ich versuche, sie zu bremsen. Wie gesagt möchte ich nur ungern zurück in die eigene Wohnung. Es ist nur …

»Ja?« In der Tür zur Küche bleibt sie stehen und dreht sich abwartend zu mir um.

»Das ist wirklich nicht nötig«, versuche ich es noch einmal.

Lucy sieht mich an, legt den Kopf schief, dann lacht sie. »Ihr Engländer seid so höflich! Aber ich habe beschlossen, heute mal nicht höflich zu sein. Heute bin ich stur!«

11

Lucy

Um diese Uhrzeit ist das *Little Italy* noch leer, und zu meiner Erleichterung scheint Hannah heute keinen Dienst zu haben. Kaum gedacht, beschleicht mich das schlechte Gewissen, und zwar beiden gegenüber. Hannah, weil es mir unangenehm ist, mit Oliver hier gesehen zu werden, und Oliver, weil ich mir Gedanken darüber mache, was Hannah wohl denken mag. Ich meine, es ist offensichtlich, dass das hier nichts Romantisches ist zwischen Oliver Bellingcourt und mir – ach, du meine Güte, wie denn auch? Ich habe Dan! Und das hier ist ein Dankeschön-Essen, mehr nicht. Hannah wird das nicht infrage stellen. Was allerdings bleibt, sind die Vorurteile, die sie Oliver gegenüber hat. Sie wohnt nun schon so lange praktisch neben ihm, kennt ihn jedoch kaum. Ich bin vor nicht einmal einer Woche in die Chestnut Road gezogen und habe streng genommen sogar schon eine Nacht mit ihm verbracht.

»Lucy!« Sobald wir das Restaurant durch den Seiteneingang betreten haben, kommt Orlando mit ausgebreiteten

Armen auf uns zu. »Was für eine Freude! Bist du zum Arbeiten gekommen oder zum Essen?«

Ich muss lachen. Wann immer ich Orlando in den vergangenen Tagen begegnet bin, wurde er nicht müde zu betonen, dass ich jederzeit bei ihm anfangen könne. Weil Hannah ihm womöglich gesteckt hat, dass es mit meinem eigentlichen Job gerade nicht wirklich rundläuft.

»Die Versuchung wird größer«, erwidere ich, während ich mich von ihm an seine breite Brust drücken lasse. »Aber noch habe ich ein bisschen viel mit Umzugschaos zu tun. Wir sind als Gäste gekommen.« Ich rücke von Orlando ab und nicke in Olivers Richtung. »Mein neuer Lieblingsnachbar war so nett, die Dunkelheit in meiner Wohnung zu vertreiben, dafür würde ich ihn gern zum Essen einladen.«

»Was hast du gemacht?«, fragt Dante im Vorbeilaufen. »Was auch immer es war, Lucy – ich kann das auch für dich tun. Wenn nicht sogar besser.« Über die Schulter zwinkert er mir zu, dann ist er in Richtung Küche verschwunden.

Orlando brummt eine Reihe von italienischen Wörtern, die schwer nach Fluch klingen, dann wendet er sich meiner Begleitung zu.

»Oliver Bellingcourt.« Er verschränkt die Arme vor der Brust und runzelt die Stirn. »Keine Auberginen, kein Fleisch, weil die *Konsistenz* nicht recht ist, si?«

»Nun ja …« Mit einer mir mittlerweile vertrauten Handbewegung reibt Oliver sich den Nacken.

Ich werfe ihm einen fragenden Blick zu.

Orlando schüttelt den Kopf. »Sag nichts! Heute finden wir was. Das wäre ja noch schöner!«

Er weist uns eine Nische im hinteren Bereich des Restaurants zu, und ich komme nicht umhin zu denken, dass dies womöglich der romantischste Platz im ganzen Lokal ist. Spaliere, die von künstlichen Kletterpflanzen umrankt sind, schützen vor den Blicken der anderen Gäste, der Tisch selbst ist gemütlich gedeckt: mit rot-weiß karierter Tischdecke, ebensolchen Papierservietten und einer dickbauchigen Lambrusco-Flasche, in der eine Tropfkerze flackert.

Was mich an Dan denken lässt. Nicht die Tropfkerze, nur der Umstand, dass ich eigentlich mit ihm hier sitzen sollte. Und eigentlich *würde* ich mit ihm hier sitzen, wäre ich nicht wegen eines Jobs früher aufgebrochen, ohne ihn. Wegen eines Jobs, den ich jetzt nicht mal mehr habe.

»Was ist das mit dir und den Auberginen?«, frage ich, nachdem wir uns gesetzt haben.

Oliver verzieht das Gesicht. »Er hat da dieses Ding laufen. Dieses Ich-weiß-genau-wonach-dir-heute-ist-du-musst-gar-nicht-selbst-bestellen-Ding.«

»Das ist ein Ding?« Ich lächle. Oliver lächelt auch, zumindest nehme ich das an. Es gibt da so ein Zucken um seinen Mund, das darauf hindeuten könnte, sicher bin ich mir nicht. Ich habe noch nie jemanden getroffen, der zu schüchtern zu sein scheint, um zu lächeln, zu schüchtern oder ... eingerostet? Ungeübt? Jedenfalls habe ich noch nie jemanden getroffen, der auf diese Art lächelt, aber ... *here we go.*

»Heute hat er Dante mit einem Mittagessen zu mir hochgeschickt. Ich glaube, ich habe seinen Ehrgeiz geweckt, als ich das letzte Mal die überbackene Aubergine abgelehnt habe.«

»War sie denn so schlecht?« Ich beuge mich ein Stück über den Tisch, damit Oliver mich noch verstehen kann, während ich flüstere: »Ich esse heute zum ersten Mal hier, aber Hannah hat nur Gutes über das *Little Italy* zu berichten. Sie hätte mich sicher gewarnt, wenn …«

»*Allora.*«

Oliver und ich fahren auseinander, als hätte Orlando uns bei wer weiß was ertappt. Seinem Gesichtsausdruck nach zu urteilen hat er zumindest genau gehört, was ich gerade versucht habe, vor ihm zu verbergen.

»Das Essen hier soll ganz ausgezeichnet sein!« Ich strahle Orlando an, die Worte *Mist, ertappt* sicherlich deutlich auf meiner Stirn zu lesen. »Hannah kommt aus dem Schwärmen gar nicht mehr raus. Keine Ahnung, weshalb es ihm nicht schmeckt.« Ich mache eine fahrige Handbewegung in Olivers Richtung, dessen dunkle Augen sich ungläubig weiten. »Es hat sicherlich nichts mit den Kochkünsten hier zu tun.«

Zwei, drei Sekunden sieht mich Orlando schweigend an, während ich in Gedanken die Worte *Mist* und *ertappt* durch *Verräterin* ersetze. Ich werfe Oliver einen entschuldigenden Blick zu, den er mit einem unausgesprochenen *Was zum Teufel* quittiert. Orlando dagegen scheint nicht lange den schweigenden Richter spielen zu wollen, denn er reibt sich schon wieder die Hände.

»*Allora*«, wiederholt er, fröhlicher diesmal. »Was darf ich euch bringen? Ein schönes kühles Bier für die Dame aus Texas? Und …« Sein Blick fällt auf Oliver. »Und ein … Glas Cola für den Herrn Spiele-Entwickler?«

»Perfekt!« Ich klatsche in die Hände. Sehr dankbar für den Umstand, dass Orlando richtig geraten hat – es geht doch nichts über ein kleines kühles Bier nach getaner Arbeit.

Oliver sagt: »Cola. Okay«, und Orlandos Strahlen wird eine winzige Nuance kühler.

»Bringe ich euch!«, sagt er dennoch, und sobald er außer Hörweite ist, sehe ich Oliver an. »Wolltest du wirklich eine Cola, oder hast du dich nur nicht getraut, ihm zu widersprechen?«

»Wolltest du mich wirklich gerade vor den Bus schubsen oder bist du nur in mich hineingestolpert?«

Ich spüre, wie mir Hitze in die Wangen steigt, doch da ist wieder dieses olivereske Halblächeln, das mir signalisiert, dass er nicht wirklich sauer auf mich ist.

»Cola ist in Ordnung«, erwidert er dann auch und zuckt mit den Schultern. »Ich bin eigentlich nicht wirklich wählerisch. Ich mache mir nur nicht viel aus Essen. Solange es Sachen sind, die ich mag.«

»Du klingst wie ein Teenager.« Die Worte sind mir herausgerutscht, und ich bereue sie sofort. Es ist überhaupt nicht meine Absicht, Oliver zu provozieren oder vor den Bus zu werfen, wie er es nennt. Ich finde ihn nur so … außergewöhnlich. Und gar nicht teeniemäßig eigentlich. Wenn ich es recht bedenke, glaube ich eher, dass es etwas anderes ist, das Oliver antreibt, so etwas wie … keine Umstände machen zu wollen. Der Mühe nicht wert sein. Etwas in dieser Art? Ich habe keine Ahnung, wie ich darauf komme, außer der Tatsache, dass der ganze Mann, seine Ausstrahlung, alles, was er sagt und tut, darauf hinausläuft, im Hintergrund verschwinden zu wollen. Selbst wenn er sich durch ausgesprochene Hilfsbereitschaft hervortut und damit ungewollt ins Licht rückt.

»Das nehme ich zurück.« Ich nicke. »Hab's mir anders überlegt.«

Oliver legt den Kopf schief. »Wieso? Du hast vermutlich recht. Ich bin 33, und manchmal habe ich das Gefühl, ich stecke nach wie vor in meinem Teenager-Ich und habe keine Ahnung, wie ich dem entkommen soll. Und manchmal *wünschte* ich, ich wäre noch dieser Teenager, säße vor meinem Computer in der Garage meiner Eltern auf der Jagd nach dem perfekten Abenteuer. Dem, das ich selbst gern spielen würde. Ich sprühe vor Ideen, hacke wie wild auf die Tasten ein und ernähre mich von Cola und Chips. Davon kann ich im Moment nur träumen. Nicht von Cola und Chips, von … Im Moment läuft einfach gar nichts glatt, und ich bin so weit entfernt davon, ein weiteres Spiel zu entwickeln wie … wie Schrödingers Katze.«

Es ist die absolut längste Zeit, die Oliver gesprochen hat, seit ich ihn kenne, wir beide wissen das. Weshalb im Anschluss absolute Stille herrscht. Auch ich brauche einen Moment, um meine Gedanken zu ordnen. Und wer um Himmels willen ist Schrödingers Katze? Egal.

»Und damals ist es dir gelungen?«, frage ich stattdessen. »Dieses Spiel zu entwickeln, das du unbedingt selbst gern spielen würdest?«

»Ein frisches Helles, eine Cola.« Dante stellt die Getränke vor uns ab, nachdem Oliver und ich einmal mehr auseinanderfahren. Sieht so aus, als hätten wir uns während der vergangenen Minuten einander erneut entgegengebeugt.

»Er hat *Catmosphere* erfunden, wusstest du das nicht?« Dante sieht erst mich an, dann Oliver. »Ich hab das gerahmte Plakat über deinem Schreibtisch gesehen. Da stand dein Name drauf. Krass.« Er nickt anerkennend. »Krass, krass, krass. Nur deshalb bin ich fast geneigt, dir zu verzeihen, dass du hier mit meiner neuen Freundin Lucy beim Essen sitzt.« Womit er mich eindeutig zweideutig angrinst, bevor er sich das Tablett unter den Arm klemmt und Richtung Theke verschwindet.

»Ich bin verlobt!«, rufe ich ihm nach, doch der Einzige, der darauf reagiert, ist Oliver, indem er sich ein Stück tiefer in seinen Stuhl sinken lässt.

Ich starre ihn an. »*Catmosphere*? Das ist das Spiel, das du entwickelt hast?«

»Yep.«

»Wow. Ich hatte keine Ahnung, dass es aus England kommt. Es ist in den USA so groß, dass ich einfach davon ausgegangen bin, dass Amerikaner es entwickelt haben.«

Oliver greift nach seiner Cola und nippt daran. Nicht die Unterhaltung, die er führen möchte, wie es aussieht, aber ich bin zu neugierig, um still zu sein.

»*Das* ist das Spiel, das du in der Garage deiner Eltern erfunden hast?«, hake ich nach.

Er nickt, dann schüttelt er den Kopf. »Nicht allein. Mit meiner Freundin Yunai zusammen.«

»Oh!« Oh? Also wirklich, Lucy. Das klang viel zu überrascht. Wieso sollte dieser Mann keine Freundin haben? Die Teenager-Version dieses Mannes, meine ich. Beziehungsweise – er könnte auch jetzt noch eine haben, woher soll ich wissen, wie genau es um den Familienstand eines Oliver Bellingcourt steht? Ach, herrje – am Ende hat er eine Freundin. Ich habe einen Mann, der vielleicht nicht verlobt ist, aber vergeben, einfach zum Essen beim Italiener eingeladen. Ich, die ich selbst verlobt bin. Und wie! Und wie? *Wie* kann man denn verlobt sein, bitte?

Liebe Edna, es wird wirklich Zeit, meine Gedanken wieder einmal von Grund auf zu sortieren.

»Yunai und ich sind zusammen aufgewachsen«, erklärt Oliver völlig ungeachtet meines inneren Tumults. »Sie hat mit ihrer Familie im Nachbarhaus gewohnt. Unsere Garagen lagen Wand an Wand. Und wir waren beide irgendwie Außenseiter, und …« Er hält inne, so als würde auch er seine Gedanken erst ordnen müssen. Oder als sei er an irgendetwas in der Vergangenheit hängen geblieben. »Auf eine Art wurden wir zufällig zusammengewürfelt«, sagt er schließlich. »Und haben dann festgestellt, dass sich unsere Leidenschaften ziemlich gut kombinieren lassen. Meine fürs Programmieren, ihre fürs Zeichnen.«

»Kombinierte Leidenschaften«, wiederhole ich, bevor

ich mich selbst davon abhalten kann. »Ich meine«, fahre ich hastig fort, »das ist toll. Sie hat diesen epischen Look für *Catmosphere* entworfen? Das ist richtig beeindruckend.«

Ich habe keine Ahnung, wovon ich da rede, aber Daisys Freund Joey schon. Und er hat von einem »epischen Look« gesprochen und von »unfassbar geistreichem Story-telling«. Und Joey muss es wissen, er tut nicht viel anderes, als Computerspiele zu spielen. Wie auch immer meine geradlinige, eigentlich nur als das Gegenteil von spielend zu bezeichnende Schwester dazu gekommen ist, sich in einen Gamer zu verlieben, es ist passiert, und es läuft ziemlich gut. Seit drei Jahren schon, um genau zu sein.

»Yunai ist irre begabt«, sagt Oliver, und es klingt fast ein bisschen geistesabwesend. »Sie ist …« Er schüttelt den Kopf, fährt sich durch die Haare, seufzt. Und so ganz allmählich dämmert mir, dass wir hier einem Thema auf der Spur sind, das weit über Small Talk hinausgeht. »Sie könnte schon sonst wo sein, wenn ich nicht hier säße, um sie zu bremsen.«

»Wenn du nicht hier säßest, um sie zu bremsen«, wiederhole ich, bevor ich nach meinem Bierglas greife, um daran zu nippen. Irgendwo habe ich mal gelesen, wenn einem nicht einfällt, was man zu einem gewissen Thema sagen soll, wäre es ratsam, einfach das zu wiederholen, was man gerade gehört hat, um den anderen dazu zu bringen weiterzureden.

»Nicht *hier*«, korrigiert Oliver, »generell meine ich.«

Ich würde mal behaupten, das hat nur so semigut funktioniert. Also versuche ich es anders.

»Ich verstehe nicht ganz?«

Oliver seufzt. »Wir haben *Catmosphere* erfunden, da waren wir faktisch noch Kinder«, beginnt er. »Und dann, vor ein paar Jahren, griffen wir den Faden wieder auf, und das Ding ging durch die Decke, wie ein Indie-Projekt durch die Decke gehen kann. Es war … unerwartet.«

»Und sehr erfolgreich.« Ich nicke. »Und dann?«

»Und dann kamen Angebote von überall her, um das Spiel noch größer zu machen. Wir haben die Lizenz schließlich an ComGA verkauft.«

Oliver deutet mein Stirnrunzeln richtig, denn ich habe keine Ahnung, wer oder was ComGA ist.

»Ein großer Spiele-Entwickler«, fügt er hinzu. »Sehr groß. Und … mittlerweile etwas ungeduldig, weil er seit über einem Jahr auf eine Fortsetzung von *Catmosphere* wartet. Und wartet. Und … wartet.«

Über die rot-weiß karierte Tischdecke treffen sich unsere Blicke, und mit einem Mal ist Oliver die Erschöpfung anzusehen, die seine Worte angedeutet haben – seine dunklen Augen wirken müde, und der blasse Ton seiner Haut ergibt plötzlich Sinn. Eventuell sogar seine eingefrorene Kommunikationsfähigkeit, die erst ganz allmählich beginnt aufzutauen. Vermutlich sperrt er sich seit Monaten in seinem Arbeitszimmer ein, fernab jeglicher Zivilisation und Tageslicht, um dem Druck standzuhalten, einen Geniestreich wiederholen zu müssen.

»Sorry«, sagt er, bevor er sich mit einer Hand das Gesicht reibt und den Ausdruck von Erschöpfung, Verzweiflung und Irritation fortwischt. »Ich habe keine Ahnung, wieso ich dir all das erzähle.«

»Ich auch nicht«, gebe ich lächelnd zurück. »Aber ich freue mich ungeheuer darüber.«

Für einige Sekunden sehen wir uns schweigend an, und ich fühle, wie Wärme sich in mir ausbreitet, die mir aus irgendeinem Grund unangemessen erscheint.

Ich räuspere mich. »Joey wird ausflippen«, sage ich schließlich, »wenn ich ihm erzähle, dass ich den Erfinder von *Catmosphere* kennenlernen durfte.«

Etwas flackert in Olivers Blick, ganz kurz nur – eine Art Verletzlichkeit, die mich dazu bringt, nach meinem Glas zu greifen, um die Hitze in mir mit etwas Kühlem zu löschen.

Er blinzelt, den Ausdruck auf seinem Gesicht einmal mehr überspielend, bevor er fragt: »Wer ist Joey?«

Ich erkläre es ihm. Und auch, dass niemand es je für möglich gehalten hätte, dass meine Schwester sich mit einem Mann zusammentun würde, der so völlig anders ist als sie selbst. »Als prallten zwei Welten aufeinander. So ähnlich wie in deinem Computerspiel eigentlich.«

»In *Catmosphere* treffen die Welten eigentlich nicht aufeinander«, erklärt Oliver, und nach wie vor klingt er so, als wollte er lieber gar nichts erklären. »Die Welt, in der du dich gerade befindest, verändert sich, je nachdem, welche Entscheidung du triffst. Die Entscheidungen wiederum hängen von deiner emotionalen Verfassung ab. Das Spiel kann sehr ... überrumpelnd sein.«

»Es klingt toll! Und spannend. Vielleicht spielen wir es

mal zusammen? Wenn du es überhaupt noch sehen kannst, heißt das.«

»Klar. Ja. Warum nicht?«

Er klingt so wenig begeistert, dass ich lachen muss, und Oliver verzieht das Gesicht.

»Es tut mir leid. Es ist nur …« Er reibt sich die Stirn.

»Es ist nur«, komme ich ihm zu Hilfe, »spielen ist gar kein Spiel mehr für dich?«

Überrascht sieht er mich an. »Ja. Das ist es vermutlich.«

»Hmmm. Dann könnte ich mir vorstellen, dass deine Aufgabe gerade gar nicht ist, ein neues Spiel zu entwickeln, sondern den Spaß am Spielen wiederzufinden. Oder liege ich total daneben?«

Einige Sekunden lang sieht mich Oliver stumm an, dann öffnet er den Mund, und …

»Signorina, Signor – habt ihr euch entschieden? Was darf ich bringen?«

Verwirrt blinzle ich Orlando an. »Wir haben noch keine Karte bekommen, deshalb …«

»Aaah, das ist gar kein Problem.« Er macht eine wegwerfende Handbewegung, dann landet sein Zeigefinger an seinem Kinn. »Wollen mal sehen … Etwas hübsch Herzhaftes für dich, Signorina Lucy? Wie wäre es mit einer schönen, saftigen Pasta Salsiccia und Burrata?«

Meine Augen werden groß. »Ja! Hilfe, Orlando, das ist gerade genau das Richtige!« Tatsächlich bin ich selbst überrascht, wie gut das klingt. Ich habe ewig keine Salsiccia mehr gegessen. Das letzte Mal muss schon Jahre her sein, als der kleine Italiener neben dem Shoppingcenter noch geöffnet hatte und Daisy, unsere Eltern und ich dort regelmäßig nach dem Samstagsvormittagseinkauf essen waren. Ein Belohnungsessen quasi. Es ist mir ein absolutes Rätsel, wie Orlando das erraten konnte, und ich strahle ihn begeistert an. Dann Oliver. Der weniger glücklich dreinblickt.

»Und für dich …« Nachdenklich kneift Orlando die Augen zusammen.

»Ich …«, beginnt Oliver.

»Shh, shh, shh. Mmmmmh. Ich denke … Ich denke, eine Pizza vielleicht?«

»Pizza klingt …«, setzt Oliver erneut an.

»Mit … Funghi?«, fragt Orlando.

»Salami?«, fragt Oliver vorsichtig zurück.

»Aber Salami ist Fleisch!«, stellt Orlando stirnrunzelnd fest.

»Ja, aber … es sieht nicht mehr danach aus«, murmelt Oliver.

Alle drei runzeln wir die Stirn, dann dreht Orlando auf dem Absatz um und stolziert Richtung Bar, während ich einen Schluck von meinem Bier nehme, um nicht wieder loszulachen.

»Entschuldige.« Oliver seufzt so tief, man könnte meinen, er stehe kurz vor dem Zusammenbruch.

»Wofür?«

»Für … mich, schätze ich. Ich bin …«

Ich warte, und als Oliver nur den Kopf schüttelt, komme ich ihm einmal mehr zu Hilfe.

»Ein sehr netter Mann?«, frage ich. »Hilfsbereit? Handwerklich begabt? Ein Kümmerer? Zu höflich, um einen ebenfalls sehr netten Wirt vor den Kopf zu stoßen?«

»Ein Nerd«, sagt Oliver.

»Ein überaus netter Nerd«, stimme ich zu.

»Habe ich es nicht gleich gesagt!«, ruft jemand, und als ich aufblicke, ist Hannah dabei, einen weiteren Stuhl an unseren Tisch zu ziehen. Sie setzt sich. Ich werfe Oliver einen entschuldigenden Blick zu und hebe die Hände.

»An mir liegt es nicht«, versichere ich ihm. »Ich kenne diese Menschen noch nicht mal eine Woche.«

Oliver lächelt dieses Nicht-Lächeln, und ganz kurz nur beginnt in meinem Herzen etwas zu flattern. Seeeehr kurz, und aus mir unerklärlichen Gründen. Es hat etwas Verletzliches, dieses Beinah-Lächeln, das ist alles.

Auf Hannah scheint es nicht zu wirken. Völlig unbeeindruckt von der Verwundbarkeit meiner Begleitung greift sie nach meiner Hand, drückt sie und holt einmal tief Luft. »Ich hatte eben diesen Pressetermin bei der Freizeitbasketballtruppe, die den Platz unten an der Promenade nutzt. Es ging um ... egal. Lucy!« Sie schnappt sich meine andere Hand, und, mit einem Seitenblick auf Oliver: »Ich habe die Lösung für all deine Probleme gefunden.«

Sagt es und grinst über das ganze Gesicht.

12

Oliver

»Auf gar keinen Fall!«

»Bitte? Bitte, lieber Oliver, mir zuliebe? Und der wundervoll fantastischen Nachbarschaft wegen?«

Ich starre Lucy an, wie sie da vor mir steht: In Jeans und einem karierten Holzfällerhemd, Cowboy-Stiefel, Cowboy-Hut, zwei Zöpfe heute, die rechts und links darunter hervorlugen. Es ist Samstag. Ich habe Lucy seit Mittwochabend nicht gesehen, doch der kurze Adrenalinrausch, der meine Nervenbahnen durchflutete in dem Augenblick, als ich sie durch den Türspion entdeckte, ist einer vagen Verunsicherung darüber gewichen, dass ich mir sehr genau vorstellen kann, warum sie vor meiner Tür steht.

Sie streckt mir die Hände entgegen. Die eine hält einen Kaffeebecher, die andere eine braune Papiertüte.

»Cappuccino«, sagt sie. »Und ein Mandelteilchen aus der Patisserie an der Western Road, das geradezu exquisit ist. Ich weiß, du machst dir nicht viel aus Essen, aber das hier wirst du lieben, ich schwöre es. Du hast doch noch nicht gefrühstückt?«

»Lucy …« Ich zögere. Ich bin nicht wirklich gut darin, Menschen etwas abzuschlagen, erst recht nicht überdurchschnittlich liebenswerten Amerikanerinnen, die seit Tagen meine Gedanken vereinnahmen. Sie drückt mir Kaffee und Gebäck in die Hände und zieht ein gefaltetes Blatt Papier aus der Gesäßtasche ihrer Jeans, von dem ich sofort weiß, was es damit auf sich hat.

»Die hat Hannah drucken lassen! Oh mein Gott, sie ist so großartig. Keine Ahnung, woher sie die so schnell beschafft hat, aber …« Lucy gibt ein Quietschen von sich. »Und jetzt ist es so weit. Und ich bin aufgeregt. Was, wenn niemand kommt? Du willst doch nicht, dass Hannah und ich allein am Strand herumhopsen? Dass sie sich all die Mühe umsonst gemacht hat. Willst du das wirklich, Oliver? Willst du das?«

Ich starre in Lucys dramatisch aufgerissene Augen, in denen ich beinah versinke, dann auf den Zettel in ihrer Hand. Sie wedelt damit vor meiner Nase herum, was nicht schlimm ist, weil ich den Inhalt ohnehin schon kenne, weil besagter Flyer nämlich bereits gestern in meinem Briefkasten lag.

YEE-HAW!

KOSTENLOSE LINEDANCE-STUNDE
Zieh deine Cowboy-Stiefel an und mach mit beim
texanischen Tanzspaß am Strand!

WANN?
Samstag, 5. Juli, 15 Uhr
Samstag, 12. Juli, 15 Uhr
Samstag, 19. Juli, 15 Uhr
Samstag, 26. Juli, 15 Uhr

WO?
Brighton Beach, Basketballplatz

WAS DICH ERWARTET:
Eine Stunde kostenloser Linedance-Spaß –
DER Tanzhit aus den Staaten!
Keine Vorkenntnisse nötig – jeder ist willkommen!
Bring deine Freunde, Familie und fröhliche Tanzlaune mit!
Genieße coole Country-Musik, das Rauschen der Wellen und
jede Menge Spaß in der Sonne!

KOSTENLOS – NUR GUTE LAUNE MITBRINGEN!
Geleitet wird der Kurs von Lucy, deiner Linedance-Lehrerin
aus Texas! Lass uns den Strand von Brighton in eine Tanzfläche verwandeln! 🤠 (nur bei gutem Wetter!)

*Weitere Informationen oder um einen Linedance-Tanzkurs bei
der Dance Academy zu buchen: lucy@linedance.com*

Ich blicke auf und in Lucys hoffnungsvolles Gesicht.

»Sind die nicht großartig? Ist Hannah nicht großartig? Sie hat vermutlich absolut recht, und so ein kostenloser Schnupperkurs ist *die* Lösung all meiner Probleme. Bitte?«, wiederholt sie. Sie sieht aus wie eine Disney-Prinzessin aus dem Wilden Westen, und ich muss all meine nicht vorhandene Widerstandskraft mobilisieren, um nicht: *Ja! Klar! Was immer du willst!* zu rufen.

»Es tut mir leid«, bringe ich stattdessen hervor. »Ich kann mir gerade ehrlich nichts Schlimmeres vorstellen, als an der Strandpromenade zu tanzen.« Was wahr ist. Es gibt kaum etwas, das ich mir fürchterlicher vorstelle. Was mir bereits in dem Augenblick klar war, in dem Hannah Lucy die Idee bei unserem gemeinsamen Abendessen im *Little Italy* präsentierte. Weshalb ich mich höflich aus dem Gespräch zurückgezogen habe. Es gibt vermutlich niemanden in dieser Stadt, der weniger dazu geeignet ist, vor einer Gruppe Schaulustiger herumzuhüpfen, als ich. Allein beim Gedanken daran wird mir übel.

»Okay.« Und von jetzt auf gleich ist das Licht, das Lucy umgibt wie ein natürlicher Kosmos, erloschen.

»Es tut mir wirklich leid«, setze ich an, eindringlicher diesmal, »es ist bloß …«

»Es ist in Ordnung«, unterbricht sie mich und nimmt mir lächelnd den Flyer aus der Hand. Ich hasse diesen verständnisvollen Blick. Als sei es glasklar, dass man mit mir, Oliver Bellingcourt, Nerd und mutmaßlicher Axtmörder aus 2A, keinen Spaß am Strand haben kann.

»Ich verstehe sehr gut, was für eine Überwindung es sein muss, in einer Gruppe zu tanzen, vor einer Ansammlung Zuschauer womöglich, wenn man … wenn man es nicht gewohnt ist.« Und jetzt ist ihr Blick auch noch mitleidig. Ich hasse das. Weshalb ich mir über die Augen reibe, um sie nicht länger ansehen zu müssen.

»Es tut mir leid«, murmle ich zum gefühlt hundertsten Mal. Niemand möchte lieber aus meiner Haut schlüpfen als ich selbst.

»Wünsch mir Glück, okay?«, erwidert Lucy, und sie grinst schon wieder. Dann stützt sie sich mit den Händen auf meinen Schultern ab und drückt mir einen Kuss auf die Wange.

Ich stehe noch in der Tür zu meiner Wohnung, da ist sie längst die Treppe hinunter und durch die Eingangstür auf die Straße gestürmt.

»Auf gar keinen Fall!«

»Bitte?«, frage ich. »Der guten Nachbarschaft wegen und weil ich dir auch geholfen habe?« Ich nicke in Richtung der Kasse, neben der Dante am Tresen lehnt, ein unverschämt gut gelauntes Grinsen im Gesicht.

»Ich bitte dich, Dude«, sagt er, und obwohl ich ihn kaum und noch nicht sehr lange kenne, geht mir seine angeborene Arroganz schon ziemlich auf die Nerven. Ich meine … Ach, egal. »Das ist doch wohl kaum dasselbe.«

»Du kannst tanzen, oder?«

Dante legt den Kopf schief.

Wie gesagt, ich kenne ihn weder lange noch gut – und doch genug, um zu wissen, dass er Schwächen niemals freiwillig zugeben würde, und etwas *nicht zu können*, gilt mit Sicherheit als Schwäche in diesen fast schwarzen Augen.

»*Natürlich* kann ich tanzen«, erwidert er erwartungsgemäß. »Aber irgend so ein Ringelreigen unter freiem Himmel? Nicht mein Ding.«

»Linedance ist … keine Ahnung, wie genau Linedance funktioniert.« Ich runzle die Stirn. Vermutlich hätte ich mir darüber Gedanken machen sollen, bevor ich mich dazu entschieden habe, zu Dante zu laufen, um ihn zu überreden, mich zum Strand zu begleiten. Seit Lucy vor zwei Stunden und siebenunddreißig Minuten vor meiner Tür stand, habe ich über nichts anderes nachgedacht als darüber, dass ich sie im Stich gelassen habe. Und wie wenig mir dieser Umstand gefällt. Diese Sache heute am Strand … sie ist wichtig für Lucy. Und sie kennt noch kaum jemanden in Brighton. Sie hat niemanden, den sie darüber hinaus fragen könnte, sonst wäre sie sicherlich nicht ausgerechnet zu mir gekommen.

»Lucy Dixon«, sagt Dante und sieht mich aus schmalen Augen an. »Sie gefällt dir, hab ich recht? So richtig gut?«

»Quatsch«, gebe ich automatisch zurück. »Lucy ist verlobt.«

Dante gibt ein abfälliges Geräusch von sich. »*Ich* weiß das, aber weißt *du* das auch?«

»Sei nicht so überheblich.« Wie aus dem Nichts ist Orlando neben seinem Sohn aufgetaucht und zieht ihn am

Ohr. Es sieht nicht gerade zärtlich aus, und Dante gibt einen entsprechenden Klagelaut von sich.

»Wofür war das jetzt wieder?«, fragt er gequält.

»Für Heuchelei, *scemo!* Macht alle Frauen an, egal, ob alt, jung, ledig oder ver-hei-ra-tet!« Vier Kopfnüsse landen beim letzten Wort auf Dantes Stirn, bevor Orlando von ihm ablässt und sich mir zuwendet. »Sei du nicht so dumm, Jungchen. Such dir eine Frau, die noch nicht jemand anderem versprochen ist.«

Mit einem letzten Blick auf uns beide ist Orlando in Richtung der Tische verschwunden. Dante richtet sich auf.

»Du hast gehört, was der alte Mann gesagt hat«, erklärt er, bevor er nach einem Tablett greift. Und dann, während er sich an mir vorbeischiebt, um die Bestellungen der Mittagsgäste aufzunehmen: »Wir treffen uns um halb drei vorne an der Straßenecke. Ich meine, wer weiß, was das überhaupt für ein Typ ist. Pffff. Verlobt.«

Im Gegensatz zu dem, was Dante zu wissen glaubt, ist mein Bestreben, Lucy in dieser Linedance-Aktion zu unterstützen, rein freundschaftlicher Natur. Das rede ich mir zumindest ein, denn diesbezüglich hat der Verrückte ausnahmsweise mal recht: Lucy ist nun mal verlobt. Und dieser Verlobte wird ebenfalls mein Nachbar sein. Und selbst wenn sie es nicht wäre, bin ich sicherlich der Letzte von hier bis Texas, mit dem sich eine Frau wie sie würde einlassen wollen. Lucy leuchtet. Sie strahlt vor Optimismus, Fröhlichkeit, voller Tatendrang. Sie ist warmherzig und freundlich und geht auf Menschen zu. Sie ist wie eine Flasche Cola, die vor dem Öffnen ordentlich durchgeschüttelt wurde – überschäumend und sprudelnd. Gegen eine Frau wie Lucy kann ich eigentlich nur wie der Schatten wirken. Dunkel, undurchsichtig, zieht sich bei Bedrohung zurück. Ich bin weder fröhlich noch optimistisch noch gehe ich gern oder leicht oder überhaupt auf Menschen zu. Ich bin … ich. Und das ist nun mal eine der unüberwindbarsten Hürden meines Lebens.

»Können wir los?«

Ich habe kaum drei Minuten an der Ecke Richtung Pier gewartet, als Dante mir in gewohnter Manier auf die Schulter schlägt.

»Weißt du was?«, fragt er, während er den Arm um eben diese drapiert und mich mit sich zieht. »Ich werde Lucy dir überlassen. Sie scheint dich zu mögen, und« – mit einem gönnerhaften Seitenblick – »du scheinst es nötiger zu haben als ich.«

13

Lucy

Hilfe, ich kann nicht glauben, dass ich das mache. Und ich bin nicht halb so sehr davon überzeugt, das Richtige zu tun, wie es nach außen hin hoffentlich den Anschein hat. Die blonde Texanerin mit dem Cowboy-Hut und den Cowboy-Stiefeln, die gelassen neben einem Plakataufsteller lehnt, der ankündigt, dass hier gleich eine Linedance-Session stattfinden wird, für alle, zum Mitmachen, genau hier, mitten am Brighton Beach.

Ich nicke den vorbeilaufenden Passanten zu, bemüht, mein Lächeln nicht zittrig wirken zu lassen. *Du kannst das, Lucy.* Ich kann das! Ich meine, wo ist der Unterschied, ob ich in einem geschlossenen Raum der Tanzschule unterrichte oder hier draußen? Haha. Oh je. Der Unterschied ist der, dass ich in der *Dance Academy* ziemlich sicher nicht angestarrt werden würde wie eine außerirdische Lebensform, weil jeder, der sich zu einer Linedance-Klasse anmeldet mit einem Cowgirl rechnet, stimmt's? Hier unten am Strand … eher nicht so. Ich frage mich, ob einer dieser skeptisch dreinblickenden Engländer, die an mir vorbeihuschen, sich überwindet mitzumachen. Oder einer der Schaulustigen, die sich bereits auf der kniehohen Steinmauer niedergelassen haben, die den Basketballplatz umgibt. Sie alle sehen eher wie Zuschauer aus, nicht wie Menschen, die Lust haben, vor anderen zu amerikanischer Country-Musik zu tanzen.

Mein Blick fällt auf die Lautsprecher, die Hannah genauso organisiert hat wie den Plakataufsteller, weiß der Himmel, woher. Gerade ist sie unterwegs, um uns etwas zu trinken zu besorgen. Ich kann nur hoffen, dass es etwas Stärkeres ist als Tee. Immerhin ist Dan nicht hier, um mir das Ganze auszureden, denn das würde er mit Sicherheit tun wollen.

Ich krame mein Handy aus der Gesäßtasche meiner Jeans und posiere neben meinem Werbeaufsteller für ein Selfie, das ich Daisy schicke. Es dauert keine fünf Sekunden, dann erscheinen ein lachendes Emoji und drei Punkte, die ihre Antwort ankündigen.

DAISY: *OMG, ich kann nicht glauben, dass du das wirklich tust! Du bist meine texanische Heldin! Zeig's den ollen Engländern, yee-haw!*

ICH: *Das ist nicht witzig! Ich werde mich hier lächerlich machen, und das auch noch vor Publikum.*

Ich öffne die Kamera meines Handys und nehme meiner Schwester einen Rundum-Videoblick auf, inklusive der jetzt schon gackernden Schaulustigen und der skeptisch dreinblickenden Spaziergänger, die an mir und meinem Plakat vorbeiziehen.

DAISY: *Wenigstens hast du einen spektakulären Aus-blick! Was ist das für ein schwarzes Ding da im Wasser?*

ICH: *Das ausgebrannte Gerippe des einstigen West-Piers. Es ist …*

Ich sehe kurz auf und habe im nächsten Moment vergessen, was ich Daisy eigentlich schreiben wollte.

»Ist das …«, murmle ich, während ich mit zusammenge-kniffenen Augen in die Richtung blicke, aus der ich vorhin selbst gekommen bin. »Sind das … Dante und … *Oliver*?«

Das breite Grinsen, das sich beim Anblick der beiden in mein Gesicht malt, reicht mir sicher bis zu den Ohren und spiegelt sich in dem angedeuteten Halblächeln um Olivers Lippen wider.

ICH: *Ich muss Schluss machen. Dante und Oliver kommen gerade, um mich zu unterstützen. Oh, und ich hab dir noch gar nicht erzählt: Oliver hat Catmosphere entwickelt. Was sagst du dazu? Lieb dich. Bis später. Bye.*

Ich schiebe das Telefon zurück in die Tasche meiner Jeans, dann laufe ich auf die beiden Männer zu und falle direkt in Olivers Arme.

»Oh, ähm, ok.« Ich höre ihn schlucken. Dann tätschelt er meine Schulter, als wüsste er nicht, was er sonst mit seinen Händen anstellen sollte. Als ich von ihm abrücke, sehe ich, wie Dante die Augen verdreht.

Ich verkneife mir ein Lachen. »Ich kann nicht glauben, dass ihr gekommen seid. Das ist so … soooo … Das ist einfach großartig! Ich fasse es nicht!«

»Ich auch nicht.« Dante nickt zustimmend. »Aber was tut man nicht alles für seinen besten Freund? Stimmt's, Ol?« Womit er Oliver so herzhaft auf den Rücken schlägt, dass der einen Schritt nach vorn macht.

»Ich überlege noch«, murmelt er schließlich, und ich greife schnell nach je einer Hand der beiden, um sie mit mir in Richtung der improvisierten Tanzfläche zu ziehen. Nicht dass es sich einer der zwei noch anders überlegt.

»Okay, noch mal von vorn. One, two, three …« Ich starte den Soundtrack von »Footlose« noch einmal, und die Gruppe, die mittlerweile aus vierundzwanzig Tänzern besteht, beginnt damit, die Füße nach vorn zu kicken, dann zur Seite, dann noch mal von vorn.

»Grapevine«, rufe ich das Kommando, und vierundzwanzig paar Füße bewegen sich in überkreuzten Schritten seitwärts. Oder sagen wir, mindestens achtzehn davon. Ein kleiner Teil bleibt stehen oder läuft in die falsche Richtung, wird an- oder umgerempelt und sorgt damit unfreiwillig für höchst willkommene Heiterkeit. In der Regel sind Hannah und Oliver mit dabei. Hannahs Freund dagegen –

wow. Viktor ist zu uns gestoßen, kurz bevor wir anfangen wollten, und abgesehen davon, dass er tatsächlich strahlt wie ein Filmstar, ist er auch noch ein ausgesprochen guter Tänzer.

»Erinnerst du dich noch an meine Schlittschuhkünste«, ruft er Hannah zu. »Da konntest du auch schon nicht mithalten.«

»Halt die Klappe«, ruft Hannah lachend, bevor Oliver aufschreit, weil sie ihm einmal mehr auf die Füße gestapft ist.

Ich amüsiere mich köstlich. Und den anderen scheint es auch nicht gerade schlecht zu gehen. Und überhaupt: Wer hätte gedacht, dass sich dieser Nachmittag derart entwickeln würde?

Nach anfänglich höchst geringer Teilnehmerzahl von fünf Leuten (Hannah, Viktor, Oliver, Dante und ich), dauerte es keine fünf Minuten, bis die erste Gruppe junger Mädchen sich uns anschloss. Darauffolgend blieben immer mehr Leute stehen, und weitere Tänzer schälten sich aus der Menge. Ich meine, Linedance *ist* eine coole Sache, wenn man erst mal den Dreh mit den Schritten raushat. Dass es außerdem Spaß zu machen scheint, *yee-haw* zu rufen und imaginäre Cowboy-Hüte zu schwingen ... Eingefleischte Texaner mögen mir verzeihen.

»Das war super!«, rufe ich nach etwa anderthalb Stunden, nachdem wir den Song zum dritten Mal in voller Länge durchgetanzt haben. »Ihr seid absolute Naturtalente! Beyoncé wäre stolz auf euch!«

»Beyoncé?«, ruft eines der Mädchen atemlos, und Hannah tätschelt ihren Arm.

»Eine der ganz großen Texanerinnen«, sagt sie wohlwollend, »gleich nach unserer Lucy hier.«

Ich verkneife mir ein Lachen. Das Mädchen sieht mich ehrfürchtig an. »Kann ich ein paar der Handzettel bekommen?«, fragt sie mit Blick auf den Stapel, der neben der mittlerweile verstummten Boombox liegt. »Ich will sie in der Schule verteilen.«

»Das ist eine grandiose Idee«, ruft Hannah, noch bevor ich etwas erwidern kann, und drückt dem Mädchen gleich den ganzen Stoß in die Hand. »Nächste Woche Samstag bringe ich noch mehr. *Linedance mit Lucy!* Das wird der Hotspot an der Promenade! Yee…«

»Bitte!«, rufe ich, bevor Hannah das *haw* anhängen kann. »Mein texanisches Herz! Ihr macht euch lustig, aber es blutet jedes Mal, wenn einer von euch diesen Schlachtruf verunglimpft!« Ich werfe Hannah einen leidvollen Blick zu, den sie breit grinsend erwidert, und Dante ebenso.

»Was?«, fragt er unschuldig. »Wir haben für Stimmung gesorgt, oder etwa nicht? Selbst unser guter alter Oliver hier hat irgendwann den Dreh rausgehabt, im wahrsten Sinne des Wortes.« Er legt Oliver, der ein paar Schritte neben uns gestanden und zur Kapsel des i360 hochgesehen hat, einen Arm um die Schulter und zieht ihn näher zu uns heran.

»Hat Spaß gemacht, oder Ol?«, fragt er, bevor er ihm mit der freien Hand auf die Brust klopft.

Oliver hustet ein »Klar, Spaß« hervor, und ich kann nichts dafür, ich muss jedes Mal grinsen, wenn er so peinlich berührt ist. Ich meine das nicht böse. Es ist einfach nur ... Mir wird warm ums Herz, wenn ich daran denke, wie viel Überwindung es Oliver gekostet haben muss, hier anzutanzen – ebenfalls im Wortsinn gesprochen. Wie großartig, dass Dante ihn darin unterstützt hat, und von dem, was Hannah für mich getan hat, will ich gar nicht erst anfangen. Tatsächlich habe ich Tränen in den Augen, als ich in einer spontanen und nicht sehr eleganten Übersprunghandlung versuche, alle drei auf einmal in meine Arme zu ziehen, Viktor noch dazu.

»Danke«, hauche ich ergriffen. »Nach all dem, was in der vergangenen Woche passiert ist – von meinem verloren gegangen Hab und Gut über die Job-Misere hin zu einem Apartment, in dem es ...« Ich schüttle mich. »Für einen Augenblick dachte ich wirklich, es sei das Beste, meinen Koffer zu packen und zurück nach Tomball zu fliegen.«

Hannah will protestieren, aber ich bin noch nicht fertig.

»Danke schön«, wiederhole ich, inbrünstiger diesmal. »Ihr vier seid das Beste, was einer Amerikanerin in England passieren könnte.«

Oliver sieht mich aus seinen warmen, dunklen Augen an. Sie lächeln, auch wenn es sein Mund nicht tut, und ich könnte ihn ewig anschauen, könnte ganz leicht alle um mich herum vergessen. Wäre da nicht ...

»Yee-haw«, ruft Dante, und der Bann ist gebrochen.

14

Oliver

Ich denke, ich brauche noch eine Weile, um den Schock zu verdauen. Dass ich tatsächlich Linedance vollführt habe, am helllichten Tag, in aller Öffentlichkeit. Und dann die Erkenntnis, dass es nur halb so schlimm war wie befürchtet – ich habe wahrlich schon grauenvollere Nachmittage an diesem Strand erlebt. Was um Himmels willen stimmt nicht mit mir?

»Ich lade euch alle zum Essen ein«, ruft Lucy, sobald sie die Lautsprecher und den Plakataufsteller eingesammelt hat. »Es ist nur ein kleines Dankeschön, denn das, was ihr gerade für mich getan habt ...«

»Jaha, das wissen wir doch allmählich, du brauchst dich nicht noch weitere hundert Mal zu bedanken.« Umständlich nimmt Hannah Lucy in den Arm, bevor sie ihr Aufsteller und Boombox aus der Hand nimmt. »Wir bringen das nach Hause«, erklärt sie, »wo wir leider auch hinmüssen. Viktors Mutter kommt heute zum Essen.« Sie schüttelt sich ein bisschen, und Viktor drückt ihr lachend einen Kuss auf die Haare. Die beiden wirken glücklich, und aus irgendeinem Grund versetzt es mir einen Stich, dabei zuzusehen.

»Oh, stimmt ja, das hatte ich vergessen.« Für den Bruchteil eines Augenblicks zieht Lucy ein Gesicht, dann fängt sie sich wieder. »Dann holen wir das nach!«, erklärt sie enthusiastisch, bevor sie sich Dante und mir zuwendet. »Aber ihr zwei …«

Dante hebt die Hände. »Mein Vater bringt mich um, wenn ich nicht spätestens um fünf wieder im Laden bin, was in …« Er zieht sein Handy aus der Hosentasche, wirft einen Blick darauf und steckt es wieder weg. »Was in siebzehn Minuten so weit sein wird. Sorry, Luce. Ein andermal, okay?« Womit er sich vorbeugt, Lucy einen lautstarken Kuss auf die Wange drückt und sich winkend in Richtung Kings Road davonmacht.

Ich sehe ihm nach. Lucy, die sich mit dem Ärmel über die Wange wischt, ruft: »Mein Name ist Lucy!«, woraufhin sich Dante noch einmal lachend umdreht, bevor er endgültig davonjoggt.

»Ich hätte nicht gedacht, dass ich das jemals vorschlagen würde«, beginnt Hannah, »aber wieso geht ihr zwei nicht noch etwas essen? Du kannst jetzt unmöglich nach Hause in deine leere Wohnung, Lucy, das wäre der tragischste Tod, den aufgekratzte Endorphine je gestorben sind. Es tut mir so leid, dass ich heute keine Zeit mehr habe. Oliver.« Hannahs Blick ist so streng, dass ich mich auf einmal ertappt fühle und keine Ahnung habe, wofür. »Würdest du dich bitte um meine Freundin hier kümmern, sie …«

»Hannah!« Lucy fasst Hannah am Arm, sieht aber mich an, während sie erklärt: »Du musst dich keinesfalls um mich kümmern, ich fühle mich ohnehin schon furchtbar, weil ich dich hierzu genötigt habe. Falls du heute also noch arbeiten musst oder etwas anderes vorhast …«

»Habe ich nicht«, rufe ich, was womöglich niemanden mehr überrascht als mich selbst. »Ich meine, ich habe gar nichts vor. Lass uns irgendwo was essen gehen.«

Beide Frauen starren mich an, und ich bin kurz davor, den Satz zurückzunehmen.

»Ich meine, wir müssen auch nicht, wenn du lieber … Wir können das verschieben, bis alle Zeit haben, meine ich.«

»Nein.« Nach wie vor sieht Lucy mich an, als könne sie selbst nicht fassen, wie diese Unterhaltung gerade verlaufen ist, dann blinzelt sie sich aus ihrem Erstaunen. »Sehr gern. Sehr … gern. Hm-hm.«

Will ich wissen, was sie gerade denkt? Wahrscheinlich eher nicht.

Wir entscheiden uns für den Biergarten einige Meter weiter die Strandpromenade entlang in Richtung Pier. Er hat eine Bühne für Livemusik, die regelmäßig von lokalen Bands bespielt wird, und Lucy hüpft schon auf und ab, bevor wir überhaupt einen Platz gefunden haben. Es ist voll, und am Ende quetschen wir uns dicht nebeneinander an einen Achtertisch, der eigentlich nur für sechs gedacht ist. Was nicht das Schlechteste ist, schätze ich. Gemessen an der Coverband, die gerade lautstark einen Song der Beatles zum Besten gibt, könnten wir uns über den Tisch hinweg vermutlich kaum verstehen.

»Was möchtest du trinken?«, rufe ich, und Lucy hält mir ihr Ohr hin, damit ich die Frage wiederhole. Sie hat fast zwei Stunden getanzt heute Nachmittag, und dennoch duftet sie … fantastisch. Wie eine frische Sommerbrise. Oder so ähnlich.

»Ein Bier!«, schreit sie zurück, bevor sie nach der laminierten Speisekarte greift, die vor uns auf dem Tisch liegt. »Und … einfach einen Teller Pommes vielleicht?« Lucy studiert die Karte, ich ihre Sommersprossen. Hatte ich vorher angemerkt, dass es perfekt sei, so dicht nebeneinanderzusitzen? Nun, dann nehme ich das jetzt zurück. Ich könnte mir vorstellen, dass es mich verwirrt, ablenkt und generell unzurechnungsfähig macht.

Ich springe auf, und Lucy reißt überrascht die Augen auf. »Was machst du?«

»Ich hole uns was! Selbstbedienung!«

»Oh, okay. Aber ich …«

»Nein, lass nur.«

Sie ist dabei, aufzustehen, und meine Hand schwebt über ihre Schulter, um sie zurückzuhalten. Sie setzt sich wieder, bevor ich sie berühren kann.

»Ich hole die nächste Runde«, sagt sie schließlich, und ich flüchte in Richtung Ausschank.

Okay.

Okay, okay, okay.

Vielleicht findest du sie nett, gut möglich. Sehr gut möglich. Gut möglich aber auch, dass du sie nur nett findest, weil du schon ewig nicht mehr mit einer jungen, schönen, lustigen, klugen, charmanten, freundlichen …

Alles klar.

Ich reibe mir die Stirn, während ich mich langsam in der Schlange zur Bar vorwärtsschiebe. Dann atme ich durch die Nase ein und unauffällig durch den Mund wieder aus. Drei Mal, so wie ich es vor Urzeiten mal in einer Meditation gelernt habe.

Und dann denke ich an Natalie, denn wenn irgendetwas hilft, mich auf den Boden der Tatsachen zurückzubringen, dann der Gedanke an meine Ex.

»Bier, Pommes, Majo, Ketchup.« Ich zähle den Inhalt meines Tabletts auf wie ein Vollhonk, während ich es vor Lucy auf dem Tisch abstelle. Sie rückt ein Stück näher an ihre Banknachbarin heran, um mir Platz zu machen. Trotzdem lasse ich so viel Raum zwischen uns, wie es mir auf der engen Sitzbank möglich ist. Die Band spielt »Hey, Jude«, und Lucy stürzt sich auf ihre Pommes.

»Du hast dir Salat bestellt?«, fragt sie, während sie eine Fritte zwischen ihre grinsenden Lippen schiebt.

Ich räuspere mich. »Klang irgendwie nach einer guten Idee.« Richtig. Nach wie vor stehe ich ein kleines bisschen neben mir, aber ich arbeite daran. Ich bin Small Talk einfach nicht mehr gewöhnt. Small Talk nicht, Samstagnachmittage am Strand nicht, die Gesellschaft von fremden Frauen genauso wenig. Ich gebe Yunai nur ungern recht, aber es stimmt: Ich lebe in einer selbst gegrabenen Höhle und blinzle wie ein Idiot ins Tageslicht, wenn ich dann und wann herauskrieche. Das ist weder gesund noch empfehlenswert. Allerdings ist es ebenfalls weder gesund noch empfehlenswert, sich ausgerechnet an die Gesellschaft einer Person zu gewöhnen, die für Gewohnheit an sich völlig ungeeignet ist. Weil sie verlobt ist. Und weil der Verlobte jederzeit hier auftauchen kann – wann eigentlich genau? Spätestens dann jedenfalls wird es mit Small Talk, Nachmittagen am Strand und der Gesellschaft einer dann womöglich nicht mehr ganz so fremden Frau vorbei sein, schätze ich.

»Oliver«, ruft Lucy, und ich zucke zusammen. »Ich kann dich denken hören, über den Lärm der Band hinweg. Ist alles in Ordnung?«

»Klar. Natürlich.« Ich greife nach meiner Gabel, dann überlege ich es mir anders und hebe mein Glas. »Auf Linedance!«

Auf Linedance? Jeez.

Lucy wischt sich grinsend die Finger an ihrer Jeans ab und greift nach ihrem Bier. »Auf Linedance!«

Wir stoßen an. Ich versuche, ihr Lächeln zu erwidern, und wende mich schließlich lieber dem Salat zu.

»Was trinkst du?«

»Cider.« Ich deute auf das Glas. »Willst du probieren? Ist eine Art vergorener Apfelsaft, mit nur wenig Prozent Alkohol.«

»Cider. Heißt bei uns auch so.« Grinsend greift sie nach

dem Glas, probiert, stellt es ab. Ihr Lippenpflegestift hat einen Abdruck am Rand hinterlassen, und Lucy wischt mit dem Daumen darüber. »Schmeckt im Grunde genauso wie bei uns«, sagt sie und lacht. »Ich weiß nicht, was ich erwartet habe. Vieles ist so anders hier, aber einiges dann eben doch nicht. Die Pommes zum Beispiel …« Sie nimmt eine in die Hand und wedelt damit in der Luft herum. »Eins a wie bei uns zu Hause, kein Unterschied.« Sie beißt dreimal in schneller Folge davon ab, bevor sie erneut zu grinsen beginnt. Sie sieht glücklich aus und erleichtert und absolut nicht so, wie ich mich fühlen würde, wenn ich den Abend mit mir verbringen müsste.

»Was ist denn anders bei dir zu Hause?«, frage ich zwischen zwei Bissen Salat.

»Die Autos fahren auf der richtigen Seite«, erwidert Lucy sofort. »Es gibt nicht diese Tee-Besessenheit. Und die Menschen hier sind ein bisschen distanzierter, denke ich. Höflich und nett, aber auch zurückhaltend.« Sie zuckt mit den Schultern. Ich frage mich, ob sie von mir gesprochen hat, aber ich sollte mich vermutlich nicht zu wichtig nehmen.

»Vielleicht sollte ich aufhören, von Texas als meinem Zuhause zu sprechen«, fährt sie fort. »Immerhin ist mein Zuhause jetzt Brighton. Chestnut Road, 23. Nicht die schlechteste Adresse.«

»Nein«, stimme ich zu. »Nicht die schlechteste.«

Schweigen breitet sich aus zwischen uns, das noch aufdringlicher wird, als die Band eine Pause einlegt.

Lucy knabbert abwechselnd ihre Pommes und eine Tomaten- oder Gurkenscheibe, die sie aus meinem Salat fischt. Sie nimmt mir dafür die Gabel aus der Hand. Gibt sie mir anschließend wieder, nachdem sie ihre Lippen berührt hat. Ich schwanke zwischen dem Bedürfnis, mich geehrt zu fühlen, dass sich offensichtlich schon eine Art freundschaftliche Intimität zwischen uns entwickelt hat, und der Enttäuschung darüber, dass die Betonung hier auf *freundschaftlich* liegt. Dann schiebe ich beide Gedanken weit weg, stochere weiter in dem Inhalt meines Tellers und tue so, als wäre alles völlig normal zwischen uns, indem ich frage: »Wie ist es mit den Geräuschen?«

Lucy klopft sich gegen die Stirn. »Alles ruhig, toi, toi, toi, verjinx es bitte nicht. Ich habe die letzten Nächte sogar ziemlich gut geschlafen, dank deiner Gästematratze.«

»Das ist gut.« Ich nicke. Dann senke ich schnell den Blick, um Lucys absolut hinreißendem Lächeln zu entgehen.

»Und … und der Container mit euren Möbeln?«

»Ebenfalls ruhig, was nicht ganz so gut ist. Sie haben noch nicht herausgefunden, wohin die Sachen verschifft wurden.« Sie seufzt, während sie gedankenverloren eine Fritte erst durch den Ketchup-See, dann durch einen Berg Mayonnaise zieht, um sie dann mir hinzuhalten.

Ich blinzle. Nehme ihr das Ding aus der Hand und schiebe es mir in den Mund.

»Dan kümmert sich darum. Zwischen all dem anderen Zeug, das er zu tun hat.« Sie zuckt mit den Schultern, dann seufzt sie. »Was ist mit dir? Läuft es mittlerweile besser mit der Fortsetzung?«

»Ich, äh ...« Anstatt zu antworten, schaufle ich noch mehr Salat in mich hinein.

Lucy lacht. »Alles klar. Wechseln wir das Thema. Aber nur noch mal fürs Protokoll: Kreativität lässt sich nicht auf Kommando ein- und ausschalten. Und Druck schadet ihr am Ende nur.«

»Das hätten wir uns vermutlich überlegen sollen, bevor wir die Rechte an der Fortsetzung von *Catmosphere* verkauft haben.« Wieder ziehe ich eine Grimasse, denn allmählich wird's peinlich, oder? »Vergiss, was ich gesagt habe«, bitte ich Lucy schließlich. »Ich höre mich an wie ein beleidigter Halbwüchsiger. Es war unsere freie Entscheidung – also, die von Yunai und mir –, und daran gibt es auch nichts zu bereuen. Vielleicht ist es auch gar nicht der Druck, den ComGA ausübt. Vielleicht fällt mir einfach nichts mehr ein. Vielleicht bin ich leer gespielt. Oder ...« Oder es ist etwas ganz anderes. Und du weißt genau, was es ist. Und warum auch immer, habe ich plötzlich das Bedürfnis, Lucy davon zu erzählen.

Ich sehe sie an, die wiederum mich anstarrt. Ich habe keine Ahnung, wie allein ihre Anwesenheit mich dazu bringt, Monologe zu halten, ich bin sonst wirklich kein Mensch der vielen Worte. Aber so, wie sie mein Herz gleichzeitig zum Rasen und zum Stillstand bringt und wie ich neben ihr schlafe wie ein Baby, regt sie offensichtlich auch noch mein Mitteilungsbedürfnis an. Kurz gesagt, sie bringt so einiges durcheinander, und das ist alles andere als gut, aber irgendwie auch nicht aufzuhalten.

Erleichtert nehme ich wahr, wie die Band ein neues Set beginnt. Ich habe schon genug gesagt, und von der Krankheit meines Vaters zu erzählen und davon, dass ich zu feige bin, ihn und meine Mutter in dieser schwierigen Zeit zu unterstützen, und davon, wie die Angst mich zu lähmen scheint ... es würde zu weit führen. Und diesen besonderen Abend kaputtmachen, in dem ich Lucy dabei zusehen kann, wie sie mehr und mehr aus sich herauskommt, wie sie lacht und mit den anderen auf den Tisch steigt, um lauthals »Yesterday« mitzugrölen. Und wie sie mich dabei ansieht, als wäre meine Gesellschaft alles, was sie in diesem Augenblick braucht. Als wäre ich genug.

15

Lucy

Es ist schon nach elf, als wir uns auf den Heimweg machen. Die Band hat gerade die letzte Zugabe gespielt, der dritte Cider ist geleert (ja, ich bin auf den Geschmack gekommen), und die jungen Frauen, die sich mit uns den Tisch geteilt haben, werden nächsten Samstag zum Linedance an den Strand kommen. Das haben sie jedenfalls versprochen. Oliver und ich spazieren die Promenade entlang Richtung Chestnut Road, und ich kann mein breites Grinsen kaum zügeln.

Das war ein sehr schöner Abend. Wirklich sehr, sehr schön. Es mag auf den ersten Blick nicht danach aussehen, aber Oliver Bellingcourt ist tatsächlich eine überaus feine Gesellschaft, auch wenn er selbst nicht auf den Tischen tanzt, wenn er nur mit dem Kopf nickt, anstatt die Songs mitzugrölen, wenn er lediglich zurückhaltend lächelt, anstatt in überschäumendes Gelächter auszubrechen. In dem Augenblick, in dem er es tut, fühlt es sich wie eine Belohnung an; wie ein kuscheliger Sessel nach einem langen, harten Arbeitstag. Nicht dass dieser Tag hart gewesen wäre. Er war fantastisch. Was an Hannah liegt und ihrer brillanten Idee, ein Stück Texas an den Brighton Beach zu tragen. Und an Oliver, der über seinen eigenen Schatten gesprungen ist, um dem Ganzen auf die Sprünge zu helfen. Dabei kennen wir uns kaum. Und dennoch war er nett genug, sich für mich zu überwinden.

Ich hake mich bei ihm unter und grinse zu ihm hoch. Er ist wahrlich sehr, sehr groß. Ein großer, schlaksiger, höflicher, schüchterner Mann. Und überrascht. So jedenfalls sieht er erst mich an, dann auf meinen Arm, den ich mit seinem verschlungen habe. Dann zuckt es um seine Mundwinkel, und er blickt schnell nach vorn, dann ebenfalls nach oben, auf die Kapsel des i360, die hoch über unseren Köpfen in den Himmel ragt.

»Ich bin noch nie damit gefahren«, erklärt er.

»Ehrlich nicht?« Mein Blick folgt dem seinen. Der Himmel ist dunkelblau, die Gondel, die sich vertikal den 138 Meter hohen Turm hinaufschiebt, pink und violett beleuchtet.

»Ist das nicht eine der Hauptattraktionen in Brighton?«, frage ich. Habe ich zumindest gelesen. Auch das mit der Höhe habe ich gelesen. Ich habe mich äußerst gut vorbereitet auf meinen Umzug in diese süße, kleine Stadt.

Ich stolpere, und beinah hätte ich mich auf dem Radweg langgelegt, hätte Oliver mich nicht mit einem festen Griff um die Taille festgehalten.

»Hoppla«, sagt er.

»Oopsie«, gebe ich zurück. Scheint, als wäre in dem

Apfelwein hier doch ein bisschen mehr Alkohol als gedacht. Das, oder die Gläser sind größer als bei uns. Das sind sie definitiv.

»Wir haben nicht so große Gläser in Texas«, informiere ich Oliver, der mich so zweifelnd ansieht, dass ich in Gelächter ausbreche. Okay, okay. Mag sein, ich habe einen klitzekleinen Schwips. Nicht nur vom Cider allerdings, sondern von diesem ganzen Tag. Das Wort *berauschend* trifft es ganz gut, würde ich sagen.

»Sollen wir einsteigen?« Ich nicke in Richtung der Kapsel, wobei ich mir beinah den Hals verrenke, weil wir inzwischen ziemlich genau darunter stehen.

»Ich glaube nicht, dass sie heute noch Fahrten anbieten«, erwidert Oliver. »Es ist schon ziemlich spät.«

Ich seufze. Es ist schon spät. Richtig. Ich drücke Olivers Arm. »Danke, dass du den Abend mit mir verbracht hast. Es war …«

»Ja«, erwidert Oliver, als mir Sekunden später immer noch nicht das richtige Wort eingefallen ist. »Ja, das war's«.

Wir schaffen es in mehr oder weniger hübschen Zickzacklinien, zu Hause anzukommen. *Zuhause.* Es fühlt sich seltsam an, das auch nur zu denken – nach gerade mal einer Woche, ohne Möbel oder sonst etwas, das mir gehört. Ohne Dan. Ich runzle die Stirn. Ich habe den ganzen Abend über nicht an Dan gedacht, was seltsam ist, und sofort überkommen mich Schuldgefühle.

»Ist alles in Ordnung?« Stirnrunzelnd sieht Oliver mich an. Wir sind vor seiner Wohnung stehen geblieben, und noch habe ich keine Anstalten gemacht, die Treppe nach oben zu steigen, um zu meinem eigenen Apartment zu gelangen. »Ist es wegen …« Er deutet in die generelle Richtung meiner Wohnung. »Möchtest du, dass ich mit nach oben komme, um noch mal kurz nachzusehen?«

»Macht es dir wirklich nichts aus?«

Anstelle einer Antwort sieht Oliver mich nur an – zwei, drei Sekunden lang, dann geht er an mir vorbei, um die Treppe nach oben zu nehmen.

»Natürlich nicht«, höre ich ihn murmeln.

Ich folge ihm.

»Alles in Ordnung«, erklärt er keine zwei Minuten später. Wir sind durch alle Zimmer gegangen, und da die nach wie vor leer sind, braucht es kein Wissenschaftsstudium, um den Überblick zu behalten.

»Okay. Gut.« Er ist vor der Eingangstür stehen geblieben und reibt sich den Nacken. Signature-Move nennt man das wohl.

Ich verkneife mir ein Lächeln.

»Soll ich dir meine Handynummer dalassen? Falls noch irgendetwas sein sollte? Ich meine …«

»Ja!«, unterbreche ich ihn, und einige Sekunden lang hallt das Wort zwischen uns nach, dann ziehe ich mein Telefon aus der Jackentasche. »Ja, bitte!« Ich wecke den Bildschirm auf – zig Nachrichten von meiner Schwester ploppen auf, und sofort beschleunigt sich mein Herzschlag.

»Meine Schwester hat offenbar versucht, mich zu erreichen«, murmle ich, während ich die Nachrichten überfliege.

Ähm. Was? Wie? Stirnrunzelnd scrolle ich mich durch die Textschnipsel.

»Ist etwas passiert?« Oliver sieht mich besorgt an.

»Wie? Oh, nein. Nein, nein, nein.« Vehement schüttle ich den Kopf, wohl wissend, dass ich vermutlich rot geworden bin. Doch falls Oliver das aufgefallen ist, sieht er höflicherweise darüber hinweg.

»Hier.« Ich halte ihm das Handy hin, nachdem ich die Kontakte aufgerufen habe. »Bitte, speichere deine Nummer ein.«

Er nimmt mir das Telefon aus der Hand, tippt darauf herum, gibt es mir zurück. Vergräbt die Hände in den Taschen seiner Jeans.

»Also, dann. Okay. Viel … Gute Nacht.«

»Dir auch«, erwidere ich, und diesmal kann ich mein Lächeln nicht verbergen. »Viel gute Nacht.«

Oliver zieht eine Grimasse. Dann öffnet er die Tür, und prompt zischt etwas Rotes durch den Spalt und auf die Küchentür zu.

»Was um Himmels willen war das denn?«, frage ich lachend, obwohl ich sehr wohl weiß, was das war. Selbst beschwipst erkenne ich eine Katze, wenn ich eine sehe.

»Der rote Kater von unten«, stellt Oliver fest.

»Er gehört zu Orlando? Ich dachte, keiner weiß so recht, woher er eigentlich kommt.«

»Richtig.« Oliver nickt. »Er geht vermutlich nur zum Essen ins Restaurant.«

»Ein Kater mit erlesenem Geschmack.« Ich grinse in die Richtung, in die er verschwunden ist. »Aber vermutlich ist unten schon zu. Ich werde mal sehen, was ich für ihn tun kann.« Ich stelle mich auf die Zehenspitzen und umarme den verblüfften Oliver, bevor ich die Tür zum Treppenhaus weiter öffne. »Bis morgen?«, frage ich, obwohl mir ganz und gar nicht klar ist, wieso wir uns bereits am nächsten Tag wieder sehen sollten. Die Textnachrichten meiner Schwester schwirren in meinem Hinterkopf durcheinander, ihnen werde ich mich gleich auch noch widmen müssen.

Ich sehe Oliver nach, wie er zum Treppenabsatz geht, sich umdreht, zum Abschied die Hand hebt. Ich komme nicht umhin zu denken, dass ich ihn das letzte Mal auf diese Weise wahrgenommen habe. Dass die Nachrichten, die meine Schwester mir geschickt hat, meine Sicht auf ihn womöglich nachhaltig beeinflussen werden.

»Erzähl mir nicht, dass du ihn nicht gegoogelt hast!«

»Wieso sollte ich das tun? Welcher normale Mensch gibt als Erstes den Namen seiner Nachbarn in die Suchmaschine ein?«

Ich habe es mir auf meiner Matratze bequem gemacht, eine Tasse Tee neben mir, den Kater im Schoß, der sich seinen Milchbart putzt. Er schnurrt. Ich beuge mich nach vorn, um mein Ohr an sein Fell zu pressen. Prrrrr. Darüber könnte ich herrlich einschlafen, nehme ich an. Ich kann mich nicht erinnern, je etwas Beruhigenderes gehört zu haben.

»Lucy? Erde an Lucy?«

»Ja. Ja, ja, ja.« Ich hebe den Kopf wieder. Vom Bildschirm des Laptops aus, der vor mir auf dem Boden steht, sieht sie mich missmutig an.

Wir sähen uns viel ähnlicher, hätte Daisy nicht irgendwann entschieden, ihr dichtes blondes Haar auf Kinnlänge zu stutzen und ein Gesicht aufzusetzen, das das einer Grundschullehrerin an Strenge bei Weitem übertrifft. Daisy ist CEO einer der führenden Firmen zur Ölförderung in Houston. Im Prinzip ist ihr Job dem von Dan ähnlich, nur dass Dan ihn sehr viel früher erreicht hat als meine Schwester. Weil er ein Mann ist, sagt sie. Weil in der freien Wirtschaft, speziell in der Branche, in der beide tätig sind, Frauen nach wie vor weit davon entfernt sind, gleich behandelt, beachtet, geschweige denn gleich bezahlt zu werden. Sie schwimmt gern und behauptet, sie habe ihre langen Haare aus rein pragmatischen Gründen abschneiden lassen, doch ich bin nicht zu einhundert Prozent sicher, ob ich ihr das glauben soll. Ich meine, sie nennt sich Dee, wenn sie sich irgendwo vorstellt, ganz so, als könne man eine führende Managerin mit dem Namen einer Blume nicht wirklich ernst nehmen. Sie nennt sich Dee, trägt Anzüge, manchmal sogar Krawatten ... Ich möchte ihr ungern etwas unterstellen, aber vieles deutet darauf hin, dass ihre Überlebensstrategie in dieser männerdominierten Arbeitswelt *männlich* ist.

»Lucy!«

»Ja!«

»Du träumst vor dich hin! Und ich habe nicht den ganzen Tag Zeit. Willst du jetzt wissen, was ich über Oliver Bellingcourt herausgefunden habe oder nicht?«

»Ich bin nicht sicher«, erwidere ich, weil ich mir tatsächlich nicht sicher bin. Es gehört sich nicht, jemanden im Internet zu stalken, den man gerade erst kennengelernt hat und den man außerdem mag. Stimmt's? Ich meine, wenn Oliver meint, dass ich gewisse Dinge über ihn wissen sollte, wird er sie mir schon von selbst erzählen, richtig?

»Also, hör zu«, fährt Daisy unbeirrt fort. »Das hier habe ich bei Wikipedia gefunden: Oliver Bellingcourt, Jahrgang 1991 und Erfinder von *Catmosphere*, gehört zu den erfolgreichsten Spiele-Entwicklern seiner Zeit. Die erste Version seines weltweiten Emotional-Adventure-Hits entwickelte er bereits im Alter von 17 Jahren in der Garage seines Elternhauses in Brighton, UK. Nach einem Studium der Informatik nahm er erst im Jahr 2020 die Programmierung wieder auf, als er im Rahmen der Pandemie durch Kurzarbeit freie Zeit fand. Seine Partnerin Yunai Tanaka, die Bellingcourt seit der Schulzeit kennt, war ebenfalls wieder beteiligt. Sie ist der künstlerische Part des Gespanns und für die grafische Gestaltung zuständig. Nachdem *Catmosphere* sich innerhalb weniger Jahre von einem Indie-Hit zu einem weltweiten Erfolgsphänomen entwickelte, verkauften Bellingcourt und Tanaka die Lizenz 2022 an den Spiele-Entwickler ComGA. Die beiden selbst gründeten eine

Unterfirma, in der sie unter anderem den *Catmosphere*-Nachfolger entwickeln, dessen Lizenz ebenfalls schon im Besitz von ComGa ist. Ende 2022 wurde bekannt, dass eine Fortsetzung von *Catmosphere* geplant sei.«

Daisy macht eine Pause, und ich blicke von dem schnurrenden Kater auf meinem Schoß in ihr erwartungsvolles Gesicht.

»Okay?«, versuche ich es vorsichtig. »Das war's? So etwas in der Art hat Oliver mir bereits erzählt – ich meine, dass er und seine Freundin das Spiel verkauft haben und nun an einer Fortsetzung arbeiten.«

»Hat er dir auch erzählt, dass sie für den Lizenzverkauf einen, ich zitiere, im *oberen Bereich angesiedelten, siebenstelligen Betrag* bekommen haben?«

»*Im oberen Bereich* …«, wiederhole ich stirnrunzelnd, bevor ich den Kopf schüttle. »Nein, natürlich hat er das nicht erzählt, wieso sollte er auch? Das geht mich überhaupt nichts an.«

Daisy schnaubt. »Na gut. Dann interessiert dich wohl auch nicht, dass damals nicht seine Firma oder diese ComGA die Nachricht veröffentlicht hatten, dass es eine Fortsetzung des Spiels geben wird, sondern – Trommelwirbel – eine Influencerin namens Nataliethewiser die Nachricht geleakt hat, die davon wusste, weil sie – nochmals Trommelwirbel – seinerzeit mit Oliver Bellingcourt liiert war? Bevor sie diese und andere Informationen meistbietend verkaufte?«

Für einige Sekunden starre ich Daisy regungslos an – so

lange, bis sie beginnt, mit der Hand vor ihrer Kamera herumzuwedeln und dabei zu rufen: »Hallo? Ist das Bild eingefroren?«

Ich blinzle. »Woher hast du das? Steht das auch bei Wikipedia?« Ich stelle die Frage, obwohl die Antwort keine Rolle spielt. Wo auch immer meine Schwester die Information her hat, Oliver ist es sicher nicht recht, dass ich auf diese Weise davon erfahre. Es ist nie nett, von irgendwoher irgendetwas über irgendjemanden zu erfahren, der noch nicht bereit war, sich dir anzuvertrauen.

»Du klingst schnippisch«, stellt Daisy fest. »Wieso klingst du schnippisch?«

»Weil ich Oliver mag«, gebe ich zurück. »Und weil er es sicherlich nicht toll findet, wenn ich Dinge von ihm weiß, die ich im Internet recherchiert haben muss, weil *er* sie mir nämlich nicht erzählt hat.«

»Du musst ihm ja nicht sagen, dass du es weißt. Und entschuldige bitte, dass ich dachte, es würde dich interessieren, dass du neben einem Multimillionär lebst.«

»Ugh!« Ich gebe einen genervten Ton von mir. »Das spielt doch überhaupt keine Rolle. Und ich wohne auch nicht neben ihm, Oliver wohnt ein Stockwerk tiefer.«

»Wie ist er denn so?« Meine Schwester lehnt sich in ihrem Sessel zurück und greift nach ihrem Stanley-Cup. »Wie darf man sich einen Mann vorstellen, der mit der Entwicklung eines Computerspiels reich geworden ist? Und dann von einer Frau hintergangen wurde, von der er vermutlich gedacht hat, dass er sie liebt und vice versa?«

Mein Magen krampft sich zusammen beim Gedanken daran, dass Oliver eine derartige Verletzung widerfahren ist. Was stimmt denn nicht mit den Menschen, dass sie für Ruhm und Geld und … keine Ahnung, Follower, andere quasi verkaufen?

»Hallo?«

»Oliver ist ein Mensch wie jeder andere auch, Daisy«, erkläre ich betont langsam und so, als würde ich mit einer Dreijährigen sprechen. »Können wir jetzt bitte von etwas anderem reden? Wie geht es Dad? Und Mom? Und Joey?«

Daisy verdreht die Augen. »Allen geht es bestens. Dad ist mit Golfen beschäftigt und Mom damit, mit den Frauen im Golfclub Gin Tonics zu schlürfen. Alles wie immer also. Ich habe Joey nicht erzählt, dass der Erfinder von *seinem Lieblingsspiel* ein Stockwerk unter dir wohnt. Er würde nicht aufhören, mir damit in den Ohren zu liegen.«

»Womit wir wieder beim Thema wären.« Ich gähne demonstrativ. »Ich muss jetzt schlafen, Daisy, es ist beinah Mitternacht hier.«

»Dann mach das.« Sie setzt sich auf. »Du brauchst deinen Schönheitsschlaf. Die Engländer wirken ohnehin immer so, als würden sie schneller altern als wir.«

»Haha.« Wir verabschieden uns. Ich klappe den Rechner zu. Der Kater in meinem Schoß schläft bereits, er atmet langsam und regelmäßig und sieht so zauberhaft dabei aus, dass ich es nicht übers Herz bringe, mich zu bewegen. Also lehne ich mich an die Wand unter der Fensterbank, den Kopf schief, um nicht an das Brett zu stoßen, und ziehe die Wolldecke über uns beide.

Oliver Bellingcourt, Multimillionär und jemand, der von der eigenen Freundin verraten wurde. Ich wünschte wirklich, Daisy hätte ihn nicht gegoogelt oder zumindest im Internet nichts über ihn gefunden, denn natürlich ändert das meine Sicht auf Oliver, wie auch nicht? Ich meine, es tut mir schrecklich leid, dass er so etwas durchmachen musste. Und bestimmt lässt sich so erklären, warum er verunsichert wirkt. Weshalb er zurückhaltend ist und vorsichtig. Dass es nicht so aussieht, als hätte er viele Freunde oder viele Menschen, mit denen er sich umgibt.

Er wirkt eingerostet. Nicht gerade kommunikativ. Schüchtern und in sich gekehrt. Vorsichtig und so, als würde er nur sehr schwer Vertrauen fassen. Er wirkt nicht nur verletzlich, er *wurde* verletzt. Und er ist jemand, der einen Wikipedia-Eintrag hat und ganz sicher Gefahr läuft, dass ihm so etwas noch mal passiert. Deshalb wird er vorsichtig sein. Und misstrauisch vermutlich auch.

Ich rutsche tiefer auf meine Matratze, der Kater mit mir, und denke daran, dass ich Oliver nun noch höher anrechne, wie sehr er sich heute überwunden hat, am Strand, beim Linedance. Und der Gedanke an Olivers verblüfftes Lachen, als ihm zum ersten Mal die Schrittfolge zur Grapevine fehlerfrei gelungen ist, ist mein letzter, bevor ich einschlafe.

16

Oliver

Ich nehme den Bus in Richtung Devils Dyke, so wie ich es schon hunderte Male getan habe: Vom oberen Bereich des Doppeldeckers blicke ich hinunter auf die Queens Road, die sich steil in Richtung Bahnhof hochwindet, vorbei am Uhrenturm und zahlreichen Geschäften, in die weniger dicht besiedelte Wohngegend mit ihren Einfamilienhäusern und Villen.

Das Haus meiner Eltern ist von der kleineren Sorte. Es ist schmal mit zwei Stockwerken, einem spitzen Dach und einem dicht bepflanzten Vorgarten, durch den man das Haus kaum erkennen kann. Als hätte meine Mutter jedes winzige Stück Garten bepflanzen wollen, das das überschaubare Grundstück hergibt. Meine Mutter mit einer Leidenschaft fürs Gärtnern, ihrem Job im Heim und ihrer Familie, bestehend aus meinem Vater und mir. Die gern mehr Kinder gehabt hätte, die ihr leider versagt blieben. Und die ganz sicher einen besseren Sohn verdient hätte als mich, was sich in diesen Tagen mehr als einmal gezeigt hat.

Dass ich mich heute auf den Weg gemacht habe, ist vor

allem Lucy zu verdanken. Ich habe nicht mit ihr über meinen Vater gesprochen oder über seine Krankheit oder darüber, dass ich keinen Weg für mich finde, damit umzugehen. Doch allein der Gedanke, es ihr zu erzählen, hat mich zum Telefon greifen lassen. Und dazu, meiner Mutter zu versprechen, zum Mittagessen zu kommen, so wie früher, vor ComGA, vor Natalie, vor dem Krebs.

Meine Mutter war hellblond, bevor sie grau wurde, und sie ist der offenste, positivste Mensch, den ich kenne. Mein Vater ist ein Clown, und das meine ich ganz wörtlich. Er war selbstständiger Elektriker und hat, solange ich denken kann, an den Wochenenden auf Kinderstationen den Klinikclown gegeben. Beide sind gute Menschen. Wirklich gute Menschen. Beide sind um so vieles besser als ihr Sohn.

»Oliver!« Wie ein Pfeil schießt meine Mutter hinter der dichten Weißdornhecke hervor, die Spitzhacke in einer, den Eimer mit Unkraut in der anderen Hand. »Du bist früh dran«, sagt sie, aber es klingt nicht im Mindesten vorwurfsvoll, sondern hocherfreut, annähernd glücklich, und sie umarmt mich stürmisch, ohne ihre Utensilien abzulegen. »Ich dachte, ich jäte noch ein bisschen Unkraut, solange der Auflauf im Ofen ist. Aber komm doch rein! Dein Vater ist schon ganz verrückt vor Freude!«

Ich verspüre den üblichen Stich des schlechten Gewissens, an den ich mich mittlerweile gewöhnt haben sollte. Ich bin viel zu selten hier. Ich rufe viel zu selten an. Meine Eltern sind großartig, und ich lasse sie hängen, weil ich …

Ja, warum eigentlich? Weil ich verkorkst bin, das ist wohl

die einzig logische Erklärung dafür. Weil ich mich so ungeheuer schwertue, meinen Vater so zu sehen. Weil ich damit einfach nicht umgehen kann, sosehr ich mir auch wünschte, es wäre anders. Ich bin sehr, sehr schwach in dieser Beziehung. Ich bin schwach, und meine Verlustängste sind riesig.

Ich folge meiner Mutter ins Haus. Die Gerüche sind mir wohlbekannt. Der nach würzigem Essen zum einen, und dann der hauseigene Duft darunter. Nach Zimt und Orange im Winter und nach all den Blumen im Garten, jetzt, wo Sommer ist. Meine Mutter führt mich ins Wohnzimmer, und da sitzt mein Vater in seinem Lesesessel, die Augen geschlossen, die Wangen fahl und eingefallen. Er wirkt geschwächt. Und erschöpft. Dennoch springt er auf, als er uns hört, ein Strahlen im Gesicht, das mir wehtut.

»Ah, da bist du! Wie schön, dich zu sehen, Oliver! So schön!« Mein Vater streckt beide Arme nach mir aus, und ich eile zu ihm, um seine Umarmung zu erwidern und ihn dann sanft zurück in seinen Sessel zu manövrieren. Er fühlt sich dünn an und zerbrechlich, und für einen Moment bin ich schockiert: Die OP ist Wochen her, doch die Bestrahlungen sind noch in vollem Gange. Und obwohl meine Mutter nicht müde wird, mir zu versichern, es gehe meinem Vater blendend, wirkt er blasser und angeschlagener, als ich ihn je gesehen habe.

»Sieh mich nicht so entsetzt an«, befiehlt er prompt, während er sich widerspruchslos zurück in den Sessel fallen lässt. »Es geht mir fantastisch! Die Behandlung hat so gut angeschlagen, ich fühle mich, als wäre ich wieder zwanzig!«

Über die Schulter werfe ich meiner Mutter einen Blick zu, und sie zuckt lächelnd die Achseln. »Es geht ihm *wirklich* gut. Mach dir keine Sorgen. Dr. Rashad ist hochzufrieden. Nur noch ein paar Wochen, dann ist es überstanden. Und die Heilungsaussichten liegen im Augenblick bei unglaublichen neunzig Prozent.« Und nun grinst sie breit.

Beide grinsen einander an, und statt Erleichterung empfinde ich wieder diesen Stich in der Brust, diese Mischung aus Selbstvorwürfen und noch etwas anderem, Weitreichendem. Neunzig Prozent sind keine hundert. Das wissen doch sicherlich alle in diesem Raum. »Kann ich irgendetwas tun?«, frage ich. »Braucht ihr etwas? Kann ich …«

»Wir freuen uns so, dass du hier bist«, unterbricht mich meine Mutter. »Mehr brauchen wir nicht. Wirklich nicht.«

Wir sitzen im Garten und essen Toad in the hole. Es ist eines meiner Lieblingsgerichte – ein Auflauf aus würzigem Teig und darin Würstchen und Wurzelgemüse. Comfort Food. Essen, in das man sich hineinlegen möchte, weil es Heimat bedeutet, zu Hause. Ein Kinderessen, wenn man es genau nimmt. Ich habe keine Ahnung, was das nun wieder über mich aussagt, aber ich bin dankbar dafür, dass Orlando Esposito jetzt gerade nicht hier ist. Er würde vermutlich seine eigenen Schlüsse ziehen und mich die kommenden Tage, Wochen, vielleicht Jahre mit italienischem Soul Food jagen. Der Gedanke an Orlando lässt mich an Lucy denken. Und der Gedanke an Lucy … den sollte ich besser schnell von mir schieben.

»Wie geht es Yunai?«, fragt mein Vater. »Und dem Rest der Familie? Sind sie glücklich, drüben in Hove?«

»Es geht allen gut«, erwidere ich.

»Jimin auch?« Meine Mutter setzt ein mitfühlendes Gesicht auf. »Ich muss so oft an ihn denken. Ein so lebhafter Junge, und dann dieser schreckliche Unfall.«

Ich lasse die Gabel sinken. »Es geht ihm besser. Yunai sorgt dafür. Er bekommt die bestmögliche Behandlung, physisch wie psychisch.«

Für einige Sekunden sagt niemand ein Wort, alle hängen ihren Gedanken nach. Jimin ist zwei Jahre älter als Yunai, und als die Familie noch im Haus nebenan wohnte, gehörte er ebenso zur Familie wie seine Schwester. Dann, vor fast fünf Jahren, der Unfall. Ein Autofahrer hatte Jimins Motorrad übersehen und anschließend Fahrerflucht begangen. Jimins Verletzungen waren so schwer, dass er einige Monate im künstlichen Koma gehalten wurde.

Er wird nie wieder gehen können. Aber er wird es in dem Leben, das er fortan führt, so bequem wie möglich haben, dafür wird seine Schwester sorgen. Wir haben lange überlegt, ob wir die Lizenz von *Catmosphere* an ComGA verkaufen sollen. Wenn das, was man für Geld kaufen kann, am Ende zwar nicht glücklich, aber Jimins Leben leichter macht, ist schon viel gewonnen.

»Wir haben gedacht, wir fahren vielleicht ein paar Wochen weg, wenn dein Vater seine letzte Behandlung hinter sich hat«, nimmt meine Mutter das Gespräch wieder auf. »Wenn wir die Glocke …« Sie blinzelt, als sei ihr gerade erst eingefallen, dass dies eventuell das falsche Thema für diesen Mittagstisch sein könnte. Die *Glocke des Sieges*, die der Patient am Ende seiner Behandlung läutet, gerne im Kreise seiner Familie. Sehr gerne auch in Anwesenheit des Sohnes, wenn der nur einmal auf die Einladung reagiert hätte, wenn er nur *einmal* gesagt hätte: *Klar komme ich ins Krankenhaus, auf die Krebsstation, und mache gute Miene zu der 90-prozentigen Wahrscheinlichkeit, dass mein Vater diese Krankheit überlebt.* Ich habe keine Ahnung, weshalb ich der Einzige in dieser Familie bin, der sich vor Angst völlig gelähmt fühlt – müsste meine Mutter nicht umkommen vor Sorge, geschweige denn mein Vater selbst? Die wiederholte Erkenntnis, dass ich das schwächste Glied dieser Kette bin, dreht mir einmal mehr den Magen um.

Und als würde mein Vater mir das ansehen, ruft er: »Italien! Wie heißt es so schön? Rom sehen und sterben!« Er lacht.

»Craig!« Meine Mutter findet das genauso wenig witzig wie ich, doch immerhin ist das Thema des Familienläutens kurzzeitig vom Tisch.

»Entschuldige. Das war doch nur ein Scherz. Und trotzdem: Rom. Da wollte ich immer schon mal hin. Und dann vielleicht noch Florenz. Venedig?«

»Ist das nicht ein bisschen zu anstrengend, nach allem?«

»Nach der Krebsbestrahlung, meinst du?« Mein Vater zuckt mit den Schultern. »Allein weil du es nicht aussprichst, geht es nicht weg. Okay, Oliver?«

Diesmal lege ich Gabel und Messer zur Seite, dann

schiebe ich den Teller von mir weg. »Das Essen war wie immer großartig, Mum. Danke dafür.«

»Du willst doch nicht schon gehen, oder? Du bist doch gerade erst gekommen.«

»Ich …« Der Brummton meines Handys rettet mich davor, mich in Ausflüchte zu verlieren. »Entschuldigung. Vielleicht ist es wichtig.« Ist es zu einhundert Prozent nicht, doch meine Eltern würden meine Worte nie anzweifeln. Etwas zwickt in meiner Brust. Exakt. Das schlechte Gewissen schon wieder. Ich ziehe das Telefon aus der Tasche meiner Jeans. Auf dem Display blinkt eine Nachricht auf, von einer unbekannten Nummer.

UNBEKANNT: *Hallo, Oliver! Lucy hier. Bist du zufällig zu Hause?*

Ich blicke von meinem Telefon zu meiner Mutter. »Sorry«, wiederhole ich. »Das ist … Ich müsste das kurz …« Ich bin so ein Idiot. »Bin gleich wieder da.«

Womit ich meinen Stuhl zurückschiebe und über den Rasen zu der alten Eiche hinüberlaufe, unter der meine Eltern eine Bank aufgestellt haben. Ich setze mich darauf, mir wohl bewusst, dass die zwei mich von ihrem Platz auf der Terrasse hervorragend beobachten können. Also entscheide ich mich, quasi um die Dringlichkeit dieser Angelegenheit zu untermauern, dafür, Lucy anzurufen, anstatt ihr zu schreiben.

Es läutet etwa anderthalbmal, schon hat sie das Gespräch angenommen.

»Oliver?«

»Lucy, hi. Oliver hier. Ich meine … hi.« Ich ziehe eine Grimasse. *Idiot* ist wirklich ein zu schwaches Wort dafür, wie ich mich manchmal anstelle.

Lucy lacht. »Du klingst verwirrt. Störe ich dich? Ich meine, streng genommen hast *du* angerufen, aber vielleicht hat dich meine Nachricht bei irgendetwas unterbrochen? Arbeitest du gerade?«

Nur fürs Protokoll: Lucy klingt ebenfalls ein kleines bisschen nervös. Wäre sie es nicht, würde sie weit weniger Wörter benutzen, als sie es gerade getan hat. Es sollte mir seltsam vorkommen, dass ich das Gefühl habe, sie schon derart gut einschätzen zu können, obwohl ich sie doch erst so kurz kenne. Ja, und das tut es auch – es fühlt sich seltsam an. Seltsam vertraut.

»Ich bin bei meinen Eltern«, erwidere ich.

»Oh!« Lucy klingt überrascht. »Das tut mir leid, ich wollte auf keinen Fall stören. Dann vergiss, dass ich gefragt habe.«

»Nein, ist schon gut«, erkläre ich schnell – und offenbar so laut, dass meine Mutter mir über den Rasen hinweg einen interessierten Blick zuwirft. »Wir haben schon gegessen. Ich wollte mich demnächst auf den Heimweg machen.«

Eine Pause entsteht, in der mir schmerzlich bewusst wird, dass wir zum ersten Mal miteinander telefonieren. Vielleicht war es doch keine so brillante Idee, Lucy anzurufen? Vielleicht hätte es eine Textnachricht auch getan?

»Warum wolltest du wissen, ob ich zu Hause bin?«, frage ich schließlich.

»Oh ja, ich … Also, *eigentlich* wollte ich dich fragen, ob du Lust und Zeit hast, dich mit mir noch mal am Strand zu treffen. Nicht zum Linedance«, fügt sie schnell hinzu. »Sondern … wegen etwas anderem.«

»Weswegen genau?«

Lucy lacht wieder. »Vertraust du mir, Oliver Bellingcourt?«

Ich öffne den Mund, dann schließe ich ihn wieder. Das ist womöglich die letzte Frage, die Lucy mir stellen sollte, denn nach Natalie … nach Natalie fällt es mir tatsächlich extrem schwer zu vertrauen, auch wenn ich es noch so gern möchte.

Ich räuspere mich. Meine Mutter tut so, als sei sie mit dem Hin- und Herschieben von Geschirr beschäftigt, was mir den sicheren Eindruck vermittelt, dass sie lauscht. Also stehe ich auf und lehne mich für den Rest des Gesprächs mit dem Rücken an den Stamm der Eiche, außer Sichtweite neugieriger Elternblicke, in der absoluten Erkenntnis, dass ich mich einmal mehr wie ein Teenager benehme.

»Wann soll ich wo sein?«, erwidere ich anstelle einer Antwort.

»Wie wäre es um Viertel vor vier?«, fragt Lucy. »Sagen wir, beim i360? Da können wir uns wohl kaum verfehlen.«

»Okay.« Ich nicke, obwohl Lucy es nicht sehen kann, und mein Herzschlag beschleunigt sich, obwohl er überhaupt keinen Grund dafür hat. »Ich werde da sein.«

»Oh, das ist fantastisch! Yippie!« Sie quietscht ein bisschen, was mich ebenfalls zum Lachen bringt.

»Bis später, Lucy.«

»Bis später, Oliver.«

Ich warte noch einen Augenblick, dann trenne ich die Verbindung.

»Wer war denn da am Telefon?«, fragt meine Mutter beiläufig, als ich zu unserem Terrassentisch zurückkehre, und in dem offensichtlichen Bemühen, nicht allzu neugierig zu klingen. Die Auflaufform ist verschwunden, an ihrer Stelle steht eine Schüssel mit Eton Mess, daneben eine Kanne Tee. Ich setze mich zurück an den Tisch, wo mein Vater inzwischen dazu übergegangen ist, die Sonntagszeitung zu lesen.

So viel ist passiert in den vergangenen Jahren – der unfassbare Erfolg von *Catmosphere*, Jimins Unfall, die Krebserkrankung meines Vaters, Natalie und wie sie mich und alles, was ich je für sie gefühlt habe, an Meistbietende verkauft hat – aber hier, in dem Haus, in dem ich aufgewachsen bin, hat sich so gut wie nichts verändert. Und mit einem Mal überkommt mich ein Gefühl der Dankbarkeit, das mich beinah von meinem Stuhl hebt. So. Genau so soll es sein. Nichts soll sich ändern. Ich werfe meinem Vater einen Blick zu, den er zu spüren scheint und über den Rand seiner Zeitung erwidert.

Nichts soll sich ändern.

Alles soll so bleiben, wie es ist. Und, bitte, *er* soll bleiben – einfach nur bleiben, mehr wünsche ich mir gar nicht.

Ich brauche einige Sekunden, um meine Stimme zu finden, schließlich räuspere ich mich. »Das war meine neue Nachbarin. Lucy. Sie ist in eines der Apartments im Stockwerk über meinem gezogen.«

»Ah. Aha.« Der Tonfall meiner Mutter ist neugierig, vorsichtig, ein kleines bisschen skeptisch, alles auf einmal.

Sagen wir einfach, seit Natalie ist niemand aus meinem engen Kreis sonderlich scharf darauf, eine neue Frau an meiner Seite zu sehen. Nehme ich zumindest an. Die Zeiten, in denen meine Mutter oder auch Yunai mich ausfragten in der Hoffnung, ich würde endlich die Liebe meines Lebens mit nach Hause bringen, sind jedenfalls vorbei. Wofür ich gerade mehr als dankbar bin, weil es auf diese Weise einfacher ist, meine Beziehung zu Lucy Dixon herunterzuspielen. Nicht dass wir eine Beziehung zueinander hätten, aber … generell. Je weniger meine Eltern davon ausgehen, es könnte sich hier etwas ergeben, desto besser.

»Sie ist verlobt!«, platzt es aus mir heraus, und … ja. Das war es dann mit dem Desinteresse meiner Eltern, denn nun starren beide mich mit hochgezogenen Brauen an, während ich ohne große Hoffnung darauf warte, dass sich ein Loch im Boden vor mir auftut, in das ich mich verkriechen kann.

17

Lucy

»Oliver! Hier bin ich!« Ich stelle mich auf die niedrige Mauer, die die Promenade vom eigentlichen Strand trennt, und winke dem schlaksigen Mann zu, der mit großen Schritten auf mich zukommt. Er lächelt schief und wirkt ein bisschen peinlich berührt, was vermutlich dem Umstand geschuldet ist, dass ich durch mein Rufen die Aufmerksamkeit auf ihn gelenkt habe. Er trägt schwarze Jeans und ein T-Shirt mit dem Aufdruck *Schrödingers Katze lebt*, und ich verspüre einen winzigen Anflug von … ich weiß nicht was, dass er sich für den Besuch bei seinen Eltern nicht extra herausgeputzt hat. Für mich ebenso wenig, denn warum sollte er? Wirklich, Lucy.

Oliver wirkt echt, und so, als gäbe es weitaus wichtigere Dinge, als den Erwartungen anderer zu entsprechen. Sicher frisiert er sich nicht ordentlicher als sonst, wenn er ein Treffen mit seinen Geschäftspartnern hat. Bestimmt trägt er dafür nicht Hemd und Krawatte. Auf eine Weise bin ich eifersüchtig auf Oliver und seine Einstellung. Und auf die Tatsache, dass er niemanden zu brauchen scheint.

Ich meine, ich weiß natürlich nicht viel über ihn – vermutlich hat er Menschen, die ihm nahestehen, Freunde ... seine Ex, diese schmierige Verräterin, gehört wohl hoffentlich nicht mehr dazu. Seine Schulfreundin vielleicht, mit der er *Catmosphere* entwickelt hat. Allerdings ... es wirkt gar nicht so, als gäbe es viele Menschen um ihn herum. Auf eine Weise wirkt Oliver allein. Nicht einsam, nur allein. Ich frage mich, ob der Erfolg oder das Geld ihn zum Einzelgänger gemacht haben oder ob er es vorher schon war. Und dann ärgere ich mich, dass ich meine Gedanken beeinflussen lasse von dem, was Daisy mir erzählt hat, und dass es mir nicht gelingt, es wieder zu vergessen.

»Hallo.« Oliver bleibt vor mir stehen. Er trägt keine Jacke, obwohl es sicher wieder einmal nicht mehr als zwanzig Grad hat. Weshalb ich mir mittlerweile noch eine Art Übergangsjacke besorgt habe, ein schlichter, gerader Schnitt aus hellem Popeline mit einem Gürtel, den ich fest um meine Körpermitte gezogen habe.

»Hi!« Ich stelle mich auf die Zehenspitzen, um Oliver zu umarmen. Ein bisschen texanische Herzlichkeit kann der britischen Zurückhaltung sicher nicht schaden, habe ich recht?

»Es ist so toll, dass das geklappt hat«, versichere ich ihm, während ich mich wieder von ihm löse. »Hoffentlich können deine Eltern mir verzeihen, dass ich dich von ihnen weggelockt habe.«

»Sicher.« Wie so oft klingt Olivers Stimme so, als sei sie tagelang nicht benutzt worden, und er räuspert sich. »Wir waren zum Mittagessen verabredet.«

»Oh. Okay.« Ich hake mich bei ihm unter und führe ihn in Richtung des Eingangs vom i360. »Was gab's denn?«

»Toad in the hole.« Er klingt abwesend, und als ich zu ihm aufblicke, sehe ich, dass er nach oben starrt, wo der gläserne Donut sich funkelnd gegen den Himmel abzeichnet. »Was machen wir hier, Lucy?«, fragt er schließlich, bevor er mir seinen Blick zuwendet.

»Wir …« Für eine Sekunde bin ich verwirrt, was ganz sicher nicht auf die Intensität von Olivers dunklen Augen zurückzuführen ist. Ganz sicher nicht. Dennoch bin ich diesmal diejenige, die sich räuspert. »Du bist noch nie mit dem i360 gefahren, stimmt's? Ich auch nicht. Und da dachte ich, das wäre ein nettes Dankeschön dafür, dass du mir in der vergangenen Woche so oft geholfen hast.«

Oliver bleibt stehen. »Das ist nicht nötig. Wirklich nicht.«

»Ich weiß.« Mittels meines untergehakten Arms ziehe ich ihn weiter. »Aber ich möchte es gern. Bitte?«

Einen kurzen Moment noch zögert Oliver, dann lässt er sich von mir in Richtung Eingang dirigieren. Ohne ihn loszulassen, krame ich mein Telefon aus der Handtasche, auf dem sich die Tickets befinden, die ich bereits online reserviert habe.

»Du hast schon Karten gekauft?«

Warum nur klingt er so überrascht? Man sollte unbedingt schon Tickets haben, wenn man mit dem i360 fahren möchte, spontan sind nämlich keine zu bekommen.

»Aber ja«, erwidere ich dennoch geduldig. »Wir haben den Slot um 16 Uhr.«

»Den Slot um 16 Uhr«, wiederholt Oliver, »okay.«

Die Wiederholungstaktik. Hm. Er benimmt sich merkwürdig, so viel steht fest. Für ein, zwei Sekunden habe ich Hannahs Stimme im Ohr, die mir versichert, dass es sich bei Oliver Bellingcourt um einen seltsamen Nerd handelt, dem alles Mögliche zuzutrauen wäre, dann bringe ich die Stimme zum Schweigen. Ich mag Hannah, sehr sogar, aber in Olivers Fall liegt sie falsch. Er ist bloß schüchtern. Eingerostet, wenn es um zwischenmenschliche Interaktion geht. Ungeübt. Genau. Ganz genauso ist es.

Ich zeige unsere Tickets vor. Jemand kontrolliert meine Tasche. Dann warten wir in einem Eingangsbereich, in dem Sofas stehen und Sessel und uns eine Dokumentation über den Bau der Touristenattraktion informiert. Oliver steht an der Fensterfront, die den Blick auf den Tower freigibt, an dem sich die gläserne Gondel nach oben schiebt und wieder herunter. Wir stehen ganz unten, im Kellergeschoss sozusagen, und weit über uns bewegt sich der Glasdonut langsamer als Schneckentempo gemächlich nach unten.

»Die Plattform fährt hoch auf 138 Meter«, erkläre ich, nur für den Fall, dass er sich noch nie mit diesem Thema beschäftigt hat. »Man soll einen herrlichen 360-Grad-Blick über ganz East Sussex haben. Speziell bei diesem herausragenden Wetter.« Ich klinge wie eine Reiseleiterin, und Oliver wirft mir einen entsprechend skeptischen Blick zu.

»Was?«, frage ich. »Ich will dich nur ein bisschen heiß darauf machen, was uns gleich erwartet. Die Vorfreude schüren und so weiter.«

»Ich bin heiß«, erwidert Oliver, und es klingt so kühl und trocken, dass ich in Gelächter ausbreche. Oliver verzieht immerhin den Mundwinkel, bevor er den Blick wieder nach oben richtet, dem Glasufo entgegen.

Wir steigen ein. Das Ding ist größer als gedacht. Es gibt eine Bar in der Mitte und Sofas und Sessel, um uns herum ist nur Glas, und ich komme mir vor wie Captain Kirk oder Lieutenant Uhura und ich bin eine sehr, sehr glückliche Frau.

»Wow!« Mit beiden Händen greife ich nach dem Geländer, das sich an den Fenstern des Gefährts entlangschlängelt, während wir uns langsam, langsam, *langsam* aus dem Untergrund nach oben schrauben. »Das sieht schon mal fantastisch aus, oder? So futuristisch. So …«

Ich werfe einen Blick über die Schulter auf der Suche nach Oliver, der mir nicht zur Fensterfront gefolgt, sondern an der Bar stehen geblieben ist. Vielleicht hat er Durst. Ich wende mich wieder der Aussicht zu. Wir bewegen uns gemächlich gen Himmel, der strahlend blau ist, das Meer glitzert, der Kiesstrand unter uns funkelt, als wäre er mit Diamanten gespickt. Palace Pier, die Promenade, die Häuser, all das schrumpft und entfernt sich, während sich dahinter gelbe Felder aus der Landschaft schälen, grüne Hügel und dort drüben, entlang des breiten Küstenstreifens, die strahlend weißen Kreidefelsen.

Ich kreische ein bisschen. »Die Seven Sisters! Die hatte ich völlig vergessen.« Ich ziehe mein Handy hervor und fotografiere, was das Zeug hält. Die Seven Sisters gehören zu den schönsten Kreideformationen des Landes, und ganz sicher werde ich dort demnächst eine kleine Wanderung unternehmen. Vielleicht kann ich Oliver überre… Ich beiße mir auf die Unterlippe. Ich sollte warten, bis Dan hier ist. Und wo ich gerade dabei bin, an meinen Verlobten zu denken, sollte ich ihm womöglich vorenthalten, dass ich bereits hier oben war. Mit einem anderen Mann. Mit einem Mann … der sich immer noch nicht zu mir gesellt hat.

Ich sehe mich nach Oliver um. Nach wie vor lehnt er an der Bar, nun allerdings mit einem Pappbecher in der Hand, über dessen Rand sich ein giftblauer Eishügel wölbt.

»Du hast das wirklich ernst gemeint mit dem Kinderessen, oder?«, frage ich in dem Augenblick, in dem ich zu ihm hinübergegangen bin. »Ich meine – Slush Puppie? Ehrlich? *Das* schmeckt dir?«

»Nicht wirklich.« Oliver verzieht das Gesicht. »Sie hat mich gefragt, und dann was, und ich hab nicht richtig zugehört und vermutlich an der falschen Stelle genickt.« Mit gerunzelter Stirn betrachtet er den Becher in seiner Hand, und zur selben Zeit geht mir ein Licht auf. Wenn Oliver Bellingcourt derart viele Wörter benutzt, ist er in eine Art Panik geraten, so wie das letzte Mal, als wir bei Orlando gegessen haben und er mir über seine Blockade bezüglich der Fortsetzung von *Catmosphere* erzählt hat. Und jetzt … jetzt …

»Du hast Höhenangst!« Ich schlage mir mit der Hand gegen die Stirn. »Oh, mein Gott, wieso ist mir das nicht von vornherein klar gewesen! Deshalb warst du noch nicht hier oben!«

»Ich ...« Oliver sieht auf seinen Becher mit Slush, seine Gesichtsfarbe beinah so unnatürlich wie das Eisgemisch in seiner Hand. Er räuspert sich.

Ich greife nach seinem Arm. »Es hilft vermutlich nichts, wenn ich dir sage, dass dir absolut nichts passieren kann, oder? Ich meine, es sind schon Tausende oder vielleicht sogar Hunderttausende mit dem i360 nach oben gefahren – und auch wieder runter, richtig?«

»Vermutlich, ja«, murmelt er. »Ich habe nichts Gegenteiliges gehört.« Er setzt den Becher an die Lippen, nippt daran und verzieht erneut das Gesicht.

»Trink das nicht.« Ich nehme ihm das fragwürdige Gemisch aus Farbstoff und Eiskristallen ab, stelle es auf den Bartresen zurück, dann greife ich nach seiner Hand. Dann nach der anderen.

»Okay. Atme tief ein, ja?« Ich mache es ihm vor, und Oliver starrt mich aus großen Augen an, während er brav durch die Nase ein- und durch den Mund wieder ausatmet.

»Atmen. Atmen. Atmen«, ordne ich an, während ich mich rückwärts in Richtung Fensterfront bewege. Ich werfe ein paar halbherzige Entschuldigungen um mich, weil ich hinten natürlich keine Augen habe und entsprechend hier und da jemanden anremple, doch meine ganze Konzentration gilt Oliver, den ich an den Händen führe und der aus weit aufgerissenen Augen zu mir heruntersieht.

»Atmen«, befehle ich ein letztes Mal, bevor ich meinen

offenbar schwer traumatisierten Nachbarn das letzte Stück in Richtung Glas schiebe und seine Hände um das Holzgeländer drapiere.

Oliver steht da wie ein Reh im Scheinwerferlicht, komplett eingefroren. Er starrt geradeaus, nicht nach unten, und wird auf diese Weise nicht viel mehr als Wasser und Horizont sehen können.

»Juhu?«, jubiliere ich zaghaft. »Das ist schon mal ganz gut, richtig? Wie geht es dir? Wie fühlst du dich?«

Anstelle einer Antwort hebt und senkt sich Olivers Brustkorb, als habe er gerade einen 100-Meter-Sprint absolviert.

Und ich fühle mich so schuldig. Vielleicht hätte ich vorher mal auf die Idee kommen können, Oliver zu fragen, weshalb er noch nicht hier oben war. Auf der anderen Seite wäre es ebenfalls hilfreich gewesen, wenn er es mir einfach erzählt hätte. Und ganz vielleicht hilft es auch nicht, ihn unmittelbar an die Scheibe zu schieben.

Ich ziehe an Olivers Arm, so lange, bis er den Blick ab- und stattdessen mir zuwendet. »Es tut mir leid«, sage ich ihm. »Ich hätte dich nicht hier raufzerren sollen. Lass uns zurück zur Bar gehen. Oder zu einem der Sofas. Wenn du die Augen zumachst, bekommst du gar nicht mehr mit, dass du dich in 138 Metern Höhe befindest.«

Oliver gibt ein jammerndes Geräusch von sich, und ich hätte mir am liebsten selbst einen Tritt verpasst. Gott, ich kann ein Trampeltier sein, wirklich wahr. Anstatt dem armen Kerl seine Misere auch noch auszumalen, sollte ich

lieber versuchen, ihn mit irgendetwas abzulenken. Ich zer-
martere mir das Hirn, während ich gleichzeitig versuche,
Oliver zurück in Richtung Kapselmitte zu führen, doch
jetzt krallen sich seine Hände am Geländer fest.

»Lieber nicht bewegen«, murmelt er, also lege ich ihm
schließlich nur eine Hand auf den Rücken, um ihn zu erden
sozusagen.

Oliver atmet tief ein, tief aus. Er tut mir schrecklich leid.

»Ich spreche mit meinem Tagebuch«, platzt es aus mir
heraus. »Sie heißt Edna und hat einen ziemlich eigenen
Kopf. Ich habe sie, seit ich acht bin. Und irgendwann
hätte ich vermutlich damit aufhören sollen, dieses Buch
mit Namen anzusprechen und Diskussionen mit ihm zu
führen – zumindest ist es das, was meine Schwester Daisy
mir regelmäßig vorhält. Sie denkt, ich klammere mich aus
irgendeinem nicht unbedingt gesunden Grund an meiner
Kindheit fest, aber ich denke nicht, dass es das ist. Ich
meine, es tut mir einfach gut, mit Edna über alles zu reden,
was ich womöglich mit sonst niemandem besprechen kann.
Ist das kindisch? Vielleicht. Dan scheint es als kindisch zu
erachten – er hat mich ausgelacht, als ich ihm das erste Mal
davon erzählt habe. Weshalb ich es bei diesem einen Mal
belassen habe. Und jetzt du, Oliver Bellingcourt! Lach
mich aus, wenn du willst, aber Edna wird heute Abend von
mir erfahren, was hier oben passiert ist, also überlege dir
gut, was du sagst!«

Oliver starrt mich an, ich starre zurück. Mein kleiner
Monolog scheint insofern geholfen zu haben, als dass er

nun nicht mehr ganz so schwer atmet, stattdessen runzelt er die Stirn und löst dann sogar eine Hand vom Geländer, um sich damit durch die Haare zu fahren. Sagen tut er nichts.

»Ist in Ordnung«, erkläre ich deshalb, »strafe mich mit stummer Missachtung. Ich bin es gewohnt, bezüglich Edna auf Unverständnis zu stoßen. Das ist der Grund, weshalb ich sie im Normalfall nicht erwähne.« Nur im Notfall, denke ich. Wenn ich jemanden dringend von seiner Höhenangst ablenken muss.

»Das ist ...«, beginnt Oliver, dann schüttelt er den Kopf. »Danke, dass du mir das erzählt hast. Es liegt mir komplett fern, dich deshalb zu verurteilen.«

»Du klingst wie ein Roboter.« Ich beiße mir auf die Lippen, um mein Lächeln zu verbergen.

»Ich wünschte, ich wäre einer«, gibt er zurück. »Dann wäre mir jetzt sicherlich nicht halb übel.« Er dreht sich mit dem Rücken zur Fensterfront, nur um dann sofort die Augen zu schließen, weil wir uns schließlich in einer Glaskapsel befinden – Fernsicht überall und in alle Richtungen.

»Okay«, murmelt er. Dreht sich wieder zum Fenster, umfasst einmal mehr das Geländer, öffnet die Augen und sieht hinunter.

»Uhg.«

Spontan greife ich nach seiner Hand. »Es tut mir ehrlich leid. Ich hätte dich nicht hier heraufbringen sollen. Das war eine richtig schlechte Idee.«

»Nein.« Oliver schüttelt den Kopf. Dann legt er ihn

schief und sieht mit schmalen Augen in Richtung Horizont. »Es war die beste. Weil ich gerade einen Geistesblitz hatte. Falls ich je lebend hier rauskomme, weiß ich eventuell, wie es mit *Catmosphere* weitergehen könnte ... denke ich.«

»Wirklich?« Ich bin so erstaunt, das Wort blubbert geradezu aus mir heraus. »Aber ...«

»Nicht sprechen.« Oliver schließt erneut die Augen. »*Falls* ich hier lebend rauskomme.«

18

Oliver

Spoileralarm: Ich habe die Fahrt mit dem i360 überlebt, das allerdings nur knapp. Ich denke nicht, dass ein Mensch ohne Höhenangst nachempfinden kann, wie sich das anfühlt: Als würde der Magen von innen ausgehöhlt und dann mit heißer Lava gefüllt, die anschließend bei jeder Bewegung von links nach rechts, von vorn nach hinten wabert. Kaum haben wir wieder festen Boden unter den Füßen, wanke ich aus dem Besucherzentrum an die Luft, wo ich gerade so an mich halten kann, um mich nicht noch mehr vor Lucy zu blamieren. Mehr, als ich es ohnehin schon getan habe, meine ich.

Ich hätte es ihr vorher sagen sollen. In dem Augenblick, in dem sie mir übermütig von ihrem Plan erzählt hat, hätte ich es ihr sagen müssen. Das Ding ist nur: Aus irgendeinem Grund bringe ich es einfach nicht fertig, zu Lucy Dixon *Nein* zu sagen. Nicht, wenn es darum geht, sich in aller Öffentlichkeit beim Linedance zu blamieren. Und offensichtlich auch nicht, wenn die Überwindung tiefsitzender irrealer Ängste auf dem Plan steht.

Ich hebe den Kopf, atme, so tief es geht, durch die Nase

ein und durch den Mund wieder aus. Über mir hat sich das i360 schon wieder in Bewegung gesetzt. Nun. Wenigstens muss ich mich jetzt nicht mehr sinnlos fragen, wie es ist, mit dem Ding Dutzende von Metern in die Höhe zu steigen. Jetzt weiß ich es.

Diese Idee, die mir vorher durch den Kopf geisterte, taucht am Rand meines Bewusstseins wieder auf. Kann sein, dass ich tatsächlich einen Weg gefunden habe, Cat aus dieser Lagune in ein nächstes Level zu bekommen.

»Hier.«

Ich zucke zusammen, als Lucy neben mir auftaucht. Sie drückt eine Flasche stilles Wasser gegen meine Brust.

»Und hier«, sagt sie bestimmt und hält mir eine Tüte mit Nüssen hin. »Das ist alles, was sie im Shop hatten. Am besten trinkst du erst mal was.«

»Danke.« Ich nehme ihr Wasser und Studentenfutter aus der Hand. »Es geht schon wieder. Die Luft tut gut. Der feste Boden auch.«

Lucy verzieht das Gesicht. »Es tut mir ehrlich leid. Ich hätte dich erst fragen müssen.«

»Was genau? Ob ich zufällig Höhenangst habe, die es mir unmöglich macht, auf eine Mauer zu klettern, geschweige denn in einer Glasbox 138 Meter hoch oben in der Luft zu hängen?«

Sie verzieht das Gesicht ein bisschen mehr, und instinktiv lege ich eine Hand an ihre Wange. »Nein, so meinte ich es nicht«, sage ich schnell, bevor ich im selben Tempo meine Hand zurückziehe. Was zur Hölle sollte das denn?

Lucy starrt mich an. Ich vergrabe die Finger in den Taschen meiner Jeans.

»Uhm«, bringe ich hervor, »ich sollte los. Tatsächlich …« *Tatsächlich* fällt es mir schwer, einen klaren Gedanken zu fassen, aber ich gebe mir immerhin Mühe. »Diese Idee da gerade eben …«

»Natürlich! Das hätte ich beinah vergessen!« Wie es aussieht, ist Lucy besser darin, bizarre Situationen nicht noch bizarrer werden zu lassen, sie grinst schon wieder. »Dann war der kleine Ausflug doch für irgendetwas gut? Da bin ich erleichtert.« Sie hakt sich bei mir unter. »Können wir auf dem Weg nach Hause noch bei einem Supermarkt vorbeigehen? Ich will Katzenfutter kaufen.«

»Katzenfutter?« Dankbar für die Richtung, in die Lucy das Gespräch lenkt, schiebe ich die Tüte mit Nüssen in meine Hosentasche, um dann die Wasserflasche zu öffnen, was ein bisschen umständlich ist mit Lucy am Arm. Die davon nichts zu bemerken scheint. Sie erzählt einfach weiter.

»Kater – du weißt schon, unser kleiner roter Mitbewohner – hat gestern die Nacht bei mir verbracht, was ausgesprochen angenehm war, ich meine: Es waren nur wir beide, keine sonstigen Geräusche, nun ja. Jedenfalls war er heute Morgen weg. Ich nehme mal an, er ist irgendwie übers Fensterbrett nach unten gelangt, wobei ich mir nicht sicher bin, wie er das geschafft hat.«

Mit gerunzelter Stirn hält sie inne, während ich einen Schluck Wasser trinke. Es geht mir schon besser. Mein Magen hat sich beruhigt, und Lucy scheint mich zusätzlich zu erden. Aus dem Augenwinkel betrachte ich sie. Es sieht wirklich danach aus, als habe sie eine beruhigende Wirkung auf mich – sei es auf meinen Schlaf oder meine Höhenangst oder meine generelle Nervosität in der Gesellschaft von Menschen. Und dann scheint sie mich auch noch zu inspirieren. Und dann, denke ich, während ich einen weiteren Schluck Wasser trinke und den Blick abwende, sollte ich schleunigst aufhören, darüber nachzudenken, was Lucy alles ist oder sein könnte oder was auch immer. Oder nicht.

»Ich hoffe, es geht ihm gut«, sagt sie schließlich. »Ich meine, irgendwie wird er es geschafft haben, über das Fensterbrett nach unten zu kommen, stimmt's?« Sie schüttelt den Kopf, wie um sich aus den eigenen Gedanken zu rütteln. »Wie dem auch sei, falls er vorhat, noch einmal bei mir zu übernachten, würde ich ihm gern etwas anbieten, das über schnöde Milch hinausgeht. Ein paar ausgewählte Leckereien sozusagen.« Sie grinst mich an, und automatisch erwidere ich das Lächeln, woraufhin sie sich auf die Unterlippe beißt und schnell den Blick abwendet.

Es wird einen Zeitpunkt geben, an dem ich darüber nachdenke, wie seltsam das alles ist – die Tatsache, dass jemand Neues ins Haus zieht und sich so ziemlich auf der Stelle eine Verbindung aufbaut. Was auf keinen Fall an mir liegen kann, weil ich so ungefähr das Gegenteil einer nachbarschaftlichen Dockingstation bin. Es liegt an Lucy, aber, wie schon erwähnt, würde ich lieber nicht weiter darüber nachdenken, nicht jetzt.

Ohnehin ist das alles über alle Maßen kompliziert. Das

Wort *Verlobung* schießt mir in den Sinn, im selben Augenblick, in dem Lucy sagt: »Ich würde ihm ein Körbchen kaufen, aber Dan hat eine Katzenallergie.«

Sie bleibt stehen, und ich mit ihr, da sie sich nach wie vor bei mir untergehakt hat. »Hältst du es für problematisch, ihm etwas zu fressen zu geben, obwohl er langfristig nicht bei mir wohnen kann? Ich meine, ich nutze ihn quasi aus. Lege Wert auf seine Gesellschaft, aber nur so lange, bis mein Verlobter endlich hier ist. Ist das moralisch vertretbar? Dem Kater gegenüber, meine ich?«

Gott, bist du süß, ist das, was ich ihr am liebsten sagen würde, ich kann mich gerade noch zurückhalten. »Ich denke schon, dass das dem Kater gegenüber moralisch vertretbar ist«, erwidere ich stattdessen.

»Ja, oder? Ich meine, im Grunde nutzt er die Espositos auch aus. Geht zum Essen ins Restaurant, wohnt aber nicht dort, richtig?«

»Richtig.« Ich räuspere mich.

Lucy nickt energisch. »Ich werde ihm ein Katzenkörbchen besorgen. Vielleicht kann Orlando es aufstellen, wenn … Kater wieder ausziehen muss.«

»Kater? Ist das jetzt sein Name? Wie in *Frühstück bei Tiffany*?«

Überrascht reißt Lucy die Augen auf. »Du kennst den Film?«

»Meine Mutter«, beginne ich, halte dann aber abrupt inne. Warum nur habe ich das Gefühl, ich verheimliche Lucy etwas, wenn ich ihr nicht davon erzähle, was gerade bei uns zu Hause los ist? Weil sie der offenherzigste Mensch ist, dem ich bisher begegnet bin, nehme ich an. Weil sie mich dazu animiert, Dinge zu tun und Dinge zu wollen, die ich schon seit einer ganzen Weile nicht mehr tun wollte. Wie mit jemandem über das zu sprechen, was mich bewegt. Abgesehen von Yunai, meine ich.

»Deine Mutter«, wiederholt Lucy schließlich und nickt. »Sie mag den Film, habe ich recht?«

Ich nicke ebenfalls. »Liebt ihn.«

»Liebt ihn.«

Wir sehen einander an, mitten auf dem Gehsteig, der die Straße von der Strandpromenade trennt, so lange, bis uns ein Radfahrer auseinanderklingelt.

Was auch immer im i360, unten am Strand oder auf dem Weg zum Supermarkt seltsam zwischen mir und Lucy gewesen sein mag, in dem Augenblick, in dem wir das Haus an der Chestnut Road betreten, ist von Merkwürdigkeit nichts mehr zu spüren.

»Kater!«, ruft sie, sobald ich ihr die Eingangstür aufgeschlossen habe und sie den roten Kater erblickt hat, der aus Richtung der Restaurantküche auf uns zuschlendert. »Kater, oh Kater!« Sie hebt das Tier hoch und grinst mich übermütig an. »Fast wie Audrey, richtig?«, fragt sie. »Nur ohne die Tränen!«

»Nur ohne die Tränen«, stimme ich zu. Was wirklich, wirklich gut ist. Ich kann mich nicht erinnern, wann meine Mutter nicht geheult hätte wie ein Schlosshund in dem

Augenblick, in dem Audrey Hepburn ihren Kater in einem Hinterhof aussetzt, mit der Begründung, sie seien beides Freigeister und gehörten niemandem und zu niemandem. Ja, ja, ich gebe es zu: Ich habe ebenfalls Tränen vergossen. Jedes einzelne Mal. Und das, obwohl ich natürlich wusste, dass sie den Kater später wieder suchen und finden und mit nach Hause nehmen würde.

»Aaaah, du süßer kleiner Fratz!« Lucy knuddelt das Tier, während sie die Treppen nach oben steigt. »Bist du schon sehr gespannt, was dir Tante Lucy Leckeres gekauft hat? Ja? Es gibt Truthahn, du kleiner süßer Spatz! In Sauce! Und Thunfisch, mit echten Stückchen!«

Ich gebe ein Geräusch von mir.

»Was?« Den Kater im Arm, wirft Lucy mir über die Schulter einen Blick zu. »Das klingt köstlich, oder etwa nicht? Ihm läuft sicher schon das Wasser im Maul zusammen!«

»Wenn er bei Orlando nicht gerade schon Saltimbocca hatte«, werfe ich ein.

»Saltimbocca.« Lucy schüttelt den Kopf, dann schmiegt sie ihre Wange an die des Katers. »Das ist doch nichts für kleine Kätzchen.«

Schnurrend und knuddelnd schaffen es die beiden schließlich nach oben, mit mir im Schlepptau, inklusive Lucys Einkaufstüten. Vor meiner Wohnungstür bleibt Lucy stehen.

»So«, sagt sie.

»So«, stimme ich zu.

»Das war …«

»… eine nette Überraschung«, vollende ich den Satz, und Lucy verdreht die Augen.

»Wenn ich gewusst hätte …«

»Es war absolut großartig.«

»… dann hätte ich …«

»Wollt ihr vielleicht noch mit reinkommen?«

Lucy klappt den Mund zu.

Ich reibe mir den Nacken.

»Wolltest du nicht arbeiten?«

»Doch. Unbedingt.« Aber irgendwie … »Ich setze mich schnell an den Rechner und notiere meine Ideen. Und dann … Vielleicht hast du Lust, eine Runde zu spielen?«

Ich kann förmlich sehen, wie in Lucys wunderschönem Gesicht die Sonne aufgeht, und zum ersten Mal seit Monaten macht sich in meinem Inneren Vorfreude breit. Auf meine Arbeit und alles, was damit zusammenhängt. Was mir schier unglaublich erscheint.

»Oooh, dazu hätte ich besonders viel Lust«, ruft sie, bevor sie sich erneut dem Kater zuwendet. »Was denkst du? Klingt das nicht fantastisch? Klingt das nicht ganz und gar fantastisch, du süßer kleiner Scheißer?«

19

Lucy

Ich bin nicht sicher, wie ich mir Olivers Wohnung vorgestellt hatte, aber ja: dunkel, reduziert, *nerdig*. Das trifft es wohl. Die Anzeichen sind da, ziemlich viele sogar. Während er in seinem ausladend hässlichen Computerstuhl Platz nimmt – rücken-, nacken- und hüftfreundlich, wie ich annehme –, sehe ich mich in seinem Arbeitszimmer um, und er lässt mich. Es ist ein großer Raum mit drei Fenstern, die beinah vollständig von dichten schwarzen Vorhängen verdeckt werden. Die Lichtquellen, die es in dem Zimmer gibt, sind auf verschiedene Spots verteilt und flackern gemeinsam auf, als Oliver den Lichtschalter betätigt: Eine Stehlampe neben einem der Fenster, eine Tischleuchte in einem Regal aus dunklem Holz, eine Schreibtischlampe neben den beiden riesigen Bildschirmen, die seinen Schreibtisch dominieren. Eine weitere Stehlampe in Form eines Roboters, die einem violetten Lesesessel Licht spendet. Vier Leuchten, und alles in allem sind sie so schwach, dass das Arbeitszimmer von Oliver Bellingcourt mehr wie ein lauschiges Separee wirkt als ein Büro.

Lauschiges Separee.

Ich schüttle über mich selbst den Kopf, was Oliver nicht entgeht.

»Ich kann das auch später machen«, sagt er, während er sich in seinem Schreibtischstuhl zu mir umdreht.

»Auf keinen Fall!« Mein Kopfschütteln wird energischer, dann nicke ich in Richtung seiner Bildschirme. Ich würde die Hände zu Hilfe nehmen, doch die umklammern nach wie vor Kater, der sich schnurrend von mir herumtragen lässt. Ich hebe ihn ein Stück höher in meinem Arm.

»Kümmer du dich um deinen Geistesblitz«, sage ich streng, »Kater und ich machen es uns solange hier bequem.« Ich lasse mich in den Lesesessel fallen, mein orangefarbener Freund rollt sich auf meinem Schoß zusammen. Gott, er ist wirklich niedlich. Allmählich kommt es mir so vor, als sei ich adoptiert worden, nicht umgekehrt. Uuuund stopp! Niemand hat hier irgendwen adoptiert, schließlich hat Dan eine Katzenhaarallergie, und über kurz oder lang, ziemlich bald sogar, wird er – *endlich* – nachkommen und mit mir im Apartment wohnen, und das ganz ohne Kater. Endlich. Ganz genau.

Mein Blick fällt auf das Bücherregal. Es stehen kaum Bücher darin, sondern Spielfiguren, zum großen Teil noch in ihrer Originalverpackung.

Oliver sagt: »Okay«, und dann erfüllt das Klackern der Tastatur den Raum.

Ich greife nach einem Star Trooper. Stelle ihn zurück. Betrachte einen Hulk, dann einen Batman-Comic. Das

Klackern verstummt, und als ich aufsehe, betrachtet Oliver mich. »Das ist …« Er macht eine unschlüssige Bewegung mit der Hand, bevor er sich damit den Nacken reibt.

»… eines Spiele-Entwicklers absolut würdig«, beende ich seinen Satz, und dann grinse ich ihn an. »Ich komme mir vor wie in der *Big Bang Theory*. *Nicht anfassen, die Originalverpackung steigert den Wert*«, füge ich mit verstellter Stimme hinzu, und nun erscheint das Halblächeln auf Olivers Gesicht.

»Den Nerd-Status habe ich mir wohl verdient«, murmelt er, und nun muss ich lachen.

Vorsichtig hebe ich den Kater von meinem Schoß. Ich platziere ihn auf dem Sessel, bevor ich zu Oliver hinübergehe und neben seinem Schreibtischstuhl stehen bleibe. Die Bildschirme vor ihm sind schwarz bis auf einen blinkenden Cursor und ein paar Zahlen und Zeichen, die auf mich wie Hieroglyphen wirken.

»Wow. Es ist mir ehrlich unbegreiflich, wie hinter ein paar X und Ypsilons, Nullen und Einsen ganze Welten erschaffen werden. Bewundernswert.«

»Nicht weniger bewundernswert, als sich diese komplette *Flashdance*-Choreografie zu merken.« Oliver sieht zu mir auf, dann greift er neben seinen Schreibtisch und zieht einen Hocker hervor.

»Hier.« Er steht auf, setzt sich auf den Hocker und bedeutet mir, in seinem Stuhl Platz zu nehmen.

Ich setze mich. »*Footlose*«, sage ich dann. »Es war die Choreografie zu *Footlose*.«

Oliver gibt einen gequälten Laut von sich. »Da hast du es. Ich kann mir nicht mal den Namen von dem Song merken.«

»Ich denke, du kannst eine ganze Menge«, gebe ich zurück, und für eine Sekunde hält Oliver überrascht meinem Blick stand, dann wendet er sich wieder dem Bildschirm zu.

»Es ist so«, beginnt er, bevor er sich räuspert. »Cat steht in dieser wunderschönen Bucht, du weißt schon: türkisfarbenes Wasser, azurblauer Himmel, die Sonne hoch am Himmel.«

»Mmmh.« Ich nicke. »Schneeweißer Sand zu ihren Füßen, Muscheln glitzern, in der Ferne eine Segeljacht, das Tuten eines Ozeanriesen.«

Oliver blinzelt mich an. »Exakt.« Erneutes Räuspern. »Also, Cat steht da im Sand, barfuß, den Blick gen Horizont gerichtet, aber du, als Spielerin, nimmst auf einmal eine Bewegung wahr. Das Wasser zu ihren Füßen, es beginnt damit, plötzlich um sich selbst zu fließen. Es formt einen Kreis, der sich um Cats Knöchel windet ...«

»... wie eine Schlange!«

»Richtig. Wie eine Schlange. Und erst dachte ich, dieses glitzernde Band aus Wasser könnte sie in die Tiefe ziehen, durch den Sand in eine unterirdische Ebene, aber jetzt, nach unserem Ritt in diesem Höllenglaskasten ...«

Ich lache auf, und Oliver lächelt, und diesmal – *diesmal* kommt es mir beinah befreit vor. Es wirkt aufrichtig und erleichtert und so, als würde er es nicht oft jemandem zeigen. Es macht etwas mit mir. Ich sehe zu Boden und erst wieder auf, als Oliver weiterspricht.

»Jedenfalls: Da oben, in dem i360, dachte ich plötzlich, das Wasser könnte sie auch hochkatapultieren, in den Himmel, anstatt sie in die Tiefe zu ziehen. Es könnte sich um ihre Knöchel winden wie eine Fessel, mit der Cat dann – ich weiß nicht, gen Firmament gezogen wird.«

»Oder geschraubt«, schlage ich vor. »Die Wasserschlange könnte eine Art Teller formen, und auf dem wird Cat nach oben gehoben, quasi. Oder …« Ich hebe die Hand, um Oliver zu symbolisieren, dass ich noch einen Gedanken hinzufügen möchte. »Oder das Wasser formt eine Art Kokon um sie – eine Glaskuppel. Wie das i360. Sie wird in den Himmel geschraubt, gehoben, katapultiert, was auch immer. Und als sie oben angekommen die Hände dagegen drückt, ist sie nicht mehr in Wasser eingeschlossen, sondern in Glas.«

Ich lasse die Hand sinken. Oliver sieht mich stumm an.

Schließlich schüttelt er den Kopf, und dann lächelt er wieder dieses befreite Lächeln, das mehr und mehr zu einem echten Grinsen wird. »Das ist richtig gut«, sagt er, bevor diesmal er die Hand hebt, als wollte er mir auf die Schulter klopfen oder den Arm um mich legen oder die Finger an meine Wange, wie er es vorhin schon getan hat. Energisch schiebe ich den Gedanken von mir. Hatte ich nicht beschlossen, mir nichts dabei zu denken? Diese harmlose Geste, die nichts weiter war als ein nett gemeintes Tätscheln, schnellstmöglich in der Freundesschublade verschwinden zu lassen, wo sie hingehört?

Unverrichteter Dinge lässt Oliver die Hand sinken. Dann holt er tief Luft und zieht im gleichen Atemzug die Tastatur zu sich heran.

»Wirklich gut«, wiederholt er, bevor er beginnt, in einem irrsinnig schnellen Zweifingersystem die Tasten zu bearbeiten.

Ich springe aus dem Sessel. »Hier! Nimm in deinem spacigen Cockpit Platz und nagel das Ding an die Wand!«

Oliver starrt mich verblüfft an.

Was zum Geier rede ich da nur?

»Ich würde gern kurz ... Wenn du mich entschuldigst ...«

Er weist mir den Weg ins Badezimmer, und ich flüchte so schnell dorthin, man könnte meinen, Diarrhö hätte mich ereilt.

Hilfe, Lucy! Denk nicht an Diarrhö, während du das Badezimmer eines Nachbarn benutzt!

Ich verlangsame meine Schritte und schließe die Tür hinter mir, nicht sicher, was gerade in mir vorgeht. Ich meine, wir saßen *sehr* dicht beieinander, und dann diese Vorstellung von Cat an diesem Strand, und dann dieses Lächeln ... Ich runzle die Stirn. Vermutlich bin ich dehydriert. Hätte ich mir mal lieber selbst ein Wasser gekauft und nicht nur welches für Oliver besorgt.

Ich stelle mich ans Waschbecken, drehe den Wasserhahn auf, trinke ein paar Schlucke und wische mir den Mund am Ärmel meines Sweatshirts ab. Ich werde nicht eines von Olivers Handtüchern benutzen. Ich werde nicht an dem

Eau de Toilette schnuppern, das auf dem Regal unter dem Spiegel steht.

Stattdessen drehe ich mich um und lehne mich mit dem Rücken ans Waschbecken. Olivers Badezimmer ist, im Gegensatz zu den Teilen der Wohnung, die ich bisher gesehen habe, in völlig normalem Weiß gehalten und weist ansonsten keinerlei Nerd-Anzeichen auf. Bis auf den Duschvorhang vielleicht. Ich ziehe ihn glatt und die Telefonzelle aus Dr. Who kommt zum Vorschein, was mich unwillkürlich lächeln lässt, bevor ich genauso schnell damit aufhöre.

Ich weiß nicht, warum ich mit einem Mal das Gefühl habe, etwas Falsches zu tun. Bei Hannah habe ich es auch nicht. Und Männer und Frauen können Freunde sein, das ist keine Raketenwissenschaft. Dan hat haufenweise Kolleginnen, mit denen er sich gut versteht. Ganz genau.

Ich ziehe mein Handy hervor. Es ist Sonntagmittag in Texas, und vermutlich ist Dan gerade bei meinen Eltern, um mit ihnen zu essen. Die Vorstellung holt mich von jetzt auf gleich wieder in meine jetzige Situation zurück, die nicht gerade erbaulich ist. Leeres Apartment, bis auf ein paar Geister, der Traumjob in weiter Ferne, die Stimmung ... zu gut dafür, was hier gerade alles schiefläuft, was ebenfalls beunruhigend ist.

Ich atme einmal tief ein und schreibe dann:

Ich hoffe, ihr habt einen schönen Sonntag! Ich vermisse euch alle! Ganz viel Liebe, eure Lucy

Ich schicke die Nachricht in den Familienchat und starre auf das Display, doch die Häkchen färben sich nicht blau. Wie gesagt, bestimmt sitzen alle bereits beim Essen. Telefone sind am Mittagstisch nicht erlaubt, da ist mein Vater streng. Insofern ...

Seufzend stecke ich das Handy weg. Ich weiß nicht, was ich mit dieser Nachricht bezwecken wollte, vielleicht wollte ich mich nur daran erinnern, wer ich bin, was ich gerade durchlebe. Vielleicht wollte ich mich bloß nicht in einem Ablenkungsmanöver verlieren, denn nichts anderes ist das hier, stimmt's? Ein Nachmittag, der mich davon ablenken soll, wie völlig neben der Spur mein Leben gerade verläuft.

»Und weißt du was, Lucy Dixon«, sage ich, während ich mich zu meinem Spiegelbild umdrehe. »Vielleicht hast du dir das sogar verdient.«

Als ich in Olivers Arbeitszimmer zurückkomme, sieht er mir mit leuchtenden Augen entgegen.

»Das war richtig gut«, sagt er. »Das erste Mal seit ewigen Zeiten bin ich tatsächlich ein Stück weitergekommen.«

»Das freut mich.«

»Ja. Mich auch.«

Ich bin in der Tür stehen geblieben, und einige Sekunden lang sehen wir einander stumm an, bevor Olivers Lächeln langsam verschwindet und einem Stirnrunzeln Platz macht. »Ist alles in Ordnung?«, fragt er.

»Ja.« Ich räuspere mich. »Alles bestens. Ich dachte nur

gerade daran … Ich dachte daran, dass ich mich im Moment ähnlich fühle wie Cat. So …« Ich zucke mit den Schultern. *Hilflos* ist das Wort, das ich lieber nicht aussprechen möchte.

Ich bin nicht der Mensch, der sich leicht unterkriegen lässt. Das war ich nie, auch wenn es im Augenblick vielleicht danach aussieht. Es ist bloß alles gerade etwas viel. Das, was fehlt. Und das, was noch auf mich zukommt. Die Vorstellung, nach oben in die leere Wohnung zu gehen, allein zu sein, ohne meine vertrauten Dinge, ohne einen Menschen, der das alles mit mir teilt, diese ganze Unsicherheit – es ist einfach alles zu viel. Und ich habe keine Ahnung, weshalb mich all das ausgerechnet in diesem Moment so aus dem Tritt bringt, hier, in Olivers Wohnung, in seiner Gesellschaft. Ich sollte gehen, aber ich will nicht. Ich sollte nicht so viel Zeit mit Oliver verbringen, denn allmählich fühle ich mich schlecht deswegen, auch wenn noch nicht hundertprozentig klar ist, weshalb genau. Ich sollte gehen, und andererseits gibt es gerade nichts, was ich weniger tun möchte.

Also mache ich einen Schritt in den Raum, und Oliver setzt sich wieder auf den Hocker, um mir den Sessel anzubieten.

»Das heißt«, beginnt er, nachdem ich mich gesetzt habe, »du fühlst dich, als würdest du auf einer Säule aus Wasser in den Himmel katapultiert, anschließend darin eingesperrt und müsstest erst einmal einen Weg finden, um dich aus dem Glaskokon zu befreien?«

Er lächelt mich an.

Ich lächle zurück. Und dann sage ich, ohne viel zu überlegen: »Sie könnte lernen, das Element Wasser zu manipulieren.« Brillante Idee, oder? »Um so in ein neues Level zu kommen? Das Himmelslevel oder etwas in der Art?« Ich setze mich aufrechter hin. Irgendwie hat dieses Entwickeln von Spielen doch etwas für sich, finde ich.

Oliver blinzelt mich an, und sofort winke ich ab. »Wie schon mehrmals betont, ich bin keine Spiele-Expertin. Um ehrlich zu sein, spiele ich auch überhaupt nicht. Aber ich meine ... Oh! Sie könnte auch eine Runde Linedance tanzen, und dann spaltet sich die Wasserfront wie ein Vorhang? Was auch immer«, fahre ich fort, bevor Oliver Luft holen kann, »ich fühle mich so, als sollte ich mich dringend aus diesem Loch befreien, in das ich mich gerade selbst eingrabe. Kennst du das Gefühl? Dich selbst in ein Loch einzugraben, meine ich?«

Abwartend sehe ich Oliver an.

Er überlegt einige Sekunden, dann sagt er: »Ich denke, ich habe dieses Gefühl erfunden.« Und nach ein paar weiteren Schrecksekunden fangen wir beide an zu lachen, und der Moment ist so speziell und zerbrechlich und besonders, dass ich mich unwillkürlich tiefer in besagtes Loch grabe, ich kann es spüren.

Wir bestellen Pizza. Oliver ist der Meinung, nun schulde er mir ein Essen (»nachdem ich ausschließlich deinetwegen endlich ein Stück vorangekommen bin«), und ich erkläre ihm, mir sei nicht nach Ausgehen.

Leider entpuppt sich der Pizzabote als anzüglich, mit einem Hang zur Übergriffigkeit.

»Sieh an«, höre ich Dante tönen, nachdem Oliver ihm die Tür geöffnet hat. »Zweimal Pizza Margherita? Willst du dir endlich ein bisschen was anfuttern, oder ...« Schon hat er den Kopf ins Arbeitszimmer gesteckt. »Aaaha! Lucy Dixon!« Er grinst.

Ich verdrehe die Augen. »Wir spielen!«

»Ihr spielt, klar!« Dante beginnt zu kichern, und ich stapfe auf ihn zu, um ihm die Pizzakartons aus der Hand zu nehmen.

»Spielen!« Ich sehe ihn streng an.

»Sicher!« Er klopft mir auf die Schulter, dreht sich um, versetzt Oliver einen Schlag auf den Rücken und ist schon wieder verschwunden.

Oliver und ich sehen uns an.

»Wir spielen?«, fragt er.

»Wir spielen.« Ich nicke.

Und so wird es gemacht.

Ich muss sagen, ich verstehe allmählich, was Joey und die Millionen anderer *Catmosphere*-Süchtigen an diesem Adventure fasziniert. Die Hauptfigur – Cat – ist eine Wahnsinnsfrau. Authentisch, mutig, verletzlich, *menschlich*. Die Rätsel, die sie auf ihrem Weg durch das unermessliche Reich zu bestehen hat, sind klug, durchdacht, und so, so nachvollziehbar.

Ich liebe es.

Ich liebe es, zu grübeln, zu probieren, Cat dabei zu helfen, Entscheidungen zu treffen, Hindernisse zu überwinden. Ich liebe ihren Scharfsinn. Und ihre Empathie. Und auf eine Art liebe ich es, wie Oliver mir beim Spielen zusieht, wie er mich ermutigt, ohne mir auch nur das kleinste bisschen zu verraten, und wie er mich dann betrachtet, als sei er stolz auf mich ... ja. Uuuuund stopp. Es ist eindeutig zu spät, um diesem Gedanken nachzuhängen.

Beim Blick auf die Uhr zucke ich zusammen.

»Sechs Stunden? Wir haben sechs Stunden gespielt?« Ungläubig starre ich Oliver an. Dann auf die leeren Pizzakartons, die Cola-Flasche, die nur noch einen kleinen Rest enthält, die Tüte Chips, von der ganz sicher nur noch Krümel übrig sind. Sechs Stunden, 3000 Kalorien und ...

»Wie viele Level haben wir gespielt? Und wie viele sind es noch?« Meine Augen fühlen sich viereckig an.

»Du bist in Level vier«, erwidert er. »Es sind zwölf.«

»Uff.« Ich lasse mich in den Computerstuhl zurückfallen, und Oliver lächelt, bevor er seinen Rücken durchstreckt. Die ganzen Stunden über saß er neben mir auf diesem Hocker, das kann nicht gesund sein.

»Ich sollte gehen«, sage ich, ohne mich zu bewegen. »Es ist nach Mitternacht, ich muss morgen in die Tanzschule, und ... oh!« Über meine Schulter werfe ich einen Blick auf den leeren Lesesessel. »Wo ist denn Kater?«

Oliver folgt meinem Blick. »Vielleicht ist er aus der Wohnung gehuscht, als Dante hier war? Falls er sich irgendwo versteckt hält, bringe ich ihn zu dir nach oben.«

»Okay.« Ich klinge enttäuscht, und ich bin es auch. Warum auch immer fühle ich mich sicherer in meinem kleinen Spukapartment, wenn der Kater bei mir liegt. Als würde er die bösen Geister von mir fernhalten. Was absurd ist. Ich meine, weil es keine Geister gibt.

»Möchtest du, dass ich mit nach oben komme? Um schnell nachzusehen, ob die Luft rein ist?«

Ich sehe Oliver an. Scheint, als sei er ein ebenso spirituelles Wesen wie der Kater. Zumindest kann er Gedanken lesen.

»Nein«, erwidere ich dennoch. »Ich finde, ich muss da allein durch. Aber danke. Wirklich – danke. Das war ein sehr schöner Nachmittag. Und Abend!«

»Das war's.« Oliver nickt. »Ein sehr schöner Nachmittag. Und Abend. Und nochmals danke für deinen Input. *Und* die Karte für das i360. Ohne dich hätte Cat niemals den Weg in den Himmel gefunden. Ohne dich ...«

Oliver schüttelt den Kopf. Ich warte nicht darauf, dass er den Satz beendet.

20

Oliver

»Guten Morgen, Oliver.«

»Einen wunderschönen guten Morgen auch für dich, Yunai.«

Yunai, die gerade aus dem Bildrand heraus nach etwas greifen wollte – ihren Zigaretten vermutlich –, hält in der Bewegung inne und sieht mich stattdessen aus schmalen Augen an.

»Okay, raus damit«, befiehlt sie mit strengem Blick. »Hier stimmt was nicht. Was stimmt nicht, Oliver? Wieso siehst du mich an, als hättest du ein Honigkuchenpferd ge- frühstückt?«

Ich verkneife mir ein Lachen, doch Yunai sieht es und lässt sich mit gerunzelter Stirn zurück in ihren Stuhl fallen. »Weder lächelst du so früh am Montagmorgen, noch ist überhaupt irgendein Morgen in deinen Augen *wunder- schön*, noch ...«, und nun legt sie den Kopf schief, um mich mit noch mehr Skepsis im Blick zu begutachten. »Ist das etwa Tageslicht, das da hinter dir durch die geöffne- ten Fenster schwebt wie das Damoklesschwert über unseren Köpfen? Dann bin ich jetzt *wirklich* beunruhigt. *Was stimmt nicht, Oliver?* Spuck's aus!«

Einige Sekunden lang halte ich Yunais strengem Blick stand – irgendwie habe ich Lust, sie heute ein bisschen zu quälen. Am Ende kann ich mir ein Grinsen dennoch nicht verkneifen, denn, yes, yes, yes, dieser Durchbruch ist einfach zu gut. »Ich hab vielleicht eine Idee für unser nächstes Level«, sage ich meiner Freundin schließlich, und ihre Augen werden groß. »Vielleicht sogar für den restlichen Spielverlauf. Mal sehen.«

»Oliver!« Mehr sagt sie nicht. Stattdessen greift sie nun wirklich nach ihren Zigaretten, zieht eine aus ihrem silbernen Etui hervor und zündet sie sich an. Mit zitternden Händen, wie es aussieht. Dann zieht sie hektisch daran und bläst schließlich Qualm aus wie ein Dinosaurier. Und dann fängt sie an zu husten.

»Du solltest wirklich aufhören zu rauchen«, kommentiere ich trocken.

»Das ist alles deine Schuld! Du bist der Grund all meiner psychischen Probleme und meiner Abhängigkeiten.« Energisch drückt sie die Zigarette wieder aus. »Lass hören, Bellingcourt. Von A wie Anfang bis Z wie … was weiß ich denn.«

Bis ich Yunai erzählt habe, wie Cat von der Lagune am Rande des unermesslichen Waldes ins nächste Level gerät, wie sie die Wasserwände überwinden und in das Land über den Wolken gelangen kann, hat sie bereits ihren halben

Notizblock mit Skizzen bekritzelt, ihre Thermoskanne mit Kaffee geleert und diverse Bleistifte in ihren Haaren zu Knoten verdreht.

»Und dann dachte ich«, füge ich am Ende hinzu, »wir finden vielleicht eine Art Sparring-Partner für Cat, mit dem sie die nächsten Level gemeinsam unterwegs sein kann.«

Yunai blickt von ihrem Skizzenblock auf. »Einen Sparring-Partner welcher Art? Im Sinne eines Love Interests oder sowas?«

»Ein Love Interest?« Ursprünglich hatte ich an etwas Profaneres gedacht, so etwas wie ... eine eingebildete Freundin zum Beispiel. Um genau zu sein, hatte Lucy mich auf die Idee gebracht, als sie mir von Edna, ihrem Tagebuch, erzählte. Edna, das Tagebuch, mit dem Lucy sogar Diskussionen führt, in Vertretung einer Gesprächspartnerin oder als Versinnbildlichung der inneren Stimme. Hätte Cat auf ihrem Weg jemanden, mit dem sie sich über ihre Entscheidungen austauschen könnte, sie würde sich noch einer ganzen Reihe mehr davon stellen müssen. Was das ganze Spiel noch ein Stück interessanter machen könnte.

»Ein Love Interest.« Ich nicke. »Oder zumindest eine Figur, um die man sich als Gamer zusätzlich sorgen muss.«

»Könnte auch ein Hund sein.«

»Oder eine Katze.«

Yunai überlegt einen Augenblick. Dann ruft sie: »Oh, Gott, ein Kater, wie bei *Frühstück bei Tiffany*. Einer, der einem nicht gehört und den man auf seinem Weg womöglich von sich stoßen muss, um ihn auf einem nächsten Level wiederzufinden.«

Ich starre Yunai an, die meinen Blick aus großen Augen erwidert. »Wieso«, frage ich verwundert, »denken eigentlich alle bei Kater sofort an *Frühstück bei Tiffany*?« Inklusive mir. Und Lucy natürlich.

»Wieso alle? Wer denn noch?«

Ich wünschte, ich hätte nichts gesagt, denn ich kann förmlich spüren, wie Hitze in mein Gesicht kriecht, wie sich die Muskulatur verkrampft und zu unerwünschter Grimassenbildung führt.

»Oliver?« Yunai sieht mich misstrauisch an. »Mit wem hast du in der vergangenen Woche gesprochen, abgesehen von mir? Und dann auch noch über *Frühstück bei Tiffany*, von allen Themen!«

»Wie nett, dass du mich hinstellst wie einen unsozialen Freak«, murmle ich, woraufhin meine Freundin zu lachen beginnt.

»Tut mir leid, dass ich dir das so sagen muss, aber du *bist* ein unsozialer Freak.«

Ich verziehe das Gesicht.

Yunai sieht mich an und wartet.

Sie ist meine älteste Freundin. Wir sind zusammen aufgewachsen. Nachbarskinder im selben Alter, mit einem Hang zum Außenseitertum. Es war nie etwas Romantisches zwischen Yunai und mir, und das sicher nicht nur, weil sie das eigene Geschlecht bevorzugt. Wir waren schon immer mehr wie Geschwister, und obwohl ich drei Monate älter bin *und* größer, ist Yunai diejenige von uns, deren Beschützerinstinkt gemeingefährliche Formen annehmen kann. Natalie weiß davon ein Lied zu singen. Ihr hat Yunai mit Prügel gedroht, falls sie sich noch einmal auf ihrem – Zitat – vermaledeiten – Zitat Ende – Kanal über mich oder irgendjemanden, der mir nahesteht, äußert. Nicht mit Anwälten oder sonstigen Konsequenzen, sondern mit Prügel. Und ich glaube nicht, dass meine Ex-Freundin auch nur eine Sekunde daran gezweifelt hat, dass Yunai diese Drohung wahrmachen würde, jedenfalls wurde mein Name oder der meiner Familie auf ihrem Social-Media-Account nie wieder erwähnt.

Wozu auch?, frage ich mich. Sie hat ohnehin ausreichend von mir profitiert, von meiner Bekanntheit besser gesagt. Sie hat einige Deals und Kooperationen nur deshalb an Land gezogen und gut Geld mit mir verdient. Sie hatte es überhaupt nicht nötig, noch ein Wort über mich oder meine rachsüchtige Freundin zu verlieren.

»Oliver?« Mittlerweile hat sich Yunai nach vorn gebeugt und ihr Gesicht sehr nahe vor die Webcam geschoben. »Sag mir sofort, was los ist. Du verheimlichst mir doch was, ich kann es sehen.«

»Es ist eine neue Nachbarin eingezogen.«

Yunai runzelt die Stirn, als müsste der Zusammenhang zwischen meinem seltsamen Verhalten und einer neuen Nachbarin Lichtjahre voneinander entfernt sein.

»Wir waren gestern Nachmittag auf dem i360 und …« Ich lasse eine Pause in der festen Annahme, dass Yunai spätestens hier etwas einwirft, wegen meiner Höhenangst, von der sie natürlich weiß, doch sie sagt kein einziges Wort.

Ich starre sie an.

Sie starrt zurück.

»… und anschließend haben wir hier bei mir ein bisschen gemeinsam gebrainstormt. Mir kam die Idee, dass das Wasser Cat nach oben katapultiert, und Lucy warf ein, sie könne genauso gut nach oben gehoben werden, und …«

»Oliver.«

Ich klappe den Mund zu.

Yunai hat den Kopf schief gelegt und bohrt ihren Blick praktisch durch mich hindurch.

»*Frühstück bei Tiffany?*«

»Wegen des Katers. Hier im Haus wohnt ein roter Kater. Wir haben ihm Futter gekauft auf dem Weg hierher, weil er die Nacht von Samstag auf Sonntag bei Lucy im Apartment verbracht hat. In dem es angeblich spukt. Aber als der Kater bei Lucy übernachtet hat, war es augenscheinlich ruhig. Und sie hat ihn Kater genannt. Und dann fiel der Filmtitel.«

Schweigen. Yunai studiert mich, als lese sie in einem Buch. Ich halte ihrem bohrenden Blick gerade einmal fünf Sekunden stand, bevor ich einknicke.

»Sieh mich nicht so an. Mehr gibt es nicht zu erzählen über Lucy und mich.«

»Über Lucy und dich.« Yunai nickt. »Wie lange kennen wir uns jetzt, Ollie?«

»Fang nicht so an.«

»Glaubst du, ich merke nicht, wenn du Interesse an einer anderen Person hast? Einer Frau? Nach ... wie lange ist diese Kreuzotter jetzt schon in der Versenkung verschwunden? Beinah zwei Jahren?«

»Sie ist verlobt. Lucy, meine ich. Sie ist verlobt.« Es ist mir wieder einmal rausgerutscht. Als wäre es von irgendeiner Bedeutung, dass Lucy Dixon bald heiraten wird, und natürlich nicht mich. Wir sind Nachbarn. Einander freundlich gesonnene Nachbarn. Mehr nicht. Wieso muss ich jedem erzählen, dass sie verlobt ist, Herrgott noch mal?

Yunai gibt ein entnervtes Stöhnen von sich. »Das glaube ich jetzt nicht«, sagt sie.

»Es hat weiter überhaupt nichts zu bedeuten. Ehrlich nicht. Sie ist einfach nett. Du würdest sie mögen.«

Und nun schnaubt sie. »Nach allem, was in den vergangenen Jahren passiert ist, bin ich tatsächlich vorsichtig geworden, wenn du von einer Person behauptest, sie sei ›nett‹ und ich ›würde sie mögen‹. Und ich wünschte, du wärst es auch. Und noch mehr wünschte ich, du würdest dieser Person nicht im Detail davon erzählen, wie es mit *Catmosphere* weitergeht, weil du genauso gut weißt wie ich, wohin Vertrauen in falsche Menschen führen kann.«

»Ich ...«, beginne ich, doch dann klappe ich den Mund zu. Prinzipiell hat Yunai recht, und ich *bin* vorsichtig geworden bei den Menschen, die ich in mein Leben lasse. Nicht umsonst kann man die, die mir nahestehen, an einer Hand abzählen. Aber mit Lucy ist es etwas anderes. Für sie hat es keine Bedeutung, dass ich eines der meistverkauften

Spiele der vergangenen Jahre entwickelt habe – sie ist völlig anders als Natalie. Sie ist nicht an dem *Mastermind hinter Catmosphere* interessiert und möchte damit die eigene Popularität steigern. Stattdessen scheint sie einfach nur ihren nerdigen Nachbarn, der ihr mit Geistern und Glühbirnen ausgeholfen hat und der für sie am Strand im Kreis gehüpft ist, einigermaßen erträglich zu finden. Mehr ist da nicht, weil da gar nicht mehr sein kann. Ganz abgesehen davon, dass ich wahrlich nicht der Typ bin, der in romantische Beziehungen verwickelt wird. Ich bin so weit entfernt von Prince Charming, zwischen uns liegen keine Königreiche, sondern Universen.

»Obwohl es mich nicht wundert«, durchbricht Yunai meine Gedanken. »Ich meine, es ist ewig her, dass du mit Giftschlange zusammen warst. Selbst ein Einsiedlerkrebs bleibt nicht sein ganzes Leben lang allein.«

»Doch«, gebe ich zurück. »Das tut er.«

»Wirklich?« Yunais Augenbrauen heben sich. »Wie pflanzen sich die kleinen Biester dann fort, wenn ich fragen darf?«

Zwei Sekunden lang denke ich darüber nach, Yunai die Sache mit der Paarungszeit zu erklären, doch ich bin nicht sicher, ob ihr die Geschichte gefallen würde (soweit ich mich erinnere, werden die Weibchen nicht eben freundlich um Zustimmung gebeten …), also lasse ich es bleiben. Stattdessen sage ich: »Lass uns das Thema beenden, Yun. Und uns lieber wieder Cat zuwenden. Ich hab das Gefühl, es geht das erste Mal seit Urzeiten wieder in die richtige Richtung.«

»Was wir einer Frau namens Lucy zu verdanken haben.«

»Worüber wir nicht länger nachdenken wollten. Also – wie machen wir weiter?«

»Oliver?«

»Bitte, Yunai. Vergiss es einfach.«

»Ich wollte nur sagen ... Falls es da wirklich jemanden geben sollte, den du magst und dem du dich öffnen möchtest und der das auch *wirklich* verdient hat ... Ich würde mich für dich freuen, okay? Nur, dass du das weißt.«

Für ein paar Sekunden sehen wir einander schweigend an. Ich mit gerunzelter Stirn, Yunai mit ernstem, aber offenem Blick.

»Nicht jede Frau ist wie Natalie«, sagt sie noch, und es klingt beinah wie ausgespuckt. »Nicht jede Frau ist eine egoistische, verdorbene, hinterhältige Hexe.«

»Sie ist verlobt, Yunai.«

»Und die Tatsache, dass du dich bemüßigt fühlst, mir das mehr als einmal zu erzählen, sagt mehr als tausend Worte, Ollie.«

21

Lucy

Ich bin dabei, die Daten der Kursteilnehmerinnen von einem ins andere Buchungssystem zu kopieren, und mein Vormittag könnte zermürbender nicht sein. Ehrlich gesagt frage ich mich, wozu das Ganze hier überhaupt notwendig ist – für mich besteht zwischen den beiden Systemen überhaupt kein Unterschied. Es fühlt sich wie eine Arbeitsbeschaffungsmaßnahme an, aber ich werde den Teufel tun, mich bei Miriam darüber zu beschweren. Seit ich vor zwei Stunden in der Tanzschule ankam, habe ich sie nur einmal durch den Raum stolzieren sehen, einen missmutigen Ausdruck im Gesicht. Ehrlich gesagt habe ich sie noch überhaupt nicht anders dreinschauen sehen, es ist ein absoluter Jammer. So viele furchtbar nette Menschen in Brighton, und ich lande ausgerechnet bei der Chefin, die offensichtlich nicht dazu gehört.

Die erste Woche Ablage, die zweite Copy-Paste. Es ist ermüdend, das muss ich leider sagen. Zumal die Nacht grauenvoll gewesen ist. Nachdem ich relativ gut einschlafen konnte – was nach wie vor einzig und allein Olivers

Gästebett zu verdanken ist –, wurde ich schon ein paar Stunden später wieder aus dem Schlaf gerissen. So gegen drei? Von einem Rascheln, Knacksen, Poltern?

Es war niemand in der Wohnung, was ich deshalb so genau weiß, weil ich todesmutig nachgesehen habe. Die Zimmer waren alle leer. Aber ich schwöre, da ist irgendetwas in den Wänden dieses Apartments, anders kann ich es mir nicht erklären. Ich meine, irgendwo müssen die Geräusche schließlich herkommen, oder nicht? Mich fröstelt allein beim Gedanken daran.

Die Vorstellung, heute Nacht wieder allein in der Wohnung zu sein, trägt nicht gerade dazu bei, meine Stimmung zu heben. Miriam Cavanaugh übrigens auch nicht. Gerade ist sie vor dem Fenster des Ladenbüros aufgetaucht, Telefon am Ohr, die personifizierte Griesgrämigkeit. Durch die Scheibe blickt sie zu mir, während sie zuzuhören scheint und die Stirn dabei runzelt, als grüble sie gerade über einem unlösbaren Sudoku.

Ich gebe zu, ich habe mir dieses Tanzstudio anders vorgestellt. Offener, fröhlicher, gefüllt mit einer Reihe gut gelaunter Menschen, die enthusiastisch ihrem liebsten Hobby nachgehen. Sonnenschein, Gräserrascheln, Vogelgezwitscher. Mag sein, dass die gut gelaunten Menschen in dem eigentlichen Studio sind, das sich hinter diesem Ladenbüro befindet und über einen separaten Eingang verfügt. Und das ich vermutlich niemals zu Gesicht bekommen hätte, wäre ich nicht nach drei Tagen Bürodienst so penetrant gewesen, Miriam um eine Führung anzubetteln. Ehrlich, in diesen ersten Stunden hatte ich beinah den Verdacht, es gäbe überhaupt kein Tanzstudio. Als wäre ich einer Briefkastenfirma aufgesessen. Was mich bei meinem aktuellen Glück nicht einmal gewundert hätte.

Aber nein, es gibt das Studio – zwei, um genau zu sein, oder besser gesagt, zwei Räume. Es wird darin getanzt, trainiert, geschwitzt, und beim Anblick der geröteten, glücklich ausgepowerten Gesichter ist mir ums Herz ganz warm geworden. Ich bin nicht fürs Büro gemacht. Hätte ich einen Job vor dem Computer haben wollen, hätte ich mich nicht durch Mrs. Jarrets Höllentanzausbildung gequält. Es grenzt an ein absolutes Wunder, dass ich den alten Drachen dieser Tage sogar vermisse.

»Lucy!«

Ich zucke zusammen, und mit mir das Wasserglas in meiner Hand. Aus Miriams Mund klingt mein Name wie ein Kommando, und entsprechend gehorsam wische ich mit dem Ärmel meines Sweatshirts über den nassen Fleck, der nun die Tischplatte ziert.

»Findest du es richtig, dass du am Wochenende kostenlos Kurse anbietest, für die wir dich hier bezahlen?«

»Ich …« Perplex klappe ich den Mund wieder zu. *Wie bitte, was?* »Woher …«

Miriam verdreht die Augen. »Es haben heute Morgen schon drei Frauen angerufen, um sich für einen Linedance-Kurs bei uns anzumelden, der von einer gewissen Lucy Dixon gehalten wird.« Mit gehobenen Brauen sieht sie mich an, als müsste ich irgendeine Erklärung für sie parat halten. Nach einer weiteren Sekunde, in der ich schlicht überrumpelt bin, springe ich von meinem Stuhl auf.

»Es haben Leute angerufen, die sich für einen Linedance-Kurs anmelden möchten? Aber das ist ja großartig!« Ich strahle Miriam an. »Drei hast du gesagt? Ab wie vielen Teilnehmerinnen können wir den Kurs geben? Fünf? Zehn? Vielleicht melden sich ja noch andere, vielleicht …«

Miriam hebt die Hand, und auf der Stelle höre ich auf zu plappern. Gott, sie hat diese angeborene Autorität, die Metall zum Schmelzen bringt. Beneidenswert. Und Angst einflößend.

»Es waren drei Anmeldungen«, erklärt sie streng. »Drei Anmeldungen machen noch keine Party.«

»Nein, aber …«

»Du hast unten am Strand kostenlos eine Choreografie mit vorbeilaufenden Passanten eingeübt?«

»Nun, nicht mit denen, die vorbeigelaufen sind«, erkläre ich ausweichend, »sie mussten schon stehen bleiben …«

Wieder heben sich Miriams Brauen, ohne dass sie eine Miene verzieht. Nicht zum Scherzen aufgelegt, alles klar. Es ist nur … Es haben sich tatsächlich Leute angemeldet nach meiner kleinen Performance am Strand? Das ist einfach unglaublich und unfassbar schön!

Erneut breitet sich dieses überdimensionierte Grinsen auf meinem Gesicht aus, ich kann nichts dagegen tun. Und, ich weiß nicht, vielleicht weil es doch ansteckend ist oder Miriam Cavanaugh am Ende gar kein Herz aus Granit hat, wie anfänglich vermutet, beginnt auch um ihre Lippen ein leichtes Zucken.

»Kein schlechter Schachzug, Lucy Dixon.« Miriams Nicken sieht beinah wohlwollend aus. »Auch wenn die Teilnehmerinnen normalerweise dafür bezahlen sollten, tanzen zu lernen, weil der Sinn einer Tanzschule andernfalls ad absurdum geführt wird.«

»Nun ja, jedes Unternehmen muss doch in Marketing investieren, wenn es wettbewerbsfähig sein will, insofern ...« Ich sehe Miriam hoffnungsvoll an. Na gut, wem mache ich etwas vor – ich sehe sie absolut flehend an. Ich meine, *drei* Teilnehmerinnen haben sich nach meinem ersten Linedance-Nachmittag anmelden wollen, *drei*! Genauso viele Nachmittage sind es noch, die mir bleiben, um noch mehr potenzielle Linedance-Begeisterte für mich zu gewinnen. Wie würden Dante und Hannah sagen? YEE-HAW!

Ich kichere.

Miriam legt den Kopf schief. »Ab sechs machen wir den Kurs«, sagt sie, und nun werfe ich meinen imaginären Cowboy-Hut doch noch in die Luft und den texanischen Schlachtruf gleich hinterher.

Ich kann nicht anders. Ich mache einen Schritt auf Miriam zu und ziehe meine sehr unterkühlte, überaus distanzierte Chefin in die Arme.

»Gut. Das ist ... zu viel.« Etwas unbeholfen klopft mir Miriam auf die Schulter, dann schiebt sie mich von sich. »Ich bin mir ziemlich sicher, dieses neue Buchungssystem füllt sich nicht von allein.«

»Stimmt. Du hast recht. Absolut richtig.« Ich grinse immer noch, als ich mich zurück auf meinen Bürostuhl fallen lasse und mit neuem Elan daran mache, Adressdaten umzukopieren. Copy, paste! Yee-Haw!

Sobald ich am Nachmittag das Büro der *Dance Academy* verlasse, rufe ich Dans Kontakt in meinem Handy auf. Ich will ihm umgehend erzählen, welch brillante Marketing-Strategin er sich da geangelt hat (Ähem. Hannah möge mir verzeihen, dass ich mich mit ihren Lorbeeren schmücke ...), da läutet das Telefon in meiner Hand.

»Dan!« Freudestrahlend bleibe ich stehen. »Gerade wollte ich dich anrufen!«

»Haben sich die Leute von *MOVETROTTERS* bei dir etwa auch gemeldet? Da weiß die eine Hand nicht, was die andere tut, es ist wirklich kaum zu fassen. Sollten wir noch mal umziehen, dann sicher nicht mit denen.«

»Was? Nein?« Verwirrt trete ich in einen Hauseingang, um auf dem schmalen Gehweg einem Paar mit Hund auszuweichen. »Niemand hat mich angerufen. Ich wollte dir erzählen, dass sich schon drei Leute bei der Tanzschule gemeldet haben, die bei meinem Linedance-Kurs am Strand waren! Drei! Sie waren so begeistert, dass sie sich in der *Dance Academy* für einen meiner Kurse anmelden wollten.«

»Aber du gibst doch gar keine Kurse?« Dan klingt verwirrt und abwesend und eigentlich wie immer. Ich kann hören, wie er die Hand über die Muschel seines Telefons hält, er ist schon wieder mit zehn Dingen gleichzeitig beschäftigt, und ich bin nur eins unter vielen. Es ist immer dasselbe. Und ebenfalls wie immer drückt es meine Stimmung, ich kann praktisch fühlen, wie die Energie meinen Körper verlässt.

Ich atme einmal tief ein und erkläre dann sehr ruhig: »Weil sich bisher niemand angemeldet hatte. Deshalb gab es noch keinen Kurs. Aber die Idee mit dem öffentlichen Linedance am Strand scheint zu funktionieren. Und nun haben sich die ersten potenziellen Teilnehmerinnen in der *Dance Academy* gemeldet.«

»Drei hattest du gesagt?«

Ich nicke resigniert, was Dan nicht sehen kann, ihm aber ohnehin egal ist, denn er fährt fort: »Vielleicht werden es ja noch mehr. Wer weiß. Okay, Lucy? Ich hab nicht viel Zeit. Weshalb ich eigentlich angerufen habe: Die Typen von *MOVETROTTERS* haben mittlerweile unseren Container gefunden.«

»Wirklich?« Schon ist die Euphorie in meinen Körper zurückgekehrt. Ich bin ziemlich leicht glücklich zu machen. »Das ist ja fantastisch! Wo ist er? Wann kommen die Sachen hier an?«

»Südafrika, und leider erst in drei bis vier Wochen, weil sie vorher keinen Timeslot gefunden haben. Offensichtlich sind die Tanker auch noch überbucht.«

»Drei bis vier Wochen, okay.« Mit neuem Schwung verlasse ich den Hauseingang und mache mich auf den Weg zurück in die Chestnut Road. »Ich bin erst mal nur froh, dass sie den Container wiedergefunden haben. Es hätte auch alles weg sein können, weißt du? Unsere ganzen Sachen – Dinge wie …« Edna, Band eins bis 147, denke ich. »Dinge wie Fotoalben oder Erinnerungsstücke. Erinnerst du dich an die Lampe, die dein Großvater dir vererbt hat? Es wäre wirklich eine Tragödie gewesen, das alles auf dem Meeresgrund zu wissen.« Automatisch muss ich an die *Titanic* denken. All das Zeug, das sie vom Meeresboden nach oben geschafft haben, brrr. »Weißt du noch, als sie damals die Sachen aus dem Inneren der *Titanic* geborgen haben«, beginne ich, doch weiter komme ich nicht.

»Lucy! Konzentrier dich mal bitte.« Dan klingt kurz angebunden, doch darunter höre ich Sympathie in seiner Stimme, ganz eindeutig. Wir mögen grundverschieden sein, er und ich, aber das ist schließlich auch der Grund, weshalb wir uns ineinander verliebt haben. Denke ich. Weil wir im anderen etwas sehen, das uns fehlt, wie … Dans Strukturiertheit, seine Disziplin, sein Ehrgeiz. Ich bringe die spielerische Seite in unsere Beziehung, die Leichtigkeit vielleicht, alles, was bunt ist. Ich …

»… alles, von der Matratze bis hin zu den Vorhängen.«

»Wie bitte, was?« Erneut bleibe ich stehen, und diesmal läuft ein junges Mädchen in mich hinein, das mit seinem Smartphone beschäftigt war.

»Ooops, sorry.«

»Lucy, hast du mir zugehört?«

»Ich bin nicht zu einhundert Prozent sicher, dass ich alles mitbekommen habe.«

Dan seufzt. »Du sollst bitte einige Möbel kaufen, okay? Bett, Sofa, Tisch, Stühle. Nachtkästchen. Was auch immer wir brauchen, bis sie es geschafft haben, unsere Sachen nach England zu schippern. Wir stellen denen alles in Rechnung. Von der Bettdecke bis zur Unterwäsche.«

»Aber ... Was machen wir denn dann mit den Sachen, wenn unser Sofa und unser Bett kommen? Das ist total unökonomisch, ganz abgesehen davon, dass Möbel gar nicht so schnell geliefert werden. Außerdem komme ich im Augenblick ganz gut klar, das Wichtigste habe ich schon gekauft, mehr braucht es eigentlich gar nicht. Es ist ...«

»Ich werde auf keinen Fall auf einer Luftmatratze schlafen, wenn ich am Wochenende nach Brighton komme.«

»Wenn du ... Du kommst? Am Wochenende schon?« Ich kreische! Die zwei Männer, die mir entgegenkommen, grinsen amüsiert. Ich fasse mir ans Herz, während ich genauso strahlend weiterlaufe, ich freue mich so. »Oh, Dan, ich kann's nicht glauben! Ging jetzt doch alles so schnell? Wann genau wirst du ankommen? Soll ich dich am Flughafen abholen? Wann ...«

»Stopp, Lucy«, sagt Dan lachend, und es ist das erste Mal, seit wir uns in Houston am Flughafen verabschiedet haben, dass ich das Gefühl habe, er vermisst mich auch. Und freut sich, mich zu sehen. Und ist genauso froh darüber, dass die Trennungszeit bald vorbei ist, wie ich es bin.

Und augenblicklich dimmt dieser Gedanke meine aufgeregte Stimmung. Ist dieser Moment tatsächlich der erste in zwei Wochen, in dem ich das Gefühl habe, dass Dan sich auf mich freut? Obwohl er nichts weiter gesagt hat, als *Stopp, Lucy*?

»Ich werde nicht auf einer Luftmatratze schlafen«, wiederholt er, und nach wie vor höre ich das Lächeln in seiner Stimme, nur dass es mich gerade nicht so berührt, wie es sollte. Stattdessen bin ich verwirrt. Und mit einem Mal auch ein kleines bisschen verärgert.

»Ich fürchte, das wirst du wohl müssen«, gebe ich zurück, und obwohl ich mich bemühe, es nicht allzu gereizt klingen zu lassen, bin ich mir ziemlich sicher, dass mir das nicht gelungen ist. »Du kannst mir nicht fünf Tage, bevor du anreist, Bescheid geben und verlangen, die komplette Wohnung einzurichten. Ganz abgesehen davon, dass *ich* derzeit auf einer Luftmatratze schlafe. Das hat dich bisher auch nicht gekümmert.« Was gelogen ist. Ich meine, der erste Teil zumindest. Ich habe ganze zwei Nächte auf der Luftmatratze verbracht, bevor Oliver mir sein ziemlich bequemes Gästebett angeboten hat. Wo ich schlafe, war Dan allerdings bisher ganz egal.

»Alles klar.« Dan seufzt. »Ich hätte gedacht, du freust dich etwas mehr, dass ich schon so bald nach Brighton kommen kann. Es hat einiges an Vorarbeit und Logistik gekostet.«

»Ich freue mich ja!« Es klingt schnippisch. Also schicke ich ein versöhnliches »Ich freue mich wirklich« hinterher, mir wohl bewusst, dass Dans Aussage mir im Grunde bloß ein schlechtes Gewissen vermitteln sollte. Das macht er manchmal, und natürlich kenne ich diesen Charakterzug an ihm, und selbstverständlich liebt man eine andere Person nicht, weil sie fehlerlos ist, sondern mit all ihren Macken und Schwächen.

»Vielleicht kaufe ich ein bisschen was ein«, räume ich schließlich mürrisch ein, bevor ich mich von Dan verabschiede und Richtung Strand abbiege. Ich brauche dringend Seeluft und den Blick in blaue Unendlichkeit. Die Freude über die Anmeldungen in der *Dance Academy* ist leider unterwegs verloren gegangen.

»Lucy. Lucy!«

Ich bin so sehr in meinen Gedanken versunken, dass ich Hannah erst sehe, als sie quasi direkt vor mir steht, und zwar auf der Terrasse des *Little Italy*, einen Meter Luftlinie von mir entfernt.

»Hey!« Sie trägt ihre Kellnerinnenschürze und ein Tablett unterm Arm, und sie lächelt mich an. »Wie geht's dir? Kommst du jetzt erst aus dem Büro? Du bist aber ganz schön spät dran.«

»Oh, wirklich? Ich bin noch spazieren gegangen, da habe ich wohl …« Ich lasse das Satzende in der Luft hängen und werfe stattdessen einen Blick auf mein Handy. Gleich sieben. Um vier Uhr bin ich bei der *Dance Academy* aufgebrochen, das heißt, ich habe drei Stunden damit zugebracht, die Promenade auf und ab zu spazieren, dabei zu grübeln und mir über meine Gefühle klar zu werden. Darüber, dass ich nicht weiß, woher diese Skepsis kommt, die mich immer dann überfällt, wenn ich mit Dan telefoniere. Ich meine, er ist, wie er ist – ehrgeizig, zielstrebig, er will unbedingt Karriere machen, dafür tut er alles. Aber auch wenn ich oft das Gefühl habe, die Karriere steht an erster Stelle ... Ich stehe doch zumindest an zweiter, oder etwa nicht? Und ... das ist eine gute Ausgangsposition, stimmt's? Ich meine ... War es womöglich ein Fehler, mit Dan und für Dan nach England zu ziehen?

»Lucy?«

»Oh, entschuldige.« Ich sehe Hannah an, die mittlerweile besorgt wirkt.

»Alles in Ordnung mit dir?«, fragt sie. »Du siehst aus, als hättest du ein Gespenst gesehen. Oh, nein – ist wieder irgendetwas in der Wohnung? Hast du den Vermieter inzwischen erreicht?«

Der Vermieter, denke ich. Stimmt ja. Mein derzeit kleinstes Problem, obwohl ich mich wohl auch darum kümmern sollte. Beim Gedanken an die kommende Nacht durchrieselt ein Schauer meinen Körper. Hannah sieht es, und was auch immer sie daraus folgert, es scheint ihr nicht zu gefallen.

»Okay, Schluss jetzt.« Bestimmt legt sie ihr Tablett auf einem der freien Tische ab, bevor sie über den niedrigen Zaun hinweg nach meiner Hand greift und mich zu dem kleinen Eingangstor und auf die Terrasse des Restaurants führt.

»Irgendetwas stimmt doch nicht«, fährt Hannah fort, »und wir werden jetzt zusammen herausfinden, was es ist.«

Zehn Minuten später sitze ich mit ihr an einem der kleinen Tische am Rand der Terrasse, ein Pint Bier für mich und ein

Glas Weißwein für Hannah zwischen uns. Dante hat bereitwillig ihren Bereich übernommen – bereitwillig bis übereifrig, würde ich es nennen, weshalb Hannah ihrem Kollegen schon mehr als einen skeptischen Blick zugeworfen hat. Orlando hat vorbeigeschaut und verkündet, er würde mir auf der Stelle eine Lasagne kredenzen, weil ich aussähe wie jemand, *den nur noch eine warme Decke aus Béchamel und Bolognese zudecken kann*. Ich habe nichts dagegen. Ich fühle mich … unruhig, gelinde gesagt, und was auch immer mein rasendes Herz beruhigen möge, immer her damit.

Als Erstes erzähle ich Hannah von den Anmeldungen in der *Dance Academy*, was sie dazu bringt, einen kleinen, höchst eigenen Jubeltanz auf ihrem Stuhl aufzuführen.

»Das ist ja großartig!« Sie klatscht in die Hände wie ein Kind, das zum ersten Mal vor einem Weihnachtsbaum steht. »Das ist Wahnsinn! Das ist …« Kopfschüttelnd greift Hannah nach ihrem Glas, um mit mir anzustoßen. »Was hat Miriam, der Tanzdrache, dazu gesagt? Wird sie dich jetzt endlich vom Bürodienst befreien und dich unterrichten lassen?«

»Miriam war mir heute erstaunlich wohlgesonnen«, gebe ich zurück. »Noch drei weitere Anmeldungen, und wir machen den Kurs.«

Hannah strahlt. Ich lächle sie an, aber vermutlich nicht überzeugend genug, denn schon greift sie wieder nach meiner Hand, der Blick ernst und forschend jetzt. »Und nun raus mit der Sprache. Wenn dich dieser fulminante Erfolg nicht zum Jubilieren bringt, muss doch noch irgendetwas anderes passiert sein.«

Ich zucke mit den Schultern. Und dann erzähle ich Hannah von dem Telefonat mit Dan; davon, dass unsere Möbel noch drei bis vier Wochen unterwegs sein werden; davon, dass ich von jetzt auf gleich Einrichtung kaufen soll, auf Kosten der Umzugsfirma. Ich erzähle Hannah, dass Dan vorhat, am nächsten Wochenende hierherzukommen, bevor ich den Mund zuklappe, unfähig weiterzusprechen. Was auch immer ich noch zu sagen habe, ich schaffe es nicht, Worte dafür zu finden. Ich weiß nur, ich sollte mich freuen, dass Dan endlich, *endlich* nach Brighton kommt, damit wir unser gemeinsames Leben hier beginnen können. Ich sollte mich freuen, aber … Ich tu's nicht.

Ein Umstand, der mich von jetzt auf gleich zur unglücklichsten Frau im ganzen Restaurant macht.

Hannah sieht es mir an. Ich bin mir sicher, sie liest in mir wie in einem Buch. Sieht all meine Zweifel. Und auch, dass dies der ungünstigste Moment ist, den ich mir vorstellen kann, meine Beziehung zu Dan infrage zu stellen. Eine Beziehung, die schon vorher nicht perfekt war, an die ich dennoch felsenfest geglaubt habe. Weil ich felsenfest daran glauben wollte.

Was hat sich in der kurzen Zeit hier in Brighton geändert?

Was?

Ich sehe Hannah an, dann greife ich nach meinem Bier. Und dann sage ich: »Vielleicht kaufe ich einfach eine Schlafcouch.«

22

Oliver

Ich hätte nicht gedacht, dass ich so etwas je wieder sagen würde, aber in Sachen Job läuft es gerade so gut wie seit Langem nicht mehr. In den vergangenen vier Tagen habe ich so viel programmiert wie sonst in vier Wochen nicht. Ich fühle mich ausgeruht, kreativ, kompetent und tatsächlich wie der Entwickler eines Spiels, das richtig, richtig gut werden könnte. Und das, allem voran, fertig werden wird. Pünktlich zur neu gesetzten Deadline. Yee-Haw!

Womit wir auch schon bei dem Thema wären, das weit weniger gut läuft. Heute ist Donnerstag. Ich habe Lucy seit Sonntag nicht gesehen. Was vermutlich gar nicht so verwunderlich ist, schließlich waren wir nicht verabredet. Haben nicht mal darüber gesprochen, wann wir uns wiedersehen würden. Oder ob überhaupt. Hatten einen fantastischen Sonntagnachmittag und Abend, mit so viel Spaß, wie ich ihn schon ewig nicht mehr hatte, bloß um dann … nun. Getrennte Wege zu gehen, wie es aussieht. Was auch immer Yunai in die Sache mit Lucy hineininterpretiert hat, sie könnte offensichtlich nicht mehr danebenliegen. Es spielt überhaupt keine Rolle, wie ich mich in Lucys Gegenwart fühle, ob ich sie gerne näher kennenlernen und mehr Zeit mit ihr verbringen würde, all das ist komplett gegenstandslos. Weil sie vermutlich völlig andere Dinge im Kopf hat als ihren nerdigen Nachbarn. Und das ist absolut verständlich und gut so. Sehr, sehr gut. Brillant nahezu.

Ich seufze. Keine Ahnung, wem ich hier etwas vorzumachen versuche. Mit *Catmosphere beyond* geht es zumindest so gut voran, dass ich mich perfekt damit ablenken kann. Yunai ist ebenfalls in Höchstform. Über kurz oder lang wird sie ihr Lager hier bei mir aufschlagen, damit wir direkter zusammenarbeiten können. Wie früher. Als das Leben noch unkompliziert war.

Es klingelt an der Tür, und automatisch fällt mein Blick auf die Uhrzeit am oberen Bildschirmrand. Gleich sechs. Ich stöhne. Das ist sicher Dante, der mir einmal mehr irgendwas zu essen aufschwatzen möchte. Ja, es ist zum Teil rührend, wie sich er und sein Vater darum bemühen, dass ich ausreichend Nahrung zu mir nehme. Was offensichtlich eine ihrer neuen Lieblingsbeschäftigungen ist. Und es fühlt sich auch irgendwie gut an. Nicht das Essen, das mir nach wie vor nicht wichtig genug ist, um darüber in Begeisterungsstürme auszubrechen. Eher die Aufmerksamkeit, die damit einhergeht. Augenscheinlich habe ich nicht bemerkt, wie einsam ich war, bis die Menschen um mich herum beschlossen haben, etwas dagegen zu unternehmen. Wie Dante. Sein Vater. Lucy. Lucy, die noch nicht einmal drei Wochen hier wohnt. Die ich vor vier Tagen erst gesehen habe. Und die mir trotzdem fehlt, als hätte ich sie vier Jahre lang jeden Tag gesehen und mit einem Mal nicht mehr.

Es klingelt erneut, dann folgt ungeduldiges Klopfen.

»Ja, ist ja schon gut.« Widerwillig mache ich mich auf den Weg zur Tür – bis mir einfällt, dass es gar nicht Dante sein muss, sondern genauso gut Lucy sein könnte, weshalb ich meine Schritte von jetzt auf gleich beschleunige.

Ich sehe durch den Spion.

Und es ist ...

»Lucy!« Schwungvoll öffne ich die Tür, nur um dann wie schockgefroren innezuhalten. Da steht sie, in all ihrer texanischen Natürlichkeit, in Jeans, einer weißen Bluse, die Haare wie üblich zu einem seitlichen Zopf geflochten, der ihr über die linke Schulter fällt. Ihre lagunenfarbenen Augen sind groß und rund, ihr Lächeln wirkt ein kleines bisschen nervös.

»Hey! Ich ... ähm ... Hast du eine Minute?«

»Klar!« Ich frage mich, woher diese Unsicherheit kommt, und möchte auf der anderen Seite lieber nicht darüber nachdenken. »Willst du reinkommen?« Ich öffne die Tür weiter.

Lucy schüttelt den Kopf. »Die Sache ist die«, beginnt sie. »Ich habe eine Schlafcouch gekauft, weil *Dan* am Wochenende kommt, und ... nun ja.«

Und zu zweit passen sie auf keinen Fall auf das Gästebett, das ich Lucy gebracht habe. Ist klar. Keine weiteren

Fragen. Bis auf die eine vielleicht, weshalb sie den Namen ihres Verlobten so seltsam betont. *Dan.*

»Okay«, erwidere ich. »Wie kann ich helfen? Musst du die Couch irgendwo abholen? Sollen wir einen Transporter besorgen? Vielleicht kann Dante …«

»Nein, das ist nicht nötig.« Wieder schüttelt Lucy den Kopf. »Sie steht schon unten auf dem Gehsteig. Mir war nicht klar, dass die Lieferung sich auf die Haustür unten bezieht, und nicht die im dritten Stock. Sie haben sie einfach da unten abgestellt, und … ja. Jetzt muss ich sehen, wie ich sie nach oben katapultiere.« Sie zuckt die Schultern, lächelt, und erst jetzt bemerke ich die dunklen Ringe unter ihren Augen, die Erschöpfung in ihrem Gesicht. Weshalb ich entschlossen nach meinem Schlüssel greife und die Tür hinter mir zuziehe.

»Verstehe«, erkläre ich. »Lass uns trotzdem eben im Restaurant vorbeischauen, ob jemand mit anpacken kann. Dann haben wir das Ding in fünf Minuten hochgetragen.«

»Wir können das zusammen machen«, erwidert Lucy sofort. »Ich war nur nicht imstande, es allein zu schaffen. Zu zweit müsste es gehen.«

»Okay. Gut.« Ich bin schon auf dem Weg ins Erdgeschoss. Lucy folgt mir die Treppe hinunter. Auf dem Gehsteig steht ein Dreisitzer in dunkelgrünem Plüsch, und darauf ausgestreckt liegt Dante, der uns gut gelaunt entgegengrinst.

»Aha! Euch gehört das gute Stück! Seid ihr etwa zusammengezogen? So schnell ging das? Wow!«

Lucy verdreht die Augen, und zu meinem großen Ärger spüre ich, wie mir Hitze in die Wangen steigt.

»Da du unglücklicherweise schon mal hier bist«, sage ich ausweichend, »kannst du dich auch nützlich machen.«

Bevor Lucy protestieren kann, ist Dante aufgesprungen und hat sich hinter das eine Ende des Sofas gestellt, während ich das andere anvisiere.

»Nimm gern Platz, Prinzessin«, ruft er Lucy zu. »Es ist uns ein Leichtes, dich nach oben zu tragen.«

»Du bist so ein Spinner«, erklärt Lucy, bevor sie die Treppe zur Eingangstür nach oben läuft, um sie für uns aufzuhalten.

Wir schaffen es in den dritten Stock, allerdings nicht ohne Stöhnen und italienische Lamenti – das Teil ist schwerer, als es aussieht, und Lucy am Ende vermutlich froh, dass sie es nicht nach oben hieven musste.

»Wo soll das Ding hin?«, stöhnt unser aller Lieblingskellner. An ihm ist wirklich ein Schauspieler verloren gegangen, das muss man ihm lassen.

»Schlafzimmer.« Lucy geht vor und hält die Tür zu dem Zimmer am Ende des Gangs auf. »Hierhin, bitte«, ruft sie. »An die Rückwand.«

Wir manövrieren die Couch durch die Eingangstür und den verhältnismäßig engen Gang ins Schlafzimmer, wo wir das Monstrum an die zugewiesene Wand schieben. Es passt gerade so, macht sich aber wirklich gut dort – viel besser, als es Lucys skeptischer Blick vermuten lässt.

»Okay, das war's«, befindet Dante im selben Augenblick, in dem ich frage: »Stimmt etwas nicht?«, woraufhin Lucy erst nickt, dann den Kopf schüttelt.

»Perfekt«, erklärt sie dennoch. »Danke schön. Ehrlich. Ich weiß nicht, was ich ohne euch gemacht hätte. Vielen lieben Dank. Wenn ich irgendetwas tun kann, um mich zu revanchieren, lasst es mich wissen.«

»Alles?«, fragt Dante, und ich hätte ihn gar nicht ansehen müssen, das anzügliche Grinsen war sehr deutlich in seiner Stimme zu hören.

»Nein«, erwidert Lucy bestimmt. »Nicht *alles.*« Dann seufzt sie, dreht sich um und geht zurück in Richtung Eingangstür. Auf dem Weg dorthin lasse ich den Blick schweifen – alle Türen stehen offen, alle Räume sind nach wie vor leer, bis auf die Küche. Dort türmen sich Kartons auf einem Tisch, der aussieht, als hätte er schon bessere Zeiten erlebt, und in der Spüle stapelt sich Geschirr. Der Kater hüpft von seinem Platz auf dem Fensterbrett, um mir um die Beine zu streichen.

Lucy öffnet die Eingangstür. Mein Blick fällt ins Wohnzimmer, wo sich Kartons mit Lampen aneinanderreihen. Offenbar hat sie eingekauft, ist aber noch nicht dazu gekommen, die Leuchten aufzuhängen. Das, oder sie hat es allein nicht hinbekommen.

»Soll ich …«, beginne ich, da ruft Lucy: »In Ordnung, aber komm nicht zu spät nach Hause!«

Dante, schon halb auf der Treppe, sieht sich verblüfft um, während ich dem Kater nachschaue, der durch seine Beine nach unten jagt.

»Der Kater«, stellt Dante fest, und es klingt so nachdenklich, beinah muss ich lachen. Bis er fortfährt: »Okay, ihr Turteltäubchen, ich muss los. Soll ich euch was zu essen raufbringen? Nudeln mit Tomatensauce? Pizza Salami? Den Kinderteller?«

»Haha«, mache ich, während Lucy den davonpolternden Kellner lediglich mit einem weiteren Augenrollen bedenkt.

»Danke, Oliver, das war wirklich sehr nett von dir. Wie gesagt, wenn ich mich revanchieren kann … jederzeit.«

»Du siehst müde aus.« Ist mir einfach so rausgerutscht. Lucy blinzelt mich an, und automatisch greife ich mit einer Hand in meinen Nacken. Einige Sekunden lang stehen wir uns in ihrer Eingangstür stumm gegenüber, schließlich bricht Lucy den Blickkontakt.

»Ich hab nicht gut geschlafen in letzter Zeit«, sagt sie, mehr zu meiner Schulter als zu mir.

»Wieder die Geräusche?«

Lucy zuckt mit den Schultern. »Ja, die auch.«

Die auch. Und noch etwas anderes. Die Aufregung, weil ihr Verlobter sich für das Wochenende angekündigt hat?

Der Gedanke schießt mir in den Kopf und jagt sogleich weiter in den Magen, wo er sich ein paarmal um sich selbst dreht.

Ich sollte gehen.

Absolut.

Sollte nach unten laufen, die Tür aufschließen, sie hinter mir zuwerfen, mich an den Rechner setzen, an Cat denken und an die nächste Ebene, sollte alles andere vergessen.

Allerdings tue ich nichts dergleichen. Stattdessen höre ich mich fragen: »Die Lampen ... brauchst du Hilfe, um sie aufzuhängen?«

Und Lucy, die geschwiegen hat, aber immer noch hier steht, halb in der Wohnung, halb draußen, genau wie ich, sieht mich lange an, bevor sie schließlich nickt und mich zurück in ihre Wohnung führt.

Drei Lampen später, und ich habe noch immer keine Ahnung, was mit Lucy los ist. Ich weiß nur, sie ist stiller als sonst, von ihrer übersprudelnden Energie und ihrer normalerweise guten Laune ist nichts zu spüren. Das Bedürfnis, sie aufzuheitern, ist groß. Gleichzeitig habe ich keine Ahnung, wie ich das anstellen könnte. Weder halte ich mich für die personifizierte Aufmunterung, noch denke ich, dass ich überhaupt hier sein sollte. Sie hat mich nicht umsonst vier Tage lang gemieden und dann nur im äußersten Notfall bei mir geläutet.

Ich sollte gehen. Was auch immer es ist, was Lucy gerade belastet, sie sollte sich damit an jemand anderen wenden. An jemanden, dem nicht heiß wird, wenn er daran denkt, dass er gerade die Lampen des Mannes anschraubt, der die Frau heiraten wird, die ihm selbst viel zu gut gefällt.

»Oliver?«

Vor Schreck lasse ich den Schraubenzieher fallen, Lucy kann gerade noch ausweichen. Das kommt davon, wenn man Gedanken nachhängt, denen man besser nicht nachhängen sollte.

»Hoppla.« Sie lacht, das erste Mal an diesem Abend, und obwohl es ein kleines bisschen hohl klingt, breitet sich sofort Wärme in mir aus.

»Ich hab gedacht«, beginnt sie, während sie den Schraubenzieher aufhebt und mir zurückgibt, »also, ich habe gedacht: Hast du vielleicht Hunger?«

Ich ziehe die Brauen hoch. »Willst du doch auf Dantes Angebot zurückkommen? Er hatte mich schon bei *Kinderteller*. Ehrlich, ich kann es kaum erwarten zu erfahren, woraus der wohl besteht.«

Lucy lächelt, dann blickt sie zu Boden. Dann sagt sie: »Ich habe einen Auflauf gemacht. Keine Ahnung, wie er schmeckt, aber ich schiebe ihn mal in den Ofen, okay?«

»Ja. Klar. Gern.« Sicher sehe ich genauso überrascht aus, wie ich klinge. Keine Ahnung, für wen Lucy gekocht hat, doch mit einer Einladung zum Abendessen habe ich heute eher nicht gerechnet.

Ich beeile mich mit den restlichen Lampen. Dann gehe ich zu Lucy in die Küche, wo sie gerade dabei ist, das Kartonchaos auf ihrem neuen Küchentisch zu beseitigen. Der alt aussieht, wie schon angemerkt. Reichlich alt und so, als habe ihn jemand selbst angemalt.

»Der ist vom Sperrmüll«, erklärt Lucy prompt, als sie meinen Blick bemerkt. »Die beiden Stühle auch. Ich habe sie vorgestern entdeckt, als ich von der *Academy* nach Hause gelaufen bin. Ich meine, bis unsere Möbel ankommen, tun die es hier auch, stimmt's? Ich muss nicht den ganzen Hausstand neu kaufen, bloß, weil die Umzugsfirma, die das mit dem Container angerichtet hat, dafür bezahlen muss.«

Sie sieht mich an, die Brauen zusammengezogen, eine kleine Falte über der Nase. Die Tatsache, dass sie mir bislang nicht aufgefallen ist, spricht Bände darüber, dass Lucy heute so ganz anders ist als die Tage zuvor. Sie wirkt müde, traurig, verärgert und überhaupt nicht wie sie selbst.

»Lucy«, beginne ich, doch dann klappe ich den Mund wieder zu. Bin ich wirklich der Richtige, um sie zu fragen, was mit ihr los ist? Warum sie aussieht, als habe sie eben ihren Kater in einem verregneten Hinterhof sich selbst überlassen? Ich denke nicht. »Ich finde den Tisch gar nicht schlecht«, erkläre ich stattdessen. Dann klopfe ich mit der Faust darauf, wie um seine Stabilität zu prüfen, was tatsächlich die ganze Platte ins Wanken bringt.

Lucy schnaubt.

»Vielleicht sollte man nur nichts daraufstellen«, schlage ich vor, und nun ist zumindest ihr Lächeln wieder da.

Ich kann nichts dafür, und vermutlich klingt es kitschig und doof und unangebracht – das ganz sicher sogar –, aber etwas zieht sich in meinem Inneren zusammen. Mein Herz vermutlich. Und wieder fallen mir Lucys Worte ein, *Dan kommt am Wochenende*, und ich sollte auf keinen Fall so empfinden in ihrer Gegenwart, auf gar keinen Fall.

»Ich habe *Toad in the hole* gemacht«, sagt sie plötzlich.

»Du hast …« Ungläubig ziehe ich die Brauen hoch. »Ehrlich?« Sie hat tatsächlich … sie hat …

»Ich weiß natürlich nicht, wie und ob es überhaupt

schmeckt«, fügt sie schnell hinzu, »das Rezept ist aus dem Internet. Aber ja, ich wollte es gern mal versuchen.« Lucy zuckt mit den Schultern, als sei das absolut nichts Besonderes. Als sei überhaupt nichts dabei, dass sie ausgerechnet eines der Gerichte gekocht hat, die ich am liebsten esse.

»Und was für ein Zufall, dass du ausgerechnet heute hier bist, um mir zu sagen, ob es einigermaßen gut geworden ist.«

»Ich …« Bin ziemlich baff, muss ich gestehen. Ziemlich überrascht und reichlich verwirrt. »Ähm. Ich bin kein Gourmetkritiker, das müsstest du inzwischen wissen.«

Wieder dieses Lächeln, dann läuft Lucy zur Anrichte und greift nach einer Auflaufform, um sie in den Ofen zu schieben.

»Oops, vorheizen«, murmelt sie, holt die Form wieder raus und stellt die Temperatur ein. »Du weißt also auch nicht, ob deine Mutter eine geheime Zutat verwendet? Irgendetwas, das das Gericht besonders gut macht.«

»Leider nein.« Ich lehne mich gegen den Tisch, der sich prompt ein Stückchen gen Wand schiebt, und lasse es schnell wieder bleiben. »Ich war nie besonders interessiert an dem, was in der Küche passiert ist. Tut mir leid.«

»Oh, das muss dir nicht leidtun.« Lucy lächelt mich an, während sie damit beginnt, Kartons aufzureißen, die laut Etikettierung Gläser, Tassen, Teller und Besteck enthalten. Nach einigen Sekunden hält sie inne und wendet sich stattdessen dem Spülbecken zu, in dem sich bereits etliches an Geschirr stapelt.

»Sorry«, murmelt sie. »Irgendwie schaffe ich es gerade

nicht, mich aus meinem selbst initiierten Chaos herauszu-manövrieren.« Sie lässt Wasser ins Spülbecken laufen.

»Geschirrtuch?«, frage ich.

»Ähm … eine der Kisten. Moment.« Sie sucht danach, reicht mir ein blau-weiß kariertes Küchenhandtuch und schiebt die Auflaufform in den Ofen.

»Ich finde, du bespielst das Chaos sehr gut«, sage ich. »Besser könnte es nicht einmal Cat machen.«

»Nicht?« Lucy lächelt mich an, bevor sie sich den Tellern in der Spüle widmet. »Daran habe ich ehrlich Zweifel. Im Vergleich zu Cat komme ich mir vor wie ein Nilpferd im Blumenbeet.«

»Ein tanzendes Nilpferd immerhin«, stimme ich zu, und Lucy rempelt mich mit dem Ellbogen an.

»Wenigstens einer von uns hat ein paar von Cats Talenten. Ich jedenfalls bin froh, dass du weniger Zeit in der Küche und mehr mit deinem Vater verbracht hast. Ohne dich hätte ich in zwei Dritteln der Räume nicht einmal Licht.« Sie lächelt mich an. »Danke schön. Deine Eltern müssen sehr froh sein, dich zu haben. Ich meine, du bist ganz offensichtlich jemand, der sich gern um andere kümmert. Ein Kümmerer.«

Für einige Augenblicke sehen wir einander stumm an. Lucy mit diesem sanften Lächeln, und ich, den sie gerade unabsichtlich zum Schweigen gebracht hat, vermutlich erschrocken und ernst. Wenn ich etwas sicher nicht bin, dann ein Kümmerer. Ich bin jemand, der es nicht fertigbringt, seinen Eltern eine Stütze zu sein, wenn sie es am allermeisten brauchen. Der zu feige ist, seinem Vater beizustehen, um gegen den Krebs zu kämpfen – gegen den *Tod* –, weil er viel zu viel Angst hat, ihn zu verlieren.

Nicht zum ersten Mal, seit ich sie kenne, scheint Lucy in meinem Gesicht lesen zu können, denn sie lässt von dem Geschirr ab und mustert mich besorgt. »Was ist los? Alles in Ordnung mit dir?«

Und dann erzähle ich es ihr einfach. Wie alles angefangen hat, mit leichten Symptomen, die genauso gut eine Harnwegsinfektion hätten sein können, es aber am Ende nicht waren. Mit dem Verdacht auf etwas Schlimmeres. Die Diagnose, die Krebs lautete. Mit dem Versuch, positiv zu bleiben, meine Eltern zu unterstützen, ihnen beizustehen. Und dann die Erkenntnis, dass es für mich unmöglich ist, ihn leiden zu sehen. Ich kann es einfach nicht ertragen.

»Anfangs sah es so schlecht aus, wir dachten, er übersteht die Behandlungen nicht«, fahre ich fort. »Er war so schwach und ...« Ich schüttle den Kopf. Lucy legt mir eine Hand auf den Arm. »Ich hätte nicht gedacht, dass ich mich damit so schwertun würde. Manchmal dachte ich, ich ertrage Dads Krankheit viel weniger als er selbst. Es hat mich regelrecht zerstört, ihn so zu sehen. So sehr, dass ich es ab einem gewissen Zeitpunkt vermieden habe, meine Eltern zu besuchen.«

Als ich Lucy ansehe, liegt kein Vorwurf in ihrem Blick, keine Verachtung, nur Wärme und Verständnis. Mittlerweile haben wir den Abwasch Abwasch sein lassen und uns auf das Gästebett gesetzt, das, wie zuvor die Luftmatratze, unter der Fensterbank in der Küche liegt. Ich frage mich, weshalb sie immer noch in der Küche schläft. Immerhin gibt es jetzt einen Tisch und Stühle und ... Innerlich schüttle ich über mich selbst den Kopf. Es ist egal, weshalb sie an dieser Schlafstätte festhält. Sie wird es ganz sicher nicht deshalb tun, weil wir beide hier eine Nacht lang Schulter an Schulter verbracht haben.

Ich rüttle mich aus meinen Gedanken, dann versetze ich Lucy mit dem Ellbogen einen leichten Schubs. »Ich habe dein Verständnis nicht verdient«, erkläre ich schließlich.

»Oh, doch, das hast du.«

»Nein, habe ich nicht.« Ich seufze. »Monatelang habe ich versucht, Geld in Richtung meiner Eltern zu werfen, für Pfleger, einen Treppenlift, eine Therapie, was auch immer, nur, um mein Gewissen zu beruhigen. Um mich nicht noch schlechter zu fühlen, weil ich gar nichts tue. Vergangenen Sonntag war ich das erste Mal seit Wochen wieder bei ihnen. Sie haben so getan, als hätte ich ihnen das größte Geschenk gemacht. Einfach weil ich mit ihnen Mittag gegessen habe.«

Lucy schweigt einige Augenblicke, dann fragt sie: »Wie geht es deinem Vater jetzt?«

»Besser«, erwidere ich. »Gut. Er sieht nach wie vor gebrechlich aus, doch er sagt, es ginge ihm prächtig.«

»Und? Glaubst du ihm das?«

»Ich würde es gern glauben. Er hat seine Behandlung bald abgeschlossen, und die Ärzte sagen, seine Heilungschance liegt bei neunzig Prozent.«

Ich sehe Lucy an und warte darauf, dass sie sagt, was

vermutlich alle sagen würden: *Neunzig Prozent? Das ist großartig, oder?*

Doch Lucy erwidert: »Aber es sind keine hundert, und das beunruhigt dich«, und allein für diesen Satz könnte ich sie küssen.

Ich blinzle. Schiebe dann den Gedanken, wie so viele andere, die ich mir in den vergangenen Tagen über Lucy Dixon gemacht habe, beiseite, und zwar schnell. Ich sehe auf ihre Hand, auf den Ring an ihrem Finger. Lucy folgt meinem Blick, und dann ist da wieder dieser Ausdruck in ihrem Gesicht, der mir schon den ganzen Abend über Sorgen bereitet. Dieser Ausdruck zwischen Traurigkeit und Ärger und Verwirrung.

»Was ist los?«, frage ich leise. Es klingt viel zu intim, und Lucys Augen weiten sich ein bisschen. Ich habe keine Ahnung, was ich hier tue. Ich sollte aufstehen, vermutlich, das wäre ein Anfang, doch ich bewege mich keinen Millimeter.

»Ich habe gerade daran gedacht, dass ich nicht für meine Eltern werde da sein können, wenn sie mich irgendwann einmal brauchen. Ich meine, sie haben Daisy, aber ...« Sie zuckt die Schultern.

»Du bist ja nicht aus der Welt. Es gibt Direktflüge von London nach Houston, oder?«

»Die gibt es. Du hast recht. Es ist bloß ...« Sie blickt auf den Ring, dann wieder zu mir. »Ich bin wegen Dan hergezogen.«

Ich warte, denn es sieht aus, als ob sie noch etwas hinzufügen wollte, doch Lucy schweigt. Also sage ich: »Ich hoffe, er weiß das zu schätzen. Ich wüsste es ganz sicher.«

Und nun öffnen sich ihre Lippen, und ich denke schon, jetzt wird sie mir sagen, dass ich zu weit gegangen bin, dass ich lieber verschwinden sollte, dass ich …

Ein Geräusch unterbricht die angespannte Stille der Küche, und beide zucken wir zusammen. Es kommt aus dem Gang, und es klingt, als würde sich jemand an der Eingangstür zu schaffen machen.

Mit beiden Händen greift Lucy nach meinem Arm und sieht mich erschrocken an.

»Was ist das?«, fragt sie lautlos, dann rüttelt es an der Tür, und erneut ist ein Kratzen und Schaben zu hören.

»Sehen wir nach.« Ich flüstere, keine Ahnung wieso. Es ist schätzungsweise keine 20 Uhr, und vermutlich hat sich jemand in der Tür geirrt. Doch Lucy hängt an meinem Arm, ich werde sie sicher nicht davon befreien, und gemeinsam bewegen wir uns langsam in Richtung Küchentür.

»Warte.« Lucy greift nach etwas, dann drückt sie mir einen Kochlöffel in die Hand.

»Ich habe noch nie jemandem mit einem Kochlöffel erschlagen«, wispere ich, »aber okay.«

Lucys Lippen verziehen sich zu einem Lächeln. Wir schleichen in den Gang.

Und dann fliegt mit einem Mal die Eingangstür auf, prallt mit einem lauten Krach gegen die Wand, und vor uns steht ein großer blonder Mann mit entnervtem Gesichtsausdruck, der auf Lucy starrt, die wiederum vor Schreck beide Arme um mich geschlungen hat.

23

Lucy

Eine Sekunde lang habe ich Schwierigkeiten damit, die Realität zu begreifen. Wie ich da im Gang stehe, beide Arme um Oliver geschlungen wie ein Koalabär, während vor mir mein Verlobter auftaucht, einfach so, aus dem Nichts. Er starrt uns an, wir starren zurück, dann endlich fasse ich mich, lasse Oliver los, rufe: »Dan!«, und dann nichts mehr.

Er runzelt die Stirn.

Ich blinzle mich aus meiner Schockstarre. »Was machst du denn schon hier? Ich habe nicht vor dem Wochenende mit dir gerechnet!«

»Das ist ja eine tolle Begrüßung.« Dan blickt von mir zu Oliver und wieder zurück, aber er sieht nicht wirklich beunruhigt aus. Kein bisschen so, als habe er seine Verlobte gerade eng umschlungen am Torso eines anderen erwischt, was ja auch wirklich völlig anders gewirkt haben muss, als es war. Ich habe mich lediglich fürchterlich erschrocken.

Oliver räuspert sich.

»Oh, ja, also. Das ist Oliver.« Ich deute mit der Hand neben mich, ohne meinen Blick von Dan abzuwenden. »Er hat mir mit der Schlafcouch geholfen. Und mit den Lampen.«

»Ah.« Dan zieht anerkennend die Brauen nach oben, und er hat noch kein weiteres Wort gesagt, da ist mir klar, was er denkt. Wie Oliver auf ihn wirken muss, mit seinen schwarzen Jeans und dem T-Shirt, auf dem *Life is short. Code faster* steht. Dan trägt einen Anzug. Tom Ford, wenn ich raten müsste. Sein Hemd ist weiß, gestärkt und lässt in keiner Weise vermuten, dass er darin gerade einmal quer über den Kontinent geflogen ist. Wie immer wirkt er frisch, aufgeräumt und so, als habe er wie üblich alles im Griff. Bis auf die Haustür, wie es scheint.

Jetzt nämlich sieht er auf den Schlüssel in seiner Hand, bevor er sich an Oliver wendet. »Sind Sie der Hausmeister?« Automatisch verziehe ich das Gesicht. »Vielleicht könnten Sie sich gleich auch mal das Schloss ansehen. Es klemmt wie verrückt, ich hab es fast nicht aufbekommen. Es liegt am Schloss oder an dem Schlüssel hier, nehme ich an. Aber dafür ist dann vermutlich die Hausverwaltung zuständig?«

»Dan.« Ich unterbreche ihn, bevor er Oliver noch damit beauftragt, ihm das Gepäck nach oben zu tragen. »Das ist Oliver Bellingcourt, unser Nachbar aus 2A. Er war so nett und hat mir mit den Elektrosachen geholfen, aber er ist kein Handwerker. Oliver, das ist Dan, mein Verlobter. Dan, Oliver.«

Ich lasse die Hand sinken, mit der ich unschlüssig herumgewedelt habe. Die Situation unangenehm zu nennen, ist leider maßlos untertrieben. Dan, wie er mit seiner sonoren CEO-Stimme den armen Oliver anweist, Dinge zu reparieren ... Ich verziehe das Gesicht.

Oliver räuspert sich. »Hi. *Dan*. Nett, dich kennenzulernen.«

Er streckt ihm eine Hand entgegen, die Dan zu meinem Horror zwei Sekunden zu lang betrachtet, bevor er danach greift.

»Dan Harrington.«

»Alles klar.« Oliver nickt, vergräbt dann die Hände in den Taschen seiner Jeans, bevor er sich an mich wendet.

»Falls du noch etwas brauchst, du weißt ja, wo ich wohne. Falls *ihr* noch etwas braucht, meinte ich.« Er runzelt die Stirn, Verwirrung im Blick, und ich nicke übereifrig.

»Danke, Ollie«, sage ich, und Olivers Stirnrunzeln vertieft sich. Warum ich ihn ausgerechnet jetzt mit einem Spitznamen bedenke, den ich zuvor noch nie benutzt habe, leuchtet mir ebenso wenig ein wie ihm, wie es aussieht. Okay. Keine Zeit, darüber nachzudenken.

Dan ist hier.

Und obwohl ich die vergangenen Tage gefühlt nichts anderes getan habe, als darüber zu brüten, was genau ich deswegen empfinde und weshalb, fühle ich mich im Augenblick verwirrter denn je.

»Also dann.« Oliver greift nach dem Türknauf. »Ciao.« Schon ist er weg.

Dan sieht auf die Eingangstür, die sich hinter seinem neuen Nachbarn geschlossen hat, dann zu mir. Ein Lächeln breitet sich auf seinem Gesicht aus, und ohne noch eine Sekunde länger zu zögern, laufe ich auf ihn zu und in seine Arme, dorthin, wo ich hingehöre. Jawohl.

»*Das* ist schon eher die Begrüßung, die ich mir erhofft habe«, erklärt er grinsend, nachdem er mich aufgefangen hat. Er drückt mir einen Kuss auf die Lippen, fest und flüchtig, dann schiebt er mich ein Stück von sich.

»Ich habe noch zwei Koffer unten im Hausflur, ich hole sie eben.«

»Soll ich dir helfen?«

»Nicht nötig.«

Dan ist schon halb draußen, als er sich noch mal zu mir umdreht. »Du könntest die Tür aufhalten, bis ich wieder da bin. Das Schloss scheint noch aus der Gründerzeit zu stammen, ich bezweifle, dass es sich je wieder öffnen lässt.« Er schüttelt missbilligend den Kopf und wirft dann mir einen ebenso irritierten Blick zu. »Bist du nicht durchgegangen und hast überprüft, was wir der Hausverwaltung alles melden müssen? Ich habe nur einen Blick in die Wohnung geworfen und weiß schon jetzt, dass das eine lange Liste wird.«

»Eigentlich muss man die Tür nur ein bisschen zu sich heranziehen, dann lässt sie sich ziemlich leicht öffnen.« Ich klinge kleinlaut, was mich ärgert, also füge ich ein wenig kühler hinzu: »Die Wohnung ist wirklich hübsch. Und was bitte willst du vom Gang aus auf den ersten Blick gesehen haben?«

Wie sich herausstellt, sind Dan die Leisten aufgefallen, beziehungsweise der Umstand, dass sie an einigen Stellen fehlen, sowie ein, zwei Macken an Türstöcken und der generell unzureichende Zustand der Fensterrahmen. Ich laufe ihm nach, während er von Zimmer zu Zimmer geht, den Boden prüft, als habe er Sorge, jeden Augenblick einzubrechen, und an Türknöpfen rüttelt, um festzustellen, welche zu locker sind. Als er im Bad angekommen ist, um das Porzellan zu untersuchen, dreht er sich mit einem Mal zu mir um.

»Weißt du was?«

Ich lasse die Hand, an deren Daumennagel ich gerade herumgebissen habe, sinken, und schüttle den Kopf.

»Das können wir später immer noch alles durchgehen.« Er umfasst mit beiden Händen mein Gesicht und drückt mir einen Kuss auf die Lippen. »Jetzt …« Wieder küsst er mich, sanfter, länger und gründlicher diesmal. »Jetzt«, wiederholt er, als sich unsere Münder voneinander lösen, »habe ich erst mal Hunger.«

Er grinst, und ich verziehe zumindest den Mund. Ich bin mir sicher, ich werde Dans Stimmungswechsel in den kommenden Sekunden folgen können, doch so spontan bin ich gerade nicht.

»Wenn du etwas essen möchtest«, beginne ich, um jede mögliche Zweideutigkeit auszuschließen, »ich habe da etwas im Of…«

Und dies ist der Moment, in dem uns beiden klar wird, dass hier irgendetwas gar nicht gut duftet. Doch in den fünf Sekunden, in denen wir vom Badezimmer in die Küche sprinten, hat sich der Rauchmelder schon mit ohrenbetäubendem Getöse darangemacht, diesen Abend noch ein klein wenig schlimmer zu machen.

»Ein Italiener, sagst du?«

»Ja, aber das hatte ich dir eigentlich schon am Telefon erzählt.«

»Sorry, Cowgirl, aber im Augenblick ist mein Kopf mit allem Möglichen gefüllt. Da hatte ein hauseigener Pizzabäcker offensichtlich keinen Platz mehr.«

Ich unterdrücke ein Seufzen. Statt meinen Unmut zu zeigen, greife ich zu meinem Weinglas und schlucke meinen Kommentar mit dem exzellenten Chardonnay herunter, den Dan nach einem fünfzehnminütigen Fachgespräch mit der Kellnerin bestellt hat. Dan hat auch das Lokal ausgesucht. Um genau zu sein, hatte er auf der Zugfahrt von London nach Brighton im Internet nach den besten Restaurants gesucht und schließlich eins gefunden, das seinem ersten Abend in unserer neuen Heimatstadt gerecht wird.

»Heißt das«, fragt er, während er seine Stoffserviette entfaltet, um sie sich auf die Knie zu legen, »dass es in dem Apartment zu allem Überfluss auch noch den ganzen Tag nach italienischer Hausmannskost riecht?«

Er lächelt, aber die Frage ist ernst gemeint, und die Antwort könnte ein echtes Problem darstellen. Ich kenne Dan. Und frage mich gerade, ob man ein Restaurant wegen Geruchsbelästigung verklagen kann? Falls ja, dann …

»Bisher ist mir noch nichts aufgefallen, die Lüftung scheint also schon mal zu funktionieren.«

Dan schnaubt. »Die Lüftung in derart alten Häusern besteht normalerweise aus irgendwelchen alten Rohren und Schächten, die über die Jahre zugemauert wurden und nur noch den Ratten dazu dienen, sich durch ein Labyrinth an Schutt und Dreck zu nagen.«

»Hm.« Mehr gibt es dazu wohl nicht zu sagen.

Die Kellnerin erscheint, und mit ihr ein Amuse-Gueule, das Orlando sicher nicht servieren würde. Ich betrachte das kleine Teigtürmchen, das mit Crème gefüllt und mit frittierten Safranfäden garniert ist. Das Restaurant, das Dan ausgesucht hat, ist erstklassig, so viel steht fest. Dunkelgrüne Samtsessel, edle Holzvertäfelung, warmweiße Designer-Beleuchtung. Und ein Menü, bei dem man ganz leicht im mittleren dreistelligen Bereich landet.

»Aber vielleicht ist es nicht so schlecht, diese Pizzeria im Haus zu haben«, unterbricht Dan meine Gedanken. »Deine Kochkünste scheinen sich in den vergangenen Wochen nicht gerade verbessert zu haben.«

»Haha. Als würde ich andauernd Sachen anbrennen lassen.«

Dan grinst. »Was hätte es eigentlich werden sollen? Außer schwarz?«

Ich reiße ein Stück von meinem Baguettescheibchen ab und bewerfe Dan damit. Er fängt es auf und legt es auf seinen eigenen Brotteller.

»Ein englisches Gericht«, erwidere ich schließlich. »Es

heißt ›Toad in the hole‹. Sehr viel Teig, ein bisschen Gemüse, dazwischen Würstchen. Alles zusammen kommt in eine Auflaufform und wird dann ausgebacken.«

»Klingt nach einem Kinderessen«, kommentiert Dan. Es wirkt nicht gerade begeistert.

Ich denke an Oliver.

»Und danach«, fährt er fort, »als hättest du dich schon richtig gut eingelebt. Ich hoffe, das wird mir auch gelingen.« Diesmal ist es an Dan zu seufzen. »Alles, was ich bisher von der Stadt gesehen habe, ist klein, alt und irgendwie uninspirierend.«

»Du bist doch gerade erst angekommen!« Stirnrunzelnd sehe ich Dan an. »Brighton ist eine sehr lebendige Stadt, mit einer jungen, bunten Szene. Viele Künstler haben sich hier niedergelassen, und ...«

»Ich bin weder jung noch bunt.«

»Du bist vierunddreißig!«

»Ich bin vierunddreißig und gerade dabei, als einer der jüngsten CEOs überhaupt eine Zweigstelle im Ausland aufzubauen.« Dan sieht auf seine Uhr. »Da fällt mir ein: Ich muss später noch an den Computer. Ich habe um 17 Uhr einen Call mit Jason, das ist dann ... 23 Uhr britischer Zeit, richtig? Jetzt ist es halb neun. Das schaffen wir noch.« Er lehnt sich in seinem Stuhl zurück, um der Bedienung die Möglichkeit zu geben, unser Geschirr abzuräumen.

Es gab eine Zeit, da habe ich Dans Umsichtigkeit sehr gemocht. Seine guten Manieren, seinen erlesenen Geschmack, sogar seinen Ehrgeiz und seine Zielstrebigkeit. Ich weiß nicht einmal genau, warum – außer dass all das, dass *er,* von Beginn an so vollständig anders gewesen ist als ich. Dan hat Ordnung in mein Chaos gebracht. Hat gebremst, wo ich über das Ziel hinausgeschossen bin. Hat vorgemacht, wie es *eigentlich* sein sollte, wenn ich mal wieder keine Ahnung hatte, was *das Richtige* war. Ich habe Dan bewundert, mich bei ihm aufgehoben gefühlt und sicher – nicht beschränkt, wie ich es gerade empfinde. Obwohl er noch keine drei Stunden hier ist. Obwohl er noch gar nichts getan hat, außer das Restaurant auszusuchen und eine Serviette auf seine Knie zu legen.

Ich presse eine Hand gegen meine Stirn.

Ich mag Dan immer noch, denke ich. Ich liebe Dan! Und das ist ehrlich gut so, in Anbetracht dessen, dass ich ihn heiraten werde.

»Lucy?« Dan klingt besorgt. »Alles in Ordnung mit dir?«

»Ja.« Ich lasse die Hand wieder sinken. »Alles bestens. Nur leichte Kopfschmerzen. Am besten lege ich mich hin, wenn wir zurückkommen.«

»Sicher. Ich muss ohnehin noch arbeiten, du brauchst nicht auf mich zu warten.«

Dan lächelt mich an, die Vorspeise wird serviert.

Ich frage mich, ob es von nun an immer so sein wird. Ähnlich, wie es in Texas schon war, nur noch verstärkt durch den Umstand, dass Dan hier in England noch mehr eingespannt sein wird als in den USA.

Sicher, Schatz, geh du nur schon ins Bett. Du brauchst nicht auf mich zu warten.

Knapp anderthalb Stunden später liege ich auf der frisch bezogenen Schlafcouch in dem Zimmer, das demnächst einmal unser Schlafzimmer sein wird, im Augenblick jedoch nur einen leeren Raum darstellt, in dem ich nie zuvor übernachtet habe. Ich denke an Olivers Gästebett in der Küche, die nun ein Büro ist. Unter leisem Fluchen hat Dan dort auf dem wackligen Esstisch seinen Laptop aufgebaut.

»Wo hast du den Tisch her, Luce? Vom Sperrmüll?«

Auf die Frage habe ich lieber nicht geantwortet.

Und nun liege ich also auf der Ausziehcouch, lausche in die Stille und dem leisen Gemurmel aus Dans provisorischem Büro, das zu mir ins Zimmer dringt. Kein Knacksen, Knarren oder Poltern weit und breit. Natürlich nicht. Vermutlich wird Dan mich für verrückt erklären, wenn ich jemals wieder auf das Thema *Spuk* zu sprechen komme. Vermutlich hat er es ohnehin schon längst vergessen. Im Augenblick ist ihm nichts wichtig außer seiner Arbeit. Ich weiß das, ich wusste das vorher, es ist absolut in Ordnung. Wirklich, das ist es.

Mein Handy brummt. Und mein Herz macht einen unerklärlichen Satz, als ich erkenne, wer mir gerade eine Textnachricht geschrieben hat.

OLIVER: *Hey! Kater hat gerade an der Tür gekratzt. Er ist durch meine Wohnung gestreunt, als habe er nach etwas gesucht, dann wollte er wieder raus und ist die Treppe hoch.*

OLIVER: *Falls du also ein Kratzen hörst, ist es vermutlich der Kater – kein Gespenst.*

OLIVER: *Schlaf gut. Oliver.*

Ich lese die Nachrichten mehrmals, und beim letzten Mal kann ich sie kaum mehr erkennen. Ich habe Tränen in den Augen und keine Ahnung, wo sie herkommen. Das Wiedersehen mit Dan war nicht so, wie ich es mir erhofft habe. Olivers Text dagegen lässt mich an all die Momente denken, die schön waren und leicht und heimelig und von denen ich weiß, dass es sie mit Dan nie gegeben hätte. Der Nachmittag auf dem Basketballplatz. Die Nacht auf der Luftmatratze. Der Kater auf meinem Schoß, der mich leise schnurrend in den Schlaf begleitet.

»Sei nicht albern.«

Ja, ich spreche mit mir selbst und wische gleichzeitig mit beiden Händen über mein Gesicht. »Es waren nur zwei Wochen, nicht zwei Jahre!«

Ich höre Dans Lachen und zucke zusammen. Und dann schleiche ich hinaus zur Eingangstür und lasse meinen Kater herein.

24

Oliver

Es ist Samstag. Ich arbeite. Wie hieß es so schön in *Spider-Man*? Selbst, und das ständig? Ganz genau so ist es. Oder Maggie Smith. Wie hat sie das formuliert in *Downton Abbey*? *Wochenende? Was ist ein Wochenende?* Ha! Exakt. Wer selbstständig ist, hat kein Wochenende. Und wer verlobt ist, verschwendet keinen Gedanken an einen anderen Mann. Erst recht nicht an einen, der neben besagtem Verlobten aussieht wie ein Teenager. Ein großes Kind in Band-Klamotten. Der Ober-Nerd aus der *Big Bang Theory*. Der …

Okay, genug davon.

Es ist Samstag. Ich arbeite, und es läuft wie am Schnürchen. Alles bestens. Bingobongo. Bloß, dass ich Lucy seit Tagen nicht gesehen habe, schon wieder. Seit Donnerstag nicht, um genau zu sein. Seit ich von Dan-dieser-Anzug-ist-teurer-als-dein-Computer aus Lucys Wohnung katapultiert wurde wie ein Insekt. Was nicht ganz richtig ist, immerhin bin ich freiwillig gegangen. Die Art und Weise allerdings, wie er mich angesehen hat, hat mich doch sehr an eine Küchenschabe denken lassen.

Es ist Samstag. Ich habe mich redlich bemüht, nicht ständig darüber nachzudenken, was dort oben in der Wohnung passiert. Ob Lucy einen Happy-Linedance aufführt, weil ihr Zukünftiger endlich hier ist. Oder ob es ihr auf die Nerven geht, dass er ganz sicher an jeder Kleinigkeit ihres Apartments etwas auszusetzen haben wird. Er sieht nicht so aus, als sei das seine Vorstellung von Wohndesign. Die alten Holzdielen hat er jedenfalls fast ebenso angewidert betrachtet wie mich. Dan Soundso sieht aus, als ließe er sich abends in ägyptische Baumwolle fallen, wahlweise in Seide. Als ließe er seine pedikürten Zehen in Slipper gleiten, um in das angrenzende Bad mit Tropendusche und Bidet zu schlendern, gehüllt in einen Flauschmantel.

Ich reibe mir die Stirn. Ich sollte wirklich aufhören, mir derartiges Zeug auszumalen. Am Ende landet Cat noch in einem Spa.

Es ist Samstag. Ich sitze schon den ganzen Tag vor meinem Rechner, doch es ist abzusehen, wie lange ich es dort noch aushalten werden. Ein Blick auf die Zeitanzeige, und meine Knie fangen von ganz allein an, unruhig gegen das Tischbein zu schlagen.

Es ist Samstag, 14:45 Uhr. Wenn ich auch die ganze Woche über keine Ahnung davon hatte, wo Lucy gerade steckte oder was sie so anstellte, dann weiß ich es in diesem Moment ganz genau.

Ich stehe auf, schnappe mir eine dünne Jacke, den Hausschlüssel und bin schon unterwegs in Richtung Basketballplatz. Ganz sicher habe ich nicht vor, die Choreografie von *Flashdance* jetzt auch noch zu lernen – ich möchte einfach sehen, wie es Lucy geht. Wie es läuft mit ihrem Gratiskurs. Ob Dan ein so schlechter Tänzer ist, wie ich mir das vorstelle. Allerdings habe ich noch nicht mal die erste Straßenecke erreicht, als mich plötzlich jemand an der Schulter packt.

»Hey, Ol!«

»Dante!« Automatisch greife ich mir an die Brust. »Du hast mich zu Tode erschreckt!«

»Jetzt übertreib mal nicht. Ich hab dich gerufen, als du am Lokal vorbeikamst, aber du bist ja dran vorbeimarschiert wie ein Mann auf einer Mission. Wohin des Wegs? In Richtung Strand etwa?« Dantes Gesicht ziert das selbstgefälligste Grinsen, das man sich vorstellen kann. Zwar hätte ich nie im Leben damit gerechnet, dass er sich daran erinnert, aber ganz offensichtlich hat auch er Lucys Tanzunterricht im Laufe der Woche nicht vergessen.

»Dann sag es mir nicht.« Er hebt abwehrend die Hände, bevor ich überhaupt etwas erwidern kann. »*Ich* bin allerdings nicht so geheimniskrämerisch wie du, mein Freund.« Er lässt die Hände sinken, legt eine davon zurück auf meine Schulter und kommt mit seinen Lippen dicht an mein Ohr – eine Spur zu dicht für meinen Geschmack. Dann flüstert er: »Ich hab sie vorhin hier lang laufen sehen. Mit einem Mann. Hand in Hand.« Er rückt ein Stück von mir ab, um mir in die Augen zu sehen. »Tut mir leid«, erklärt er, komplett mit Dackelblick und Mitleid in der Stimme. »Aber ich dachte, du solltest es von mir erfahren.«

»Was erfahren?«, sage ich so trocken wie möglich. »Dass Lucy mit ihrem Verlobten spazieren geht?«

»Ihrem Verlobten?« Dante runzelt die Stirn. »Shit, da war was, oder? Wieso vergesse ich solche Kleinigkeiten nur immer sofort?«

Ich verdrehe die Augen, kann mir ein Lachen aber nicht verkneifen. »Du bist ehrlich unglaublich.«

»Ja«, sinniert er nachdenklich, »das bin ich wohl.« Womit er ein letztes Mal meine Schulter drückt, mir »viel Glück mit Armani« wünscht und zurück ins Restaurant verschwindet.

»Wer ist dieser Typ im Anzug?«, höre ich Orlandos Stimme von drinnen rufen. »Und was denkt er nur? Eine Einladung zum Abendessen schlägt man doch nicht aus, *si*?«

Mein Lächeln wird breiter. Nie im Leben hätte ich mir vorstellen können, mich jemals mit der Familie Esposito zu verbrüdern, und nun seht mich an.

Auch das habe ich Lucy zu verdanken, nehme ich an. Vor drei Wochen kannte ich sie noch gar nicht, und nun hat sie mein Leben so weitreichend auf den Kopf gestellt, dass sich alles um mich herum zu drehen beginnt.

Ich bin ehrlich nicht der Typ, der sich in Frauen verguckt, die vergeben sind, ganz ehrlich nicht. Um genau zu sein, bin ich überhaupt nicht der Typ, der sich von jetzt auf gleich verguckt – zumindest war ich es nicht, vor diesen besagten drei Wochen. Aber Lucy …

Ich schüttle über mich selbst den Kopf.

Vielleicht, wenn ich sie mit *Mr. Armani* Linedance tanzen sehe. Vielleicht schlage ich sie mir dann endgültig aus dem Kopf.

Schon von Weitem höre ich die Musik aus Lucys Boombox. Nicht *Flashdance*, soweit ich das beurteilen kann, sondern ein äußerst texanisch klingendes Country-Stück, das sofort ins Ohr geht – und einigen vermutlich auch in die Beine.

Ich bleibe in ein paar Metern Entfernung stehen. Von hier kann ich Lucy sehen, wie sie strahlend und süß und voller Enthusiasmus und Überzeugungskraft einer Gruppe begeisterter Mädchen und Frauen eine Schrittfolge vortanzt, die diese dann versuchen zu kopieren. Es sind mehr Teilnehmerinnen als beim letzten Mal, vermutlich sogar doppelt so viele, und ich fühle, wie mir warm wird ums Herz, wie meine Brust sich mit Stolz füllt. Sie ist so unglaublich gut darin. Im Tanzen, natürlich, aber auch darin, die Leute mit ihrer guten Laune anzustecken, sie mit ihrer herzlichen Art für sich zu gewinnen. Sie ist wirklich einer dieser Menschen, die einen Raum betreten und ihn automatisch erhellen, die jedes Treffen zum Glänzen bringen. Eine Frau, deren Ausstrahlung noch größer ist als ihr Herz, und das muss man erst mal schaffen.

Ich verharre wie gebannt und starre Lucy an, weshalb ich Hannah erst sehe, als sie direkt vor mir steht.

»Hey.«

»Oh. Hi.« Ich schaue sie an, überrascht, mit hochgezogenen Brauen und gespannt, was auch immer als Nächstes aus Hannahs Mund kommt. Ich bin mir höchst unsicher, was diese Nachbarin betrifft. Hält sie mich nach wie vor für einen Kettensägenmörder, oder hat der gemeinsame Tanznachmittag vergangene Woche dabei geholfen, mein Ansehen etwas zu heben?

Hannah verdreht die Augen. Dann stellt sie sich neben mich, und beide beobachten wir nun Lucy, die gerade eine furchtbar kompliziert wirkende Schrittfolge tanzt. Sie sieht fabelhaft aus. Mein Blick klebt an ihr wie das Etikett an einem Marmeladenglas.

»Was hältst du davon?«

»Sie macht das großartig.«

Hannah schnaubt. »Ja, das meine ich aber nicht. Was hältst du von *ihm*. Dan?«

»Wie bitte?« Verwirrt sehe ich zu Hannah, dann zurück auf die Tanzfläche. Ich scanne die Gruppe, und erst als ich am Rand des Basketballplatzes ankomme, sehe ich Lucys Verlobten. Er hat sich nicht unter die Tänzer gemischt, sondern steht etwas abseits, die Ärmel seines dunklen Anzugs nach oben geschoben, ein Smartphone am Ohr.

»Ich …« … habe dazu keine Meinung, befinde ich.

Hannah schnaubt ein weiteres Mal. »Lucy sagt, ihr seid euch schon über den Weg gelaufen?«

»Stimmt.« Ich nicke. »Kurz.«

»Ich mag ihn nicht.«

Nun sehe ich sicherlich noch verwirrter aus. »Du kennst ihn doch gar nicht«, höre ich mich sagen, obwohl ich diesen Satz absolut nicht fühle, denn – weiß Gott, ich kann den Kerl auch nicht leiden, obwohl ich ihn genauso wenig kenne. Er wirkt arrogant und absolut so, als wisse er immer alles am besten. Er wirkt überhaupt nicht so, als passe er zu Lucy.

»Er hat sie hierher begleitet und ihr netterweise Boombox und den Plakataufsteller getragen, dann hat er keine Gelegenheit ausgelassen, sich über das lustig zu machen, was Lucy hier tut. *Kleiner Marketing-Stunt* hat er das hier genannt und darauf hingewiesen, dass es sicherlich sinnvollere Investments gebe als *Linedance*.«

Hannahs Gesichtsausdruck spricht Bände. Sie ärgert sich. Vermutlich umso mehr, weil Lucy es scheinbar nicht tut. Ich sehe zu ihr, und unsere Blicke treffen sich. Das Lächeln auf ihrem Gesicht friert ein, und mit einem Mal kann ich dahinterblicken, ganz kurz nur. Ein Anflug von Traurigkeit. Von Verlassensein. Von … Bedauern?

»Machst du mit?« Hannah ist meinem Blick gefolgt.

»Lieber nicht.«

»Wieso nicht? Es würde sie sicher freuen. Und Mr. Ich-bin-zu-beschäftigt-für-diesen-Kinderkram womöglich ein bisschen ärgern.«

Ich schüttle den Kopf. »Nein«, wiederhole ich. Ich bin nicht in der Stimmung, irgendjemanden zu ärgern. Und auch nicht, Lucy beim Tanzen und ihrem Verlobten dabei zuzusehen, wie er sie betrachtet, als wäre sie nicht die tollste Frau der Welt.

»Ich muss los«, sage ich Hannah. »Zu meinen Eltern.« Das war mehr ein spontaner Entschluss. »Der Bus fährt dort drüben.«

»Aha.« Und jetzt sieht Hannah mich an, als glaubte sie mir kein Wort, aber auch dafür bin ich gerade nicht in der Stimmung. Also verabschiede ich mich von ihr, werfe Lucy einen letzten Blick zu und mache mich dann auf in Richtung Bushaltestelle.

Die vergangenen drei Wochen kommen mir vor, als sei ein Wirbelsturm durch mein Leben gefegt. Und nun ist nichts mehr an seinem Platz, und dabei wird es erst mal bleiben.

25

Lucy

Liebe Edna,

*es ist Sonntagabend, bald 22 Uhr, wieder liege ich
allein im Bett, und Dan sitzt in der Küche vor seinem
Computer. Ja, ja, ich weiß, was du jetzt denkst:* Was gibt
es sonst noch Neues? *Denn dass mein Verlobter keinen
Unterschied zwischen Sonntag und Montag macht und
auch sonst kein Wochenende kennt, ist ein mittlerweile
altbekanntes Phänomen. Gestern, als er neben dem
Basketballplatz mit seinem Handy am Ohr auf und ab
lief, während wir anderen Spaß hatten und tanzten, da
habe ich mich gefragt, wann er mir eigentlich zum letzten Mal versichert hat, dass all das nur ein vorüberge-
hender Zustand sei? Wie lange es her ist, dass er mich in
den Arm nahm und mir versprach, dass wir bald mehr
Zeit füreinander haben würden, wenn seine Position in
der Firma erst gefestigt sei? Seine Karriere stabilisiert?
Sein Aufstieg garantiert?*

*Die Wahrheit ist, dass er schon seit gefühlten Ewig-
keiten kein Wort mehr darüber verloren hat, dass
sich dieser Zustand irgendwann einmal ändern wird,*

im Gegenteil. Jetzt, mit dem Umzug nach England
und dem neuen Büro in London, ist es mit einem Mal
sogar selbstverständlich geworden, dass Dan rund um
die Uhr arbeitet. Dass ich ihm den Rücken freihalte,
anstatt zu hinterfragen, weshalb er mich eigentlich
gebeten hat, mit ihm zu kommen. Ich bin ... unruhig,
Edna. Dan ist erst seit ein paar Tagen hier, wir waren
keine drei Wochen getrennt, und doch fühlt es sich an,
als hätten wir uns Jahre nicht gesehen und in dieser
Zeit unwiederbringlich auseinandergelebt.

Ich lege den Stift beiseite und klappe das Tagebuch zu. Ich
fühle, dass es mir nicht guttut, diese Dinge niederzuschrei-
ben, was so ungefähr das erste Mal sein dürfte, dass ich so
empfinde. Solange ich denken kann, schreibe ich Tagebuch,
und es hilft mir, meine Gefühle und Gedanken zu sortieren; ich fühle mich besser danach, leichter. Aber jetzt ...

Ich schiebe Edna unter die Schlafcouch, dann lehne ich
mich mit dem Rücken an die kalte Wand und ziehe die
Bettdecke bis unter das Kinn. Ich knipse das Licht aus.
Was bleibt, ist der helle Kegel, den die Straßenlaterne vorm
Haus auf die Holzdielen malt, warm und schmeichelnd.
Dan hat recht: Vieles in Brighton sieht aus, als wäre es aus
der Zeit gefallen – die Häuser, der Pier, die Laternen vor
den Fenstern, die verschnörkelt sind und altmodisch. Doch
im Gegensatz zu ihm mag ich all das. Ich liebe die kleinen, angeschlagenen Häuser mit ihren Minivorgärten und
den Treppen, die ins Souterrain führen. Ich liebe den Pier

und insbesondere das Gerippe des ausgebrannten West-Piers, liebe den übrig gebliebenen Pavillon, der wirkt, als befände man sich auf Zeitreise ins neunzehnte Jahrhundert. Ich liebe das Meer. Die bunten Strandhütten, die in allen Farben die Promenade säumen. Ich liebe dieses Apartment. Und das *Little Italy*, in dem wir nach wie vor nicht gegessen haben, obwohl Orlando uns gleich beim ersten Mal, als er Dan traf, eingeladen hat.

Es ist bestimmt nicht sonderlich klug, sich mit dem Wirt anzufreunden, hat Dan mir erklärt, sobald Orlando außer Hörweite war. *Er denkt sonst noch, er kommt mit allem durch.*

Womit sollte er durchkommen wollen?, hab ich gefragt.

Lärm? Sieh dir die Terrasse an. Wir werden sehen, wie laut das werden kann. Und dann sollte man sich beschweren können, ohne dabei Skrupel haben zu müssen, denkst du nicht?

So viel also zum Thema gute Nachbarschaft. Dan sagt, Orlando sei aufdringlich. Hannah – ich weiß nicht, was er von Hannah hält. Er schien nicht sehr daran interessiert zu sein, sie näher kennenzulernen. Und von Kater möchte ich gar nicht erst anfangen. Unglücklicherweise hat Dan ihn in der Wohnung erwischt und prompt vor die Tür gesetzt. Dort bleibt er jetzt, auch wenn er noch so nachdrücklich kratzt und mir dabei das Herz blutet.

Die Tür öffnet sich, und Dan kommt herein.

»Hey. Was machst du? Ich dachte, du schläfst sicher schon.«

»Ich hab nur ein bisschen nachgedacht.«

Er setzt sich auf die Couch, zieht die Schuhe aus, stellt sie auf dem Boden ab. Als er die Hand wieder hebt, hält er Edna zwischen den Fingern.

»Das alte Ding durfte also mit umziehen?«

»Das alte Ding?« Ich greife mir das Tagebuch und lege es aufs Fensterbrett. Dann überlege ich es mir anders, stehe auf und deponiere Edna zwischen den T-Shirts in meinem Koffer, bevor ich mich zu Dan lege. Man weiß ja nie.

»So will ich meine Tage und Nächte eigentlich nicht verbringen«, sagt er, während er den Arm hebt, damit ich mich hineinschmiegen kann.

»Wie genau?« Ich tue genau das. Dan hält mich im Arm, und es fühlt sich gut an. Vertraut. Wie früher.

Ich schließe die Augen.

»Aus dem Koffer leben«, sagt Dan. »In einer Wohnung ohne Mobiliar.« Sein Daumen zieht Kreise auf meinem Oberarm, und allmählich dämmere ich weg.

»Unsere Sachen werden sicher bald hier sein«, murmle ich noch, bevor ich in den Schlaf drifte.

Ich erwache von einem Poltern, und schon sitzen wir beide kerzengerade im Bett. Dan trägt seinen dunkelblauen Pyjama. Er muss noch mal aufgestanden sein, um sich umzuziehen.

»Da!«, rufe ich im Flüsterton. »Hörst du das? Das sind die Geräusche, die ich meinte.«

»Der Spuk?« Dan sieht es offenbar nicht ein, die Stimme

zu senken, weshalb ich ihm einen Stoß mit dem Ellbogen verpasse.

»Pssst.«

Wir lauschen in die Stille. Ganz entfernt ist ein sehr leises Kratzen zu hören.

»Das ist doch sicher wieder die Katze«, sagt Dan viel zu laut, bevor er die Bettdecke zurückschlägt, um aufzustehen. Durch den Flur geht er zur Eingangstür, und dabei legt er jeden Lichtschalter um auf seinem Weg.

Ich wickle mich in die Decke und warte.

»Die Katze war es schon mal nicht«, informiert mich Dan, als er zurückkehrt.

»Er ist ein Kater«, erwidere ich.

Dan wirft mir einen Blick zu. Er besagt so viel wie: *Es könnte mir nicht egaler sein, welches Geschlecht diese rote Töle hat.*

Ich unterdrücke ein Seufzen. Dan ist dazu übergegangen, die Wände abzuklopfen und anschließend sein Ohr dagegenzudrücken.

»Hörst du was?«, frage ich.

»Im Augenblick nicht.«

»Was denkst du denn, was hinter den Wänden ist?«

»Hohlräume, vermute ich mal. Alte Schächte.« Missbilligend verzieht er das Gesicht. »Was weiß ich, was sich in dieser Bruchbude für Fehlkonstruktionen verbergen. Vermutlich beginnt es hinter dem Putz allmählich zu bröckeln, und irgendwann fällt das ganze Haus zusammen.« Er lässt von den Wänden ab und geht zu seinem Koffer.

»Ich weiß es nicht«, sagt er noch, »und ich habe ehrlich gesagt auch keine Lust, es herauszufinden.«

Ich sehe ihm dabei zu, wie er seine lange Sporthose aus dem Koffer zieht, ein Funktionsshirt, dann eine Jacke.

»Was hast du vor?«, frage ich stirnrunzelnd.

»Wonach sieht es denn aus? Ich gehe joggen.«

»Aber es ist doch erst …« Ich werfe einen Blick auf die Uhr.

»Gleich fünf«, sagt Dan. Er ist schon dabei, sich die Joggingschuhe zuzuschnüren. Obwohl ich nichts lieber tun würde, als mich wieder in die Kissen fallen zu lassen, schlage ich nun ebenfalls die Decke zurück und stehe auf, um Kaffee zu kochen.

Gemeinsam gehen wir in den Gang.

»Bin gleich wieder da.« Dan öffnet die Eingangstür, und Kater fitscht durch seine Beine. »Ach, verflucht noch mal. Lucy.«

Der Kater kommt schnurstracks auf mich zu und schmiegt sich an meine Waden, bevor er weiter in die Küche marschiert.

Dan stemmt die Hände in die Hüften. »Du hast ihn angefüttert? Das geht so nicht. Du weißt doch, dass ich allergisch bin.«

»Ich habe ihn nicht wirklich angefüttert«, erwidere ich ein kleines bisschen schuldbewusst, »er schaut einfach dann und wann vorbei, und …«

Dan schüttelt den Kopf. »Wir können später reden, okay? Bis gleich.«

Und mit einem letzten Blick in Richtung Küchentür ist er verschwunden.

Ich folge dem Kater. Er sitzt auf dem Gästebett unter der Fensterbank und putzt sich, und wie aus dem Nichts beginnt es auf einmal, hinter meinen Lidern zu brennen.

Ich eile auf ihn zu, und er hält mitten in der Bewegung inne, bevor ich ihn auf den Arm nehme und an meine Wange drücke.

»Kater«, flüstere ich. »Kater, Kater.«

Ziemlich genau eine halbe Stunde später habe ich meinen kleinen Zusammenbruch ad acta gelegt, den Kater gefüttert, Kaffee und ein Porridge aufgesetzt. Dan liebt Porridge. Warm, weich, sehr nahrhaft. Gegen Porridge gibt es nichts zu sagen. Gegen den Vierbeiner, der in seinem Körbchen im Wohnzimmer sein Futterkoma ausschläft, womöglich schon.

Dans Schlüssel dreht sich im Schloss, und schnell strecke ich den Kopf aus der Küche, um zu überprüfen, ob die Tür zum Wohnzimmer geschlossen ist. Sie ist angelehnt. Das dürfte reichen.

»Ich nehme eine kurze Dusche«, sagt Dan, bevor er an mir vorbei ins Bad eilt, und als er zehn Minuten später wieder auftaucht, ist mir auf den ersten Blick in sein entschlossenes Gesicht klar, dass mir nicht gefallen wird, was jetzt kommt.

»Ich habe nachgedacht.«

Habe ich es nicht gesagt? Ich wende meinen Blick von

Dan ab und wieder dem Porridge zu, das unentwegt gerührt werden muss, damit es nicht anbrennt. Eine erstklassige Tätigkeit, um Blickkontakt zu meiden und zu verhindern, dass das Gegenüber liest, was gerade in einem vorgeht. Ebenfalls nichts Gutes.

»Ich denke, es ist besser, wenn wir in ein Hotelzimmer ziehen.«

»In ein Hotelzimmer?« Nun blicke ich doch auf. »Wieso das denn?«

»Weil es keinen Sinn ergibt, sich hier in einer leeren Wohnung, die vermutlich hinter den weißen Wänden von Termiten zerfressen wird, auf unbequemen Schlafsofas die Nächte um die Ohren zu schlagen. In einem Hotel ist es viel bequemer.«

»Aber …« Ich schwinge meinen Kochlöffel. »Hier haben wir wenigstens eine Küche! In einem Hotelzimmer kann man sich gerade mal einen Tee kochen, wenn überhaupt.«

»Ja, und dann geht man runter und bedient sich am Frühstücksbuffet.« Dan, der im Türrahmen stehen geblieben war, stößt sich nun davon ab und blickt über meine Schulter in den Kochtopf.

»Porridge?«

»Ja.«

»Schön. Den gibt es im Hotelrestaurant sicher auch.«

Ich schiebe den Topf vom Herd und drehe mich zu Dan um. »Ist es nicht vollkommen sinnfrei, sich in der Stadt, in der man Miete für eine Wohnung bezahlt, ein Hotelzimmer zu nehmen? Ich meine, das hier ist doch nur eine provisorische Lösung. Unsere Möbel kommen bald. Ich habe fast drei Wochen lang auf dieser Gästematratze hier unter dem Fenster geschlafen und es auch überlebt.« Mein Blick fällt darauf. Ich schiebe den Gedanken an Oliver beiseite. »Die paar Nächte, Dan. Die kriegen wir auch noch hin.«

Einige Sekunden lang sieht er mich schweigend an, schließlich legt er mir beide Hände an die Taille und zieht mich zu sich.

Einmal mehr schwant mir nichts Gutes.

»Lucy«, beginnt er. »Ich dachte, wir suchen uns ein schönes Hotel in London.«

»In London?«

»Und während wir im Hotel wohnen«, fährt er fort, »finde ich, dass wir uns nach einer anderen Wohnung umsehen sollten.«

»Aber ...«

»Und die könnte eigentlich auch gleich in London sein.«

Und nun klappe ich den Mund zu. Bevor ich ihn wieder öffne, nach Luft schnappe und abermals zufallen lasse. Dann löse ich mich von Dan und gehe ein paar Schritte, bevor ich mich in ausreichender Entfernung wieder zu ihm umdrehe.

»Dan«, beginne ich, und schon das erste Wort klingt seltsam endgültig und merkwürdigerweise nur halb so verzweifelt, wie ich mich fühle. Es klingt kalt. »Wir hatten doch entschieden, dass eine so große Stadt wie London auch automatisch mehr Stress bedeutet. Dass es viel entspannter ist, im kleineren Brighton zu wohnen. Am Meer. Am Strand.«

Dan schnaubt. »Hast du dir den Strand mal angesehen? Alles ist voll von diesen riesigen Kieseln. Dort kann man nicht mal ins Wasser gehen, ohne sich die Füße aufzureißen, geschweige denn in Ruhe in der Sonne liegen.«

»Immerhin ist Brighton keine Metropole. London ist die drittgrößte Stadt Europas. Du selbst hast gesagt, du kannst dir Schöneres vorstellen, als nach Dienstschluss durch dichten Feierabendverkehr und Abgasnebel zu waten, um in einer überteuerten Schuhschachtel zu leben.«

Dan schüttelt den Kopf, als seien die Worte, die ich eben wiederholt habe, nicht haargenau so gefallen. Nicht einmal ein Jahr ist das her.

»Lucy.«

»Komm mir nicht so!« Diesen sanften, verständnisvollen Ton kenne ich nur allzu gut. Als wäre ich grenzdebil.

Er seufzt. »Erstens: Damals wusste ich noch nicht, dass das Apartment, das wir hier in Brighton angemietet haben, vielleicht keine überteuerte Schuhschachtel, dafür aber einen reichlich mitgenommenen Karton darstellt.« Dan breitet die Arme aus, als wollte er sagen: *Siehst du selbst, oder?* »Und zweitens: Pendeln bedeutet auch Stress. In London zu leben, würde mein Leben um vieles erleichtern.«

»Du hast gesagt, es macht dir nichts aus zu pendeln.«

»Ja, das hatte ich gesagt.«

»Was ist mit meinem Job?« Ich verschränke die Arme vor der Brust.

Dans Blick spiegelt seinen Ton von eben wider. »Ist dieser Job wirklich das, was du dir erträumt hast? Der es rechtfertigt, dass wir deshalb hierbleiben? Es gibt sicher hundert Tanzschulen in London. Und höchstwahrscheinlich sind die Menschen dort sogar weltoffener als hier in Brighton, und es finden sich ein paar mehr, die gerne Linedance lernen wollen. Und eventuell …« Er zieht die Brauen hoch. »Eventuell wollen ein paar davon sogar dafür bezahlen.«

Ich verdrehe die Augen. Ein kleines bisschen stimmt das alles sogar. London bietet viel mehr Möglichkeiten als Brighton, vermutlich in jeder Beziehung. Und selbst wenn meine kleinen Tanzeinlagen am Strand ein paar mehr Leute dazu animieren, sich in der *Dance Academy* anzumelden, gibt es keine Gewissheit, dass es am Ende genug sein werden, um einen, geschweige denn mehrere Kurse zu füllen.

Ich kaue auf meiner Unterlippe, und Dan holt zum letzten Schlag aus: »Es lässt sich doch jetzt schon absehen, wie viele Überstunden in den nächsten Monaten auf mich zukommen. Je weniger von meiner freien Zeit ich in Zügen verbringe, desto mehr davon bleibt für uns.«

Ich sehe ihn an, während ich meinen Brustkorb mit Luft fülle. Mist. Jetzt hat er mich wohl. Ich bin nicht mit ihm nach England gezogen, um meine Zeit allein zu verbringen. Oder mit Hannah. Mit Oliver. Ich bin nicht nach England gezogen, um plötzlich eine Katze zu halten, obwohl ich ganz genau weiß, dass Dan allergisch ist.

Himmel, was war bloß los mit mir?

Ich sehe Dan an, der mich ebenfalls schweigend betrachtet, mit diesem weichen, liebevollen Blick, den er zugegebenermaßen gut einzusetzen weiß und der mich trotzdem an etwas erinnert. Daran, dass Dan mich liebt. Und daran, dass wir uns einander versprochen haben. Wir haben uns dazu entschieden, unser Leben miteinander zu teilen, er mit mir, ich mit ihm. Dieser Neuanfang hier mag etwas holprig sein, doch er ist eben genau das, ein Anfang.

Ich sehe Dan an.

Der Anfang, denke ich. Vom Rest unseres Lebens.

26

Oliver

»Okay, und jetzt haben sie es auf einmal eilig?«

»Was heißt hier auf einmal, Ollie? Die Leute von ComGA warten schon mehr als anderthalb Jahre darauf, dass wir in die Pötte kommen. Jetzt sind sie begeistert von den ersten Levels und wollen die Marketing-Maschine anschmeißen, und zwar so früh wie möglich. Gemessen daran, dass wir aus ihrer Sicht ohnehin schon schrecklich spät dran sind.«

Ich gebe einen Laut von mir, der ziemlich dicht an ein Stöhnen heranreicht. Die junge Mutter, die mir gerade mitsamt Kinderwagen entgegenkommt, wirft mir einen befremdlichen Blick zu. Ich versuche ein Lächeln. Das macht es womöglich nicht besser. Vielleicht sollte ich einfach nicht telefonieren, wenn ich unterwegs bin, um Besorgungen zu machen.

Über den Lautsprecher meines Smartphones lacht Yunai mir ins Ohr.

»Köln also«, sage ich resigniert.

»Die Gamescom im August«, stimmt Yunai mir zu, »und dann die Tokyo Game Show im September.«

»Shit.«

Wieder beginnt Yunai zu lachen. »Es wird großartig werden, Ollie, glaub mir einfach. Die ersten Level sind fantastisch, die Fans werden ausflippen, ComGA wird eine Riesensache daraus machen, und dafür müssen wir ihnen dankbar sein. Das Spiel wird groß. Noch größer, als es ohnehin schon ist.«

»Okay.« Ich klinge kleinlaut.

Meine Freundin Yunai allerdings kennt kein Mitleid, das kannte sie noch nie.

»Also, Ollie-Pollie, August ist bekanntlich schon im nächsten Monat.«

»Ist mir bewusst.«

»Die Gamescom beginnt am ... lass mich kurz nachsehen ... am 20. Heute ist der 14. Juli. Wir haben also einen Monat, um unser Cat-Baby in Topform zu bringen. Räum schon mal einen Teil deines Schreibtischs frei, die liebe Yunai kommt rüber und macht dir das Leben noch ein bisschen mehr zur Hölle.«

»Fabelhaft.« Ich bleibe vor dem Laden stehen, in dem ich mir eine neue Maus kaufen will. Es lebe der Einzelhandel, wenn es darum geht, sofort eine Lösung zu brauchen.

»Wann willst du rüberkommen?«, frage ich Yunai.

»Gleich morgen? Ich bringe Frühstück mit.«

»Alles klar.« Gleich morgen. Ich bin kein Messi, aber auch kein Heiliger, wenn es um Ordentlichkeit, Sauberkeit und einen gefüllten Kühlschrank geht. Also kaufe ich am besten gleich noch Lebensmittel, wenn ich schon mal unterwegs bin.

Cola, Yunais Motoröl quasi. Chips, Kekse, solche Sachen. Und dann vielleicht auch noch etwas Substanzielleres wie … ein paar Salate? Brot? Nudeln und Fertigsauce?

Orlando fällt mir ein, dann Dante. Okay, nichts Italienisches also, denn falls Yunai etwas in dieser Richtung möchte, können wir es leicht unten im *Little Italy* holen.

Mit der Computermaus in der Tasche biege ich in den nächsten Supermarkt ein.

Bis ich wieder zu Hause bin, habe ich kaum mehr als ein paarmal an Lucy gedacht. Das ist ein Fortschritt. Die Sache ist nur – als ich die Treppe in den zweiten Stock nach oben gehe, sitzt sie dort, auf den Stufen, als hätte ich sie eben doch herbeigedacht. In Jeans, einer weißen Rüschenbluse, den Katzenkorb neben sich und Kater im Arm.

Stirnrunzelnd bleibe ich vor ihr stehen. Sie sieht nicht gut aus. Nein, so meine ich das nicht: Sie sieht fantastisch aus, wie immer, und auf der anderen Seite so, als habe sie tatsächlich ein Gespenst gesehen. Blass, die Augen rot gerändert, die Lippen rau, womöglich weil sie darauf herumgebissen hat, wie sie es in diesem Moment auch tut.

»Was ist los?«, frage ich ohne Umschweife. Ich stelle meine Einkaufstaschen neben mir ab und gehe vor ihr in die Knie. »Was ist passiert?« Denn dass etwas passiert ist, steht hier völlig außer Frage.

»Ich wollte dich bitten …« Sie klingt erstickt. Und anstatt weiterzusprechen, streckt sie die Arme aus und mir den Kater hin.

Ich runzle die Stirn. Lucy drückt das Tier zurück an ihre Brust.

»Und die hier.« Sie deutet auf den Korb neben sich. Den, den wir gemeinsam gekauft haben nach unserem Ausflug im i360. Er ist gefüllt mit Näpfen, Nass- und Trockenfutter. »Ich weiß, es ist viel verlangt, denn eigentlich wollte ich Kater ja ein Zuhause geben, aber Dan mit seiner Allergie ...«

»Klar.« Meine Antwort klingt genauso verwirrt, wie ich mich fühle. Und Lucy, sie wirkt nicht so, als sei das tatsächlich alles gewesen, was sie mir zu sagen hat.

»Natürlich.« Ich nicke, während ich eine Hand ausstrecke, um den Kater unterm Kinn zu kraulen. »Ich habe überhaupt nichts gegen einen Mitbewohner. Hoffen wir einfach, dass ich ihn davon überzeugen kann, künftig bei mir zu nächtigen. Er scheint dich ein bisschen lieber zu mögen als mich.«

Lucy gibt einen erstickten Laut von sich.

»Hey.« Ich lasse die Hand sinken und lege sie stattdessen auf Lucys Knie. »Sag mir doch, was los ist. Geht es nur um den Kater? Ich kann dir einen Zweitschlüssel besorgen, und du kannst jederzeit in die Wohnung, um ihn zu besuchen – falls er wirklich, tatsächlich bei mir einzieht, was ich ehrlich gesagt stark bezweifle. Aber ja, wir versuchen es und teilen uns das Sorgerecht, okay? Kater wird es hervorragend gehen. Viel besser als bei Audrey.«

Und das ist der Moment, in dem Lucys Tränen doch noch fallen, obwohl sie im selben Augenblick zu lachen beginnt und sie sofort wieder wegwischt.

»Das hätte ich nicht sagen sollen.«

»Nein. Doch.« Sie schnieft. »Es war genau das Richtige. Oliver.« Sie holt einmal tief Luft und setzt sich aufrechter hin. »Dan ist heute Morgen nach London gefahren. Und er kommt nicht mehr zurück nach Brighton.«

Einige Sekunden lang bin ich sprachlos. Dann frage ich: »Nicht?«, und es klingt scheinheilig und hoffnungsvoll und hocherfreut und komplett verwirrt, alles auf einmal, denn warum dann der Kater und – Shit.

»Ich meine, Gott, Lucy, was ist denn passiert?« Da. Schon besser. Mitgefühl und so weiter und so fort.

»Wir haben gestern beschlossen, dass es doch vernünftiger ist, wenn wir in London leben. Nicht in Brighton. Dans Arbeitsstunden sind viel zu lang, durch das Pendeln würden wir uns noch weniger sehen als ohnehin schon. Außerdem ist das Apartment hier leer und zugig und … Wir denken, es ist bequemer, erst mal in einem Londoner Hotel zu wohnen und von dort aus nach einer Wohnung zu suchen. In London.«

»Ihr zieht nach London. Beide«, fasse ich zusammen. Tonlos diesmal, ohne Hoffnung oder Freude oder sonst was in der Stimme. Wenn Lucy vor dieser Unterhaltung noch nicht geahnt hat, wie es um mich steht, müsste sie es jetzt deutlich in meinem Gesicht lesen können. Doch ihr Blick ist verschleiert, und ich denke nicht, dass sie etwas anderes wahrnimmt als ihre eigene Traurigkeit. Und ich frage mich, warum sie so traurig ist. Wo sie doch beide entschieden haben, einvernehmlich. Oder etwa nicht?

Ich räuspere mich. »Was ist mit deinem Job?«

Lucy seufzt. »Der ist nicht ganz so toll, wie ich mir erhofft hatte, oder?«

»Und … die Samstage am Strand?«

Jetzt nickt sie. Dann blickt sie auf meine Hände, die nach wie vor auf ihren Knien liegen, und sofort lasse ich sie los.

»Ich werde die beiden ausstehenden Samstage auf jeden Fall noch herkommen, so steht es auf den Flyern. Und in der Tanzschule … Ich bin noch in der Probezeit, also kann ich leicht von heute auf morgen kündigen. Miriam wird vielleicht nicht begeistert sein, jetzt, da sich tatsächlich ein paar Leute für meinen Linedance-Kurs angemeldet hatten, aber … Ich kann es gerade nicht ändern. Dans Karriere ist im Augenblick wichtiger, einfach weil er eine hat.«

Aber was ist mit dir?, würde ich am liebsten fragen. *Denkt er auch nur einmal an dich bei seiner ganzen Karriereplanung?*

»Ich finde, du hast schon alles für ihn getan, was man so tun kann«, sage ich schließlich resigniert. »Ich meine, du bist von Texas nach England gezogen, du folgst ihm nach London, du …« Ich werfe einen Blick auf den Kater. Dann stehe ich auf.

Sie ist verlobt, rufe ich mir in Erinnerung. Hier geht es nicht nur darum, irgendeinem Typen irgendwohin zu folgen. Er hat sie gefragt, ob sie ihn heiraten würde, und sie hat Ja gesagt. Klar?

Lucy steht ebenfalls auf.

Ich greife nach meinen Einkäufen, dann nach dem Katzenbett. Gemeinsam gehen wir die letzten Stufen zu meiner Wohnung hinauf.

Ich habe nicht den Eindruck, dass Lucy den Kater loslassen möchte, doch als ich die Tür aufgeschlossen habe, höre ich sie in sein Ohr wispern, bevor sie ihre Lippen in sein Fell drückt und ihn schließlich auf den Boden setzt. Wie ein Pfeil schießt er durch meine Beine in die Wohnung.

Ich drehe mich zu Lucy um.

»Ich …«, beginne ich, doch da hat Lucy schon die Hände auf meine Schultern gelegt und mir einen Kuss auf die Wange gedrückt.

»Auf Wiedersehen, Oliver«, sagt sie.

»Auf Wiedersehen, Lucy.«

Und das war's. Mit einem letzten, sehnsuchtsvollen Blick in mein Apartment läuft sie die Treppe nach oben, ohne sich noch einmal umzudrehen.

Ich sehe ihr nach, lange nachdem ihre Schritte verhallt sind und die Tür ihrer Wohnung ins Schloss gefallen ist. Ich kann sie nicht aufhalten, sosehr ich mir das wünschen würde, und es steht mir nicht zu, es zu versuchen.

Ich gehe in meine Wohnung. Suche den Kater und finde ihn auf dem Sessel in meinem Arbeitszimmer – dem, in dem Lucy vor nicht allzu langer Zeit mit ihm gesessen hat.

Ich räume die Einkäufe weg. Platziere Katers Näpfe in der Küche unter dem Fenster und das Katzenbett neben meinem Schreibtisch. Dann setze ich mich und fahre meinen Computer hoch.

Alles ist wie immer. Aber nichts ist mehr so, wie es war.

27

Lucy

Liebe Edna,

ich weiß, ich habe eine Weile nicht geschrieben, und du bist vermutlich sauer, aber mir war einfach nicht danach. Dan und ich sind jetzt seit beinah zwei Wochen in London und ...

London ist fabelhaft. Eine große, aufregende, bunte und elektrisierende Stadt mit ...

Das Hotel ist ebenfalls sehr schön. Es liegt ziemlich zentral im ... Was heißt zentral, es liegt im Banken- viertel, in der Nähe von Dans neuem Büro, und ... Dan ist zwar nicht oft hier, aber ...

Ich raufe mir die Haare. Versuche es noch einmal.

Heute ist Samstag, immerhin das. Vergangene Woche hat es derartig geregnet, dass der Linedance- Kurs ausfallen musste, aber heute findet er statt. Zum letzten Mal, was natürlich bedauerlich ist, aber ...

Na, bravo, Lucy. Jetzt sprichst du schon mit deinem Tagebuch wie mit einem entfernten Verwandten.

Ich lege Edna zurück in die Schublade meines Nachttischs und lasse mich zurück aufs Bett fallen. Es ist noch tierisch früh, noch nicht einmal sechs Uhr, Dan ist vermutlich laufen gegangen, sein Bett war jedenfalls leer und kalt, als ich aufgewacht bin.

Das Hotel ist schön. Teuer und exquisit, wie Dan es formuliert, doch ich schlafe so schlecht wie schon lang nicht mehr. Nicht mal in der Chestnut Road habe ich schlechter geschlafen als hier. Nicht mal auf der Luftmatratze. Nicht mal in den Nächten, in denen es spukte. Ich habe keine Ahnung, was hier nicht stimmt, doch mittlerweile bin ich so müde, dass ich manchmal im Sitzen einschlafe.

Nicht so heute, beschließe ich. Denn heute ist der letzte Samstag meiner Linedance-Sessions am Strand von Brighton und …

Ein Stich fährt mir ins Herz, so heftig, dass ich an meine Brust greife.

Ich weiß nicht, was mit mir los ist, ich fühle mich furchtbar. Diese Tage hier. Einsam und leer und nur halbherzig durch die Suche nach einer Wohnung gefüllt, die mir aussichtslos, sinnlos und überflüssig erscheint.

Entschlossen schlage ich die Bettdecke zurück.

Lucy Dixon, du bist doch kein Jammerlappen, komm endlich mal wieder in die Gänge, verstanden?

Verstanden. Ich stapfe ins Badezimmer. Doch schon beim Blick in den Spiegel zucke ich zusammen. Mir ist nicht ganz klar, was sie hier in London ins Trinkwasser geben, doch so blass und eingefallen habe ich sicherlich noch nie ausgesehen. Die dunklen Ringe unter den Augen sind auch neu. Und meine Lippen wirken rau und spröde und so, als hätten sie zu lächeln verlernt.

»Lucy?«

»Ja?« Ich greife nach dem Bademantel am Türhaken und schlüpfe hinein, bevor ich ins Zimmer gehe. Dan ist zurück und dabei, sich aus seinen verschwitzten Joggingsachen zu schälen.

»Ich muss duschen. Kannst du unten anrufen und Frühstück bestellen? Eier und Orangensaft für mich. Geht das? Ich muss heute früher ins Büro, die Verträge mit diesem Zulieferer aus Schottland sind ein einziges Chaos, grauenvoll.«

»Okay.« Das ist alles, was ich sage, bevor ich zum Telefonhörer greife und Frühstück bestelle. Ich sage nicht: *Aber Dan, es ist doch Samstag!* Noch: *Kann das nicht jemand anderer für dich übernehmen, du arbeitest ohnehin schon rund um die Uhr!* Wenn mir die zwei Wochen, die wir nun schon in London sind, etwas gezeigt haben, dann dass jede dieser Fragen gleich beantwortet wird, mit einem *Nein* nämlich.

»Lucy.« Nur mit einer Unterhose bekleidet, bleibt Dan vor mir stehen, legt eine Hand an meine Wange und drückt mir einen Kuss auf den Mund. »Du ziehst schon wieder dieses Gesicht.«

»Welches Gesicht?«

»Das Gesicht, dem nicht klar ist, dass das nur eine Phase ist. In ein paar Monaten, spätestens im nächsten Jahr, hat sich alles eingespielt und ich habe meine 50-Stunden-Woche wieder. Ich verspreche es.«

»Hm.« Für eine Sekunde überlege ich, ob ich Dan darauf hinweisen sollte, dass eine 50-Stunden-Woche auch nicht gerade der Normalzustand sein sollte, geschweige denn erstrebenswert, dann lasse ich es bleiben. Auch verkneife ich mir anzumerken, dass der Umzug nach London bislang wohl kaum den erwünschten Erfolg gebracht hat, nämlich dass wir beide mehr Zeit füreinander haben. Irgendwie kommt es mir sogar weniger vor denn je.

Im Augenblick bin ich zu müde für alles – für Diskussionen, für Scherze, dafür, mich gegen irgendetwas aufzulehnen oder für etwas einzustehen. Ich bin einfach nur müde. Im Grunde habe ich keine Ahnung, wie ich heute Nachmittag einen Fuß vor den anderen setzen soll. Oder gar tanzen.

Ich bin dabei, ein Holzfällerhemd, silberne Cowboy-Stiefel und meinen Hut in eine Umhängetasche zu packen, als Dan aus dem Bad kommt.

»Was tust du da?«

»Ich packe mein Linedance-Outfit ein«, erwidere ich tonlos. »Ich will nicht schon im Zug aussehen wie ein Cowgirl.«

»Welcher Zug?«

Bei der Frage halte ich inne. »Das weißt du doch«, erwidere ich verwirrt. »Der Zug nach Brighton, wo mein

Linedance-Kurs stattfindet, auf dem Basketballplatz am Strand.«

Dan runzelt die Stirn. »Ich dachte, das hätte sich längst erledigt. Ich meine, nachdem das Ganze als kleiner Werbe-Gig gedacht war, um Teilnehmerinnen für die Tanzschule zu akquirieren. Du arbeitest doch gar nicht mehr bei dieser Schule?«

Er stellt die Frage so, als sei ich die Begriffsstutzige und nicht er derjenige, der das Ganze einfach vergessen hat.

»Nun«, erkläre ich deshalb ein kleines bisschen kühl, »auf den Flyern war von vier Samstagen die Rede, und die werde ich auf jeden Fall machen, und sei es nur um der Sache willen. Es gibt da eine Gruppe von Mädchen, die verlassen sich auf mich.«

»Letzten Samstag warst du nicht in Brighton.«

»Letzten Samstag hat es dort Hunde und Katzen geregnet.«

Wir stehen einander gegenüber und starren uns an, und ich habe keine Ahnung, worum es hier eigentlich geht, bis Dan sagt: »Gut. In Ordnung. Fahr du nach Brighton und tanz eine Runde. Ich hoffe nur, du bist rechtzeitig zum Dinner mit den Hendricks wieder hier.«

»Das ... ist heute?« Mist. Das wichtige Dinner mit den wichtigen Hendricks, der wichtigste Geschäftspartner mit seiner wichtigen Frau.

»Lucy, ich habe dir schon vor Tagen gesagt, dass das Essen am Samstagabend stattfindet. Du hast gesagt, es sei in Ordnung.«

Noch mal Mist. Ich sage doch, ich bin müde und energie-
los und … offensichtlich doch vergesslich. Ich seufze.

»Also gut. Ich werde rechtzeitig wieder hier sein. Um
acht, richtig? Im *Ivy*?«

»Um sieben«, sagt Dan. »Im *Three Moons*.« Er sieht
mich an, als hätte er keine Ahnung, wer die Frau ist, die da
vor ihm steht, und ich kann es ihm nicht mal verdenken.

»Okay, ich schaffe das. Ich schaffe beides.«

Und das werde ich auch. Ganz sicher werde ich das.

Ich komme rechtzeitig in Brighton an, und ich schließe
Hannah in die Arme wie eine Rettungsboje.

»Hey«, sagt sie lachend, als ich mich endlich von ihr löse.
»Was …« Und dann sieht sie mir ins Gesicht und zieht
mich wortlos zurück in ihre Arme.

Der Nachmittag vergeht wie im Flug. Es sind an die
dreißig Teilnehmerinnen, die meisten davon waren bei den
ersten beiden Terminen auch schon da, viele haben sich einen Cowboy-Hut besorgt. Einige sind sehr enttäuscht, dass
es nun doch keinen Linedance-Kurs in der *Dance Academy*
geben wird. Ich versuche, sie damit zu trösten, dass wir
heute zu Miley Cyrus' *Flowers* tanzen. Gibt es irgendeinen
Song auf der Welt, der einem mehr Power verleiht?

»Ich wüsste jemanden, der dir sofort Blumen kaufen
würde«, gibt Hannah in einer Trinkpause zum Besten.

»Das täte er sicher, wenn er mal Zeit dafür findet«, gebe
ich trocken zurück.

Hannah lacht, doch es klingt ungewöhnlich bitter. »Oh,

ich spreche nicht von deinem mit seiner Karriere verheirateten Verlobten«, sagt sie, und beinah verschlucke ich mich an dem Wasser, das ich gerade trinke.

»Wie …«, beginne ich und überlege es mir am Ende doch anders, »… geht es dem Kater?«

Hannah sieht mich an, als habe sie mich komplett durchschaut. Was ganz sicher auch der Fall ist.

»Dem *Kater*«, erwidert sie langsam, »geht es so mittelgut. Laut Dante hat er sich wieder vornehmlich in seine dunkle Höhle zurückgezogen und verweigert das Futter.«

Sie sieht mich an. Ich starre zurück. Dann drücke ich *Play*, und Miley Cyrus zeigt uns Frauen einmal mehr, wie es geht.

Wie erwähnt, der Nachmittag vergeht wie im Flug. Viel zu schnell und ohne besondere Vorkommnisse. Die da wären – Oliver zum Beispiel. An den ich besser nicht denken möchte, und er offenbar auch nicht an mich, jedenfalls fehlt jede Spur von ihm. Was sicher besser ist. Ganz sicher sogar.

Auf dem Weg zurück zum Bahnhof versuche ich, so wenig wie möglich von Brighton wahrzunehmen, denn schon der kleinste Blick aufs Meer tut weh. Mir war nicht klar, wie schnell man sich in einen Ort verlieben kann, bis ich nach England gezogen bin. Und ich kann nur hoffen, dass es mir mit London genauso ergehen wird, wenn ich mich erst mal an all das gewöhnt habe. An die vielen Menschen. Die vollgestopften U-Bahnen. Den Verkehr, das Überangebot, die schiere Größe.

Bis ich zurück im Hotel bin, habe ich eine Textnachricht von Dan, die besagt, dass ich mir ein Taxi zum Restaurant nehmen soll, denn er werde direkt vom Büro aus dorthin fahren.

Auch gut.

Ich dusche, wasche mir die Haare, föhne und glätte sie und stecke sie dann zu einem Knoten zusammen, der bei anderen Frauen womöglich elegant aussieht, mir aber nur selten wirklich gelingt. So wie diesmal auch wieder. Über die Schulter betrachte ich das Krähennest in meinem Nacken im Spiegel. Was soll ich sagen? Vielleicht hilft ein bisschen Make-up? Ich krame in meinem Koffer nach dem Schminktäschchen, das ich bisher noch nicht gebraucht habe, dann lege ich Wimperntusche, Rouge und Lippenstift auf.

»Wie von den Toten auferstanden«, flüstere ich meinem Spiegelbild zu. Vielleicht hätte ich mich in letzter Zeit öfter mal schminken sollen.

Zuletzt entscheide ich mich für ein Kleid. Es ist bodenlang und aus waldgrünem Samt, eigentlich zu warm für die Jahreszeit, nicht aber für England. Ganz abgesehen davon, dass es keine Ärmel besitzt, nur zwei breite Träger, die um meinen Hals zusammenlaufen.

Es dauert eine halbe Taxifahrt ins East End, bis mir klar wird, was hier nicht stimmt.

Ich fühle mich wie ein Roboter. Ich benehme mich wie ein Roboter, und ich sehe wie einer aus. Wenn man davon ausgeht, dass der Roboter des 21. Jahrhunderts sich in Samt

266

kleidet und Lippenstift trägt. Ich ziehe den kleinen Handspiegel aus meiner Clutch und betrachte einmal mehr mein Spiegelbild. Ich bin vielleicht von den Toten auferstanden, denke ich, aber ich bin immer noch leblos.

Rose und Theo Hendricks sind zusammen vermutlich 130 Jahre alt und haben doppelt so viel Energie wie ich. Er ist alter englischer Adel, sie angeheiratete Eleganz. Und Dan ist alles, was sie sich von einem Geschäftspartner nur wünschen können. Er ist weltmännisch, abgebrüht, eloquent. Kühl unter der Oberfläche, und trotzdem bin ich die Einzige am Tisch, die bei seinen Plattitüden fröstelt. Die zusammenzuckt, wie aus einem Traum erweckt, als er auf dem Tisch und vor den Augen aller nach meiner Hand greift. Der mit dem Verlobungsring.

»Ist alles in Ordnung mit dir?«, fragt er, als wir vor dem Restaurant auf das Taxi warten, das uns zurück ins Hotel bringen soll. »Du warst den ganzen Abend über so schweigsam.«

Ist alles in Ordnung mit mir?, wiederhole ich in meinem Kopf. *Ist alles in Ordnung mit mir?*

Und dann beschließe ich, von jetzt auf gleich, dass – nein – ziemlich vieles nicht in Ordnung ist.

»Macht es dir etwas aus, wenn wir ein Stück gehen?«, frage ich Dan schließlich.

»Zu Fuß? In diesen Schuhen?« Er blickt auf meine High Heels und dann ein bisschen erstaunter, als ich die Schuhe ausziehe und sie am Riemen von meinem Handgelenk baumeln lasse.

»Lucy …«

»Ich möchte mit dir reden, Dan«, unterbreche ich ihn. »Es ist wichtig.«

Und das ist es. Sehr wichtig sogar.

28

Oliver

Kaum etwas kann mich mehr überraschen, wenn es in diesen Tagen an der Tür läutet – dieser Anblick aber bringt es dennoch fertig.

»Hannah?« Verblüfft starre ich sie an. Dann öffne ich die Tür ein Stück weiter.

»Sieht ganz danach aus, oder?« Sie lächelt nicht. Ich lächle auch nicht. Wir stehen einander gegenüber, stirnrunzelnd und so, als wüssten wir beide nicht so recht, wie wir in diese Situation hineingeraten sind. Alles, was ich gerade weiß, ist, dass sich die seltsamsten, glücklichsten und traurigsten Momente meines Lebens in letzter Zeit offenbar vor meiner Wohnungstür abspielen. Und dass Hannah Lewis, seit ich hier lebe, noch nie davorgestanden ist. Und das bedeutet wohl, dass es einen wirklich triftigen Grund dafür geben muss.

Oh mein Gott. »Ist etwas mit Lucy?« Ich kann förmlich spüren, wie mir die Farbe aus dem Gesicht weicht. »Ist ihr etwas passiert?«

»Was? Nein? Du musst nicht immer von dir auf andere schließen.«

»Von mir auf andere? Wieso … Ah!« Die Kettensägenmörderfantasie. »Verstehe.«

Hannah verdreht die Augen. »Darf ich reinkommen?«

»Bist du sicher?«

»Ganz sicher, Mr. Weirdo, und, von mir aus – es tut mir leid, dass ich dich für einen Kettensägenmörder gehalten habe. Ganz offensichtlich bist du keiner. Zufrieden? Lässt du mich nun rein oder nicht?«

»Wenn das keine Entschuldigung war, habe ich nie eine gehört.« Ich öffne die Tür weiter. »Komm rein. Kann ich dir etwas anbieten? Tee? Kaffee? Mein Blut?«

Hannah schnaubt. Sie geht ein paar Schritte den Gang hinunter, dann dreht sie sich zu mir um. »Du musst mir einen Gefallen tun.«

»Äh … muss ich?«

»Hey.« Yunai streckt den Kopf aus meiner Bürotür. »Habe ich Kaffee gehört?« Sie wirft mir einen fragenden Blick zu, bevor sie sich an Hannah wendet. »Hallo! Ich bin Yunai, Ollies Ein und Alles.«

Ich schüttle den Kopf. »Das ist Hannah, meine Nachbarin von gegenüber«, stelle ich Hannah vor. »Und das ist Yunai, meine *Geschäftspartnerin*.«

»Und beste Freundin!« In dem Blick, mit dem sie Hannah bedenkt, schwingt – wie seit Natalie üblich – eine gute Portion Drohgebärde mit, was Hannah verwirrt die Stirn runzeln lässt.

»Kaffee kommt gleich«, sage ich Yunai, bevor ich Hannah in Richtung Küche schiebe. Dort angekommen, schließe ich die Tür hinter uns und mache mich daran, die Espresso-kanne zu befüllen.

»Bist du sicher, dass du keinen willst?«

»Ist diese Frau wirklich nur deine Geschäftspartnerin?«, fragt Hannah anstelle einer Antwort. »Sie wirkt wie ein eifersüchtiger Terrier, der sein Frauchen verteidigt.«

Ich schnaube. »Das ist eine ziemlich genaue Beschreibung von Yunai, aber ja: Wir sind Geschäftspartner. *Und* sie ist meine beste Freundin mit ziemlich terrierhaftem Beschützerinstinkt.«

»Wovor ... Egal.« Hannah schüttelt den Kopf. Dann sagt sie: »Ich habe nicht lange Zeit, sonst verpasse ich die Redaktionskonferenz, also komme ich besser gleich zur Sache: Du warst vorgestern nicht beim Linedance.«

»Nein«, erwidere ich langsam, »war ich nicht. Und ich hätte auch nicht damit gerechnet, dass mich dort jemand vermissen würde, ehrlich gesagt.«

»Lucy war da, und ... sie sah nicht glücklich aus.«

Ich bin dabei, das Kaffeepulver in die Kanne zu löffeln, doch nun halte ich in der Bewegung inne.

»Und von Dante weiß ich, dass du auch nicht glücklich bist.«

»Moment mal.« Ich drehe mich zu Hannah um, ein ungläubiges Lächeln im Gesicht. »Was weiß Dante ... okay, egal. Sag mir einfach, was das hier wird. Lucy ist nicht glücklich, ich bin nicht glücklich? Wo bitte schön ist da der Zusammenhang?«

Mein Puls schlägt in meinem Hals bei dieser Lüge,

ich kann nur hoffen, dass Hannah es nicht bemerkt. Ihr wissender Blick allerdings spricht Bände.

»Mir ist schon klar, dass ihr euch erst ein paar Wochen kennt«, beginnt sie, und mein ungläubiges Lächeln wird zu einem Lachen.

»Hannah«, unterbreche ich sie. »Worauf willst du hinaus?«

Ich stelle die halb befüllte Kaffeekanne beiseite und verschränke die Arme vor der Brust. Vor zwei Wochen hat Lucy sich von mir verabschiedet, und seither habe ich nichts von ihr gehört. Weder hat sie sich nach dem Kater erkundigt, der übrigens nach wie vor keinen festen Wohnsitz zu haben scheint, noch nach mir. Ich habe keine Ahnung, was Hannah sich da zusammenreimt, aber ich bin mächtig gespannt, es zu hören.

»Ich will darauf hinaus«, erwidert Hannah, »dass ich das Gefühl habe, Lucy ist nicht glücklich mit diesem amerikanischen Ölbohrer, schafft es aber nicht, sich das selbst einzugestehen.«

Nicht glücklich, denke ich, doch aus meinem Mund kommt: »Wie kommst du darauf?«

»Wärst du gestern da gewesen, hättest du es selbst bemerkt«, gibt Hannah leicht gereizt zurück. »Sie war leichenblass, die Wangen eingefallen, der Blick leer. Das Einzige, was sie ein bisschen mit Leben gefüllt hat, war das Tanzen.«

Ich runzle die Stirn. »Vielleicht war sie erkältet?«

Hannah sieht mich an, als ob sie mir einen Schlag versetzen wollte, und schließlich tut sie es wirklich.

»Aua.« Ich greife mir an die Schulter.

»Das war für ausgesprochene Dummheit.« Hannah starrt mich nieder, und schließlich seufze ich resigniert.

»Sie ist verlobt.« Ich habe ehrlich keine Ahnung, wie oft ich diesen Satz noch vor mich hinbeten muss.

»Ja«, sagt Hannah, »und ich wette, das war schon vor ihrem Umzug nach England keine gute Idee. Hat Lucy dir erzählt, dass ihre Schwester von Anfang an etwas gegen diesen Dan einzuwenden hatte? Und dass die beiden schon seit *zwei Jahren* verlobt sind, er aber keine Anstalten macht, sich auf ein fixes Hochzeitsdatum festzulegen? Hat sie dir erzählt, dass Dan ihren Vater zuerst kannte, weil die beiden seit Jahren miteinander golfen?«

»Ich … Nein, das wusste ich nicht. Also, das mit der Schwester hat sie mal angedeutet, aber …«

»Sie ist nicht glücklich, Oliver«, wiederholt Hannah nachdrücklich, und ich kann mich nicht daran erinnern, dass sie je zuvor meinen Namen ausgesprochen hätte. »Aus jedem Gespräch, das ich je mit ihr über diesen Dan geführt habe, ging das hervor. Und sie mag *dich*.«

»Sie mag dich auch«, platzt es aus mir heraus.

Hannah verdreht die Augen. »Ich habe zwar keine Ahnung, wieso«, fährt sie unbeirrt fort, »aber ich spüre, wenn bei zwei Menschen die Chemie stimmt, das kannst du mir glauben.« Sie verzieht das Gesicht, dann grinst sie. »Also, bei *anderen* spüre ich das zumindest, bei mir selbst braucht es manchmal etwas länger.«

»Hannah.« Erneut greife ich zur Espressokanne in dem

verzweifelten Versuch, dieses Gespräch so beiläufig wie möglich zu halten. Beziehungsweise zu beenden. »Lucy hat sich entschieden, mit Dan nach London zu ziehen. Mit ihrem Verlobten. Ohne den sie überhaupt nicht in England wäre. Und ja ...«, komme ich Hannah zuvor, die bereits den Mund geöffnet hat, »wir verstehen uns gut, aber das hat noch lange nichts mit Chemie zu tun. Oder Gefühlen. Wir haben uns angefreundet, das ist alles. Wir mögen uns. Aber ganz sicher bin ich nicht der Mann, der sich in eine Beziehung mischt. Oder der, für den eine Frau ihre Beziehung zu einem anderen infrage stellen würde. Noch dazu zu so einem Mann wie Dan.«

Einmal mehr öffnet Hannah den Mund, dann schließt sie ihn wieder. Vielleicht habe ich sie schockiert mit meinem eher ungewohnten Redeschwall, vielleicht habe ich sie überzeugt. Ich bin jedenfalls wirklich nicht der Mann, für den eine Frau alles aufgeben würde. Oder auch nur ein bisschen.

In die nachfolgende Stille hinein läutet mein Handy. Ich ziehe es aus der Gesäßtasche meiner Jeans.

»Meine Mutter. Da muss ich rangehen.«

»Alles klar.« Hannah nickt. Beißt für eine Sekunde auf ihrer Unterlippe herum, als sei sie unschlüssig, ob sie gehen soll. Dann tut sie es.

»Wir sehen uns«, sagt sie, und dann ist sie weg.

Ich blicke ihr nach. Die Gefühle in meinem Innern, die ich in den vergangenen Wochen mühevoll unter Kontrolle gebracht habe, machen sich auf beunruhigende Weise er-

neut bemerkbar. Schließlich hebe ich seufzend das Smartphone ans Ohr.

»Ja? Mum?«

»Oliver. Kannst du ins Krankenhaus kommen?«

29

Lucy

Ich erinnere mich noch gut an den Tag vor fünf Wochen, als ich in der Chestnut Road ankam. Mit eben diesem Koffer, ohne eine Jacke, den Blick auf die Hausnummern gerichtet. Damals, denke ich, als ich meinen Trolley die Stufen zum Eingang von Nummer 23 hinaufhieve, war ich nicht halb so nervös wie heute.

Ich schleppe mein Gepäck die Treppen hoch, in den ersten Stock, in den zweiten. Ich denke darüber nach weiterzulaufen, nach oben, in das Apartment, für das ich nach wie vor Miete bezahle, doch am Ende bleibe ich wie festgeklebt auf dem Treppenabsatz vor Olivers Wohnung stehen.

Und bleibe stehen.

Und stehe immer noch, etwa zehn Minuten später, als mit einem Mal Lärm durch den Hausflur nach oben hallt. Schnell drücke ich mich an die Wand, um von unten nicht gesehen zu werden.

»Nein«, schimpft Orlando lautstark, »Mozzarella nicht gleich Mozzarella, *scemo*. Du kannst eine Nelke nicht von einer Rose unterscheiden, äh? *Poveretta, tua madre!*«

Trotz meiner inneren Unruhe muss ich lachen. Und von jetzt auf gleich fühle ich mich besser, ich fühle mich ... zu Hause. Und ich weiß selbst nicht, weshalb dieser Gedanke mich überrascht, denn nichts anderes habe ich Dan mitgeteilt, sobald ich meinen Vorsatz in Worte fassen konnte: Ich habe ihm gesagt, dass ich nicht erklären kann, wie es passiert ist oder weshalb ich mir so sicher bin, aber dass ich weiß, ich muss in Brighton bleiben. Ich weiß es einfach. Es ist, als sei ich von Austin, Texas, in ein britisches Pendant für Heimat geflogen; an einen Ort, der mich umarmt, der mir Wärme gibt und Sicherheit und Selbstvertrauen und Mut.

Ich nehme an, es wundert nicht, dass Dan nichts mit meinen Worten anzufangen wusste. Er hat mich angesehen, als würde ich schlafwandeln und mich nicht gerade sehr wach und sehr bestimmt mit ihm unterhalten. Weshalb ich ihm gesagt habe, dass ...

Immer noch an die kühle Wand des Treppenhauses gelehnt, atme ich einmal tief durch. Selbst wenn ich das Gespräch in Gedanken Revue passieren lasse, schnürt es mir die Kehle zu. Nach acht Jahren Beziehung habe ich Dan gestern mitgeteilt, dass wir lieber nicht heiraten sollten. Weil wir so wenig kompatibel sind wie Brighton und London, weil wir uns mit den Jahren voneinander entfernt haben, anstatt zusammenzuwachsen. Dan warf mir vor, ich hätte mich geweigert, erwachsen zu werden. Ich sagte ihm, dass ich niemals meine Karriere vor die Beziehung zu den Menschen stellen würde, die ich liebe.

Wir haben lange geredet. Einen Abend und einen ganzen Tag lang. Wir waren spazieren im Hyde Park, haben zusammen gegessen, saßen Stunden an der Hotelbar – wie auch immer ich mir eine Bilderbuchtrennung vorstellen würde, das war sie. Denn am Ende haben wir beschlossen, dass wir Freunde werden. Werden, nicht bleiben. Weil wir in den letzten Jahren schon keine mehr gewesen sind.

Ich stoße mich von der Wand ab. Atme einmal mehr tief, tief ein und steure mit dem Zeigefinger den Knopf neben Olivers Klingelschild an. Und …

Ich ziehe den Finger zurück. Ich kann's nicht. Vielleicht sollte ich runtergehen ins *Little Italy*, um mir eine kleine Prise Mut anzutrinken. Ich meine: Was um Himmels willen gibt mir denn die Sicherheit, dass Oliver mich nicht für vollkommen verrückt hält, wenn ich plötzlich, wie aus dem Nichts, vor seiner Tür auftauche, und … Ja, was eigentlich? Ihn frage, ob er ganz zufällig auch ein kleines bisschen an mir interessiert ist? Also, ein ordentliches bisschen eigentlich, das über freundschaftliche Nachbarschaft hinausgeht? Ob er sich vorstellen könnte, dass sich darauf vielleicht etwas aufbauen lässt? Ein Level nach dem anderen?

Ich verziehe das Gesicht. Schätze, diese Rede muss ich noch ein bisschen üben.

Gerade umfasse ich den Griff meines Trolleys, als Olivers Tür schwungvoll aufgerissen wird.

»Darf ich erfahren, weshalb du seit einer halben Stunde vor dieser Tür herumlungerst?«

Die kühle, schneidende, reichlich genervte Stimme gehört auf keinen Fall Oliver. Mein Blick huscht zu dem Klingelschild – *Bellingcourt*. Es wäre auch zu schön gewesen, wenn ich mich einfach in der Tür geirrt hätte und da nicht diese junge, hübsche Frau den Kopf herausstrecken würde. Ihre Haare sind seidig und schwarz und fallen ihr gerade so auf die Schultern, die dunklen Augen sind von funkelndem hellblauen Lidschatten umrahmt. Sie ist sicher einen Kopf kleiner als ich und flößt mir dennoch Angst ein.

Und dann fällt es mir wie Schuppen von den Augen: Yunai! Natürlich, Olivers Kindergartenfreundin und Geschäftspartnerin. Ein erleichtertes Lächeln macht sich auf meinem Gesicht breit.

»Du musst Yunai sein«, sage ich freudestrahlend.

»Wer will das wissen?«, erwidert sie.

Ich lasse die Hand, die ich ihr gerade entgegenstrecken wollte, wieder sinken. »Äh«, beginne ich schon deutlich weniger selbstbewusst. »Ich bin Lucy.«

»Lucy.«

Okay. Jetzt lächelt niemand mehr.

»Olivers Nachbarin von oben?«

Sie mustert mich von Kopf bis Fuß. »Ich dachte, du seist ausgezogen.«

Er hat von mir erzählt? Gerade will ich mich ein kleines bisschen darüber freuen, da trifft mich erneut Yunais kalter und abschätzender Blick.

Ich räuspere mich. »Ist er da? Kann ich ihn sprechen?«

»Ist er nicht.«

Ich sehe Yunai abwartend an, doch die schweigt.

»Okay.« Ich nicke. Dann greife ich erneut nach meinem Koffer. »Dann komme ich später wieder.«

»Warum?«

»Hm?«

»Ich habe gefragt, warum?«, wiederholt sie, jedes Wort betonend. »Ich meine, gibt es etwas Dringendes? Dann kann ich es Ollie ausrichten. Und du kannst zurück nach London fahren. Zu deinem *Verlobten*.«

Ich lasse den Koffer Koffer sein und drehe mich erneut zu Yunai um. Sie sieht aus, als wolle sie mir den Hals umdrehen, und dafür kann es eigentlich nur eine Erklärung geben: Oliver hat ihr mehr gesagt als meinen Namen. Er hat ihr erzählt, dass ich erstens verlobt, zweitens weggezogen bin, und eventuell, ganz vielleicht war er darüber nicht sonderlich glücklich. Während ich Yunais verärgertes Gesicht betrachte, breitet sich Wärme in meinem Inneren aus, ein glühender Strahl der Hoffnung.

Yunai verdreht die Augen. Das hat sie gesehen, sie ist ja nicht dumm.

»Wenn du ihm wehtust, prügle ich dich windelweich«, sagt sie, und meine Augen weiten sich.

»Okay?«, erwidere ich ungläubig, aber Yunai nickt nur.

»Du hast Oliver gerade verpasst. Er ist im Krankenhaus. Bei seinem Vater.«

Und von jetzt auf gleich ist jedes Wohlgefühl aus meinem Inneren verschwunden.

30

Oliver

Die Klinik liegt etwa vierzig Minuten Fahrtzeit von der Chestnut Road entfernt – Zeit genug, um mir im Taxi darüber Gedanken zu machen, was von jetzt an alles anders werden muss. Es kommt mir vor, als hätte ich Winterschlaf gehalten, das allerdings gleich mehrere Winter lang. Nun bin ich mit einem Mal aufgewacht, fühle mich wie elektrisiert und greife sofort nach Stift und Notizblock, um eine To-do-Liste anzufertigen.

Punkt Nummer eins: Von jetzt an werde ich für meine Eltern da sein, komme, was wolle. Meine Mutter wird nicht noch einmal allein im Krankenhaus sitzen und auf ihren Sohn warten, der den Termin verpennt hat, weil er einmal mehr abgelenkt war.

Womit wir bei Punkt Nummer zwei wären. Es Hannah gegenüber auszusprechen, hat es für mich noch einmal sehr viel klarer gemacht: Auch wenn es gerade danach aussieht, als wäre ich eventuell wieder bereit dafür, mich einer Frau gegenüber zu öffnen, wird es mit Sicherheit nicht Lucy sein. Was auch immer sie gerade für Probleme in ihrer Beziehung hat, ich bin nicht der Typ Mensch, der in eine solche hineingrätscht. Wäre Lucy diejenige gewesen, die statt Hannah vor meiner Tür gestanden hätte … Aber sie war es nicht.

Ich bin nicht der Typ Mann, der sich einmischt. Und Lucy sicherlich nicht die Frau, die so schnell aufgibt. Wenn Lucy jemanden liebt, dann tut sie es ganz sicher mit all dem Enthusiasmus und der Leidenschaft, die sie auch in allen anderen Lebensbereichen ausmachen. Wenn Lucy jemanden liebt … Sagen wir einfach, derjenige ist schwer zu beneiden. Und ich bin das bedauerlicherweise nicht.

Ich betrete die Eingangshalle der Klinik, und jeder Gedanke an Lucy verflüchtigt sich. Ich bin ein schlechter Sohn, ein richtig schlechter. Das zeigt sich unter anderem darin, dass ich keine Ahnung habe, auf welcher Station ich meine Eltern zu suchen habe. Zu Beginn von Dads Behandlung war ich genau ein Mal hier, bevor ich mich von all dem zurückzog wie der Feigling, der ich nun einmal bin. Und selbst wenn ich mich noch an den Weg zu der damaligen Abteilung erinnern könnte, wüsste ich nicht, ob es heute noch die richtige ist.

»Hallo«, wende ich mich schließlich an die ältere Rezeptionistin, die mir schon von Weitem entgegenlächelt. Offenbar hat sie mich sofort als hilflosen Angehörigen erkannt. Das, oder Der-Welt-schlechtester-Sohn steht mir mittlerweile auf die Stirn geschrieben. »Ich möchte zu Craig Bellingcourt. Er wird hier wegen … Prostatakrebs behandelt und soll heute die Glocke läuten.«

Die Rezeptionistin, auf deren Namensschild steht, sie hieße Mrs. Lester, beginnt zu strahlen.

»Das sind mit Abstand die besten Gründe, um ins Krankenhaus zu kommen«, sagt sie und weist mir den Weg zu den Aufzügen.

Meine Mutter sitzt im Wartebereich, eine Zeitschrift in Händen. Als sie aufblickt und mich sieht, beginnt auch sie zu strahlen.

»Oliver!« Sie steht auf, und ich schließe sie in meine Arme.

»Mum. Tut mir leid, dass ich nicht eher hier war.« Sie rückt von mir ab und tätschelt meine Wange im Begriff abzuwiegeln, doch ich komme ihr zuvor. »Tut mir leid, dass du mich an den Termin erinnern musstest. Ich weiß manchmal selbst nicht, was mit mir los ist, aber ... ich weiß, ich will es künftig besser machen. Ich war nicht da in all der Zeit. Keine Ahnung, *wo* ich gewesen bin, aber von jetzt an bin ich hier. Bei euch. Versprochen.« Und dann muss ich beinah über mich selbst lachen, denn: »Jetzt, wo es hoffentlich so gut wie vorbei ist.« Ich schüttle den Kopf. »Es tut mir ehrlich unfassbar leid, Mum.«

»Dir muss gar nichts leidtun.« Meine Mutter lächelt mich an. »Erst recht nicht, dass du so eine sensible Seele bist.«

Und die bin ich tatsächlich, nehme ich an. Und ich weiß auch, wo das herkommt. Denn als meine Mutter das nächste Mal über meine Wange streicht, haben wir beide Tränen in den Augen, und nur eine Sekunde später liegen wir uns in den Armen. Keine Ahnung, weshalb ich dachte, es sei einfacher allein. Das ist es nicht. Das ist es ganz und gar nicht.

»Wo steckt Dad denn überhaupt?«, frage ich, als wir uns nach einer gefühlten Ewigkeit voneinander lösen. Die Augen meiner Mutter sind feucht, ihre Nase ist rot, und ziemlich sicher sehe ich ganz genauso aus.

Sie beugt sich über ihre Handtasche, während sie erwidert: »Er ist bei seinem Abschlussgespräch. Das kann sicher ein bisschen länger dauern.« Sie reicht mir ein Taschentuch.

»Danke. Und …« Ich sehe mich in dem Wartebereich um. »Wo ist nun diese ominöse Glocke?«

»Die ist …«

»Oliver!«

Beide drehen wir uns um in Richtung Tür. Und da steht – Lucy!

Sie trägt Jeans, Cowboy-Stiefel, eine weite, helle Bluse – und sie sieht aus, als sei sie meiner Fantasie entsprungen.

Ich blinzle, doch sie ist noch da.

Im nächsten Moment ist sie auf mich zugesprungen und mir um den Hals gefallen. Automatisch schließe ich sie in die Arme. Sie ist hier, und sie fühlt sich auch nicht an wie eine Erscheinung.

»Oliver!« Der Name klingt erstickt, weil sie ihn in mein T-Shirt murmelt. »Es tut mir so furchtbar leid, dass ich nicht da war. Du hättest mich anrufen sollen, ich wäre doch sofort gekommen.«

Sie hebt den Kopf und sieht mir in die vermutlich nach wie vor geröteten, verwirrten Augen, doch ich lasse sie nicht los.

»Heute tut irgendwie allen alles leid«, sagt meine Mutter,

und Lucy reißt erschrocken die Augen auf, bevor sie sich von mir los- und einen Schritt nach hinten macht.

»Oh. Natürlich. Mrs. Bellingcourt. Hi! Ich bin Lucy. Ich wollte nicht einfach so hier hereinplatzen. Ich meine … Ich hatte mir vorher nicht überlegt, ob das vielleicht unangebracht ist. Tut mir sehr leid.«

Meine Mutter grinst. »Sag ich doch, allen tut alles leid. Muss es aber doch gar nicht.« Womit sie die verdutzte Lucy an sich drückt, bevor sie mir zuzwinkert.

»Ich hole uns einen Tee. Und lass euch allein. Ihr habt sicher einiges zu besprechen. Habe ich recht?« Sie winkt uns noch einmal zu, und dann ist sie weg.

»Lucy, was machst du denn hier?« Wir stehen einander gegenüber, und ich starre sie an. Wenn es nach mir ginge, könnte ich das den ganzen Tag lang tun, aber das ist sicherlich nicht sonderlich produktiv.

»Ich war in der Chestnut Road«, erwidert Lucy, und sie klingt nach wie vor atemlos, »aber du warst nicht da. Und es hat geheißen, du bist im Krankenhaus, und da bin ich sofort ins nächste Taxi gesprungen und hergefahren. Geht es deinem Vater gut? Bitte sag, dass es deinem Vater gut geht.«

»Ich hab ihn noch nicht gesehen, aber ich gehe davon aus, dass es meinem Vater gut geht«, erwidere ich stirnrunzelnd. »Er hat gerade sein Abschlussgespräch, bevor die Glocke geläutet wird.«

Lucy blinzelt mich an. »Es geht deinem Vater gut und er läutet die Glocke?«

»Ja. Was hast du denn gedacht?«

»Ich dachte ...« Jetzt ist es an Lucy, die Stirn zu runzeln, was die kleine Falte über ihrer Nase zum Vorschein bringt. Wie schon die Male zuvor verspüre ich den Impuls, sie glattstreichen zu wollen. Und diesmal tue ich es. Die Geste zaubert ein flüchtiges Lächeln auf Lucys Gesicht, dann schluckt sie.

»Yunai klang so ...«

»Oh, nein.« Ich lasse die Hand sinken. »Du hast mit Yunai gesprochen.« Und die hat es sicher so klingen lassen, als wäre ich ans Sterbebett meines Vaters geeilt. Oder schlimmer. Ich sehe Lucy erschrocken an. »Sie hat dir doch nicht gedroht, oder?«

»Sie hat gesagt, sie prügelt mich windelweich, wenn ich dir wehtue.«

Für einen Moment bin ich sprachlos. Dann schüttle ich den Kopf. »Das tut mir leid. Das tut mir ehrlich furchtbar leid. Yunai ... sagen wir, sie hat da so eine Art Reputation in Sachen Gewaltandrohung.« Ich verziehe das Gesicht. »Sorry. Tut mir leid. Wirklich.«

Lucy lächelt mich an. »Allen tut irgendwie alles leid heute, hm?«

Ich lächle ebenfalls. »So ungefähr.« Und für ein paar Sekunden vergesse ich, wo ich bin und weshalb und was ich eigentlich fragen wollte, was ich unbedingt wissen muss, und dann fällt es mir wieder ein. »Aber – was machst du hier? In Brighton?«

Lucy nickt, dann holt sie einmal tief Luft. »London war nichts für mich. Und das Leben, das Dan und ich uns gemeinsam ausgemalt haben, womöglich auch nicht. Weshalb wir beide, *einvernehmlich*, zu dem Schluss gekommen sind, dass wir besser doch nicht heiraten.« Beinah verlegen zuckt Lucy mit den Schultern, während ich an ihren Lippen hänge, noch nicht ganz in der Lage zu begreifen, was sie gerade gesagt hat. Und was das alles mit mir zu tun hat. Mit mir, Oliver Bellingcourt, Computernerd und Höhlenmensch.

»Wir wollen Freunde bleiben«, fährt sie fort.

»Wer?«

»Dan und ich.« Lucy lächelt. »Beziehungsweise wollen wir es werden. Weil wir festgestellt haben, dass uns die Freundschaft unterwegs verloren gegangen ist. Das Fundament, sozusagen. Für unsere Beziehung.«

»Heißt das, ihr wollt es noch mal miteinander versuchen?« Und nun bin ich erst recht verwirrt. »Wenn ihr eure Freundschaft gerettet habt?«

Lucy lacht auf. »Um Himmels willen, nein«, ruft sie bestimmt und winkt ab. »Ich wollte damit nur sagen: Andersrum ist es besser. Stimmt's?«

»Andersrum?«

»Andersrum. Wenn man zuerst befreundet ist. Und dann sieht, was daraus wird.«

Und jetzt – jetzt sieht Lucy mich an, wie sie mich noch nie zuvor angesehen hat. Ernst und liebevoll und ängstlich und hoffnungsvoll und unsicher und entschlossen und alles auf einmal. Und ich, weil ich nun mal nicht Casanova, sondern ein Computerdepp bin, kann nichts weiter tun, als sie anzustarren.

»So – so wie wir?«, bringe ich schließlich heraus, und dann muss ich schlucken, und Lucy verkneift sich ein Lächeln, ich sehe es genau.

»Mir ist klar, dass wir uns erst seit ein paar Wochen kennen«, sagt sie anstelle einer Antwort. »Aber ... es kommt mir irgendwie viel länger vor.«

»Mir auch«, erwidere ich schnell. Fast schon übereifrig, und jetzt lächelt Lucy wirklich, und ich lächle auch, und wenn sie nicht gestorben sind ...

»Bist du dir sicher?«, frage ich, eine Ewigkeit später, mit Lucys Händen in meinen und einem Gefühl in mir, als müsste ich von innen glühen.

»Absolut.« Lucy nickt, dann grinst sie breit. »War mir nie sicherer.«

Sehr langsam beuge ich mich vor, ohne sie dabei aus den Augen zu lassen, aus Angst, sie könnte von jetzt auf gleich verschwinden. Und das, was gerade gesprochen wurde, war nichts weiter als ein wunderschöner, wenngleich reichlich unrealistischer Traum.

»Lucy«, flüstere ich, und meine Lippen sind ihren schon so nah, beinah berühren sie sich, da lässt die donnernde Stimme meines Vaters uns vor Schreck wieder auseinanderfahren.

»Oliver!« Er steht im Türrahmen, ein breites Grinsen auf seinem hageren Gesicht, das ihn um Jahre jünger erscheinen lässt. Und gesünder. Meine Mutter hängt an seinem Arm. Glücklich. Ich hoffe ehrlich, dass das hier kein Traum ist. All das ist zu schön, um wahr zu sein.

»Was hab ich dir gesagt, Craig?«, sagt meine Mutter fröhlich. »Sie ist es. Scheint was Ernstes zu sein.«

»Donnerwetter!« Mein Vater mustert Lucy wohlwollend, bevor er mir zunickt, als hätte ich im Lotto gewonnen. Schließlich wendet er sich wieder Mum zu. »Wo ist jetzt diese Glocke? Lass uns schnell bimmeln und dann raus hier, den Rest des Lebens feiern!«

»Machen wir eine Party draus!«

»Ganz recht, Liebling – wir machen eine Party draus!«

Ich sehe meinen Eltern nach und dann wieder zu Lucy.

»Sorry. Familie. Sie ... Gott. Was ...«

Lucy bricht in Gelächter aus. »Was ist mit diesem Gestammel? Geht es dir gut? *Ist es was Ernstes?*« Sie greift nach meiner Hand und macht sich auf den Weg in die Richtung, in der meine Eltern verschwunden sind.

»Sehr ernst«, versichere ich, während ich stehen bleibe und Lucy an mich ziehe. »Sehr, sehr ernst«, wiederhole ich, und dann, dann küsse ich sie. Endlich.

Zwei Wochen später

»Hast du das gehört?«, flüstert Oliver.

»Was?«, flüstere ich zurück. Ich höre gar nichts. Oh, Moment mal, das ist nicht ganz richtig: Ich höre Olivers Herzschlag, laut und deutlich, was kaum verwundert, nachdem mein Ohr an seiner Brust liegt. Eine äußerst bequeme Brust. Nicht hart, nicht weich, nicht über alle Maßen ausladend, sodass man Probleme bekommt, sie mit einem Arm zu umschlingen. Zarte Haut. Davon, wie Oliver duftet, möchte ich gar nicht erst anfangen. Ich kuschle mich ein Stück näher an ihn heran, obwohl das eigentlich kaum mehr möglich ist. Olivers Brustkorb beginnt zu vibrieren, und ich hebe den Kopf.

»Hey! Worüber lachst du?«

»Du bist wieder eingeschlafen.«

»Bin ich nicht!« Bin ich doch. Ich rolle mich zurück auf die Gästematratze und strecke mich. Es ist die zweite Nacht hier und nach wie vor ungewohnt, wieder auf dieser Matratze zu liegen, nachdem wir die zwei Wochen davor unten in Olivers Wohnung übernachtet haben. Aber der Container mit meinen Sachen müsste jetzt jederzeit ankommen, und Oliver wollte möglichst vorher dem Spuk auf die Schliche kommen. Und ihm hoffentlich ein Ende bereiten.

Er ist da viel mutiger als ich. Und sehr viel verständnisvoller als dieser Kerl von der Hausverwaltung, der mir mitteilte, dass es durchaus nicht so einfach sei, dieser Tage eine bezahlbare Wohnung in Brighton zu ergattern, noch dazu in dieser Größe oder in der Lage, weshalb ich nach einem kurzen *Danke für die Auskunft* das Gespräch wieder beendet habe.

Die Wahrheit ist: Das Apartment ist jetzt eigentlich zu groß für mich allein. Und die Miete werde ich ohne eine Mitbewohnerin auf Dauer ebenfalls nicht stemmen können – nicht mit meinem Honorar als freie Tanzlehrerin. Denn ja, ich arbeite wieder für Miriam – es ist uns tatsächlich gelungen, nicht nur einen, sondern gleich zwei Linedance-Kurse zusammenzustellen. Allerdings haben wir uns darauf geeinigt, dass ich es auf freier Basis tue und nicht mehr in Festanstellung, was mein Budget im Augenblick ein wenig dezimiert. Ich hoffe, dass sich das langfristig wieder ändert. Mein Ziel ist es, als freie Kursleiterin auch noch anderenorts zu unterrichten, beispielsweise an der Schule, die die Mädchen meiner Samstagskurse besuchen.

Nach wie vor treffen wir uns samstags auf dem Basketballplatz, was ich über den Sommer unbedingt beibehalten möchte, vielleicht höre ich sogar erst Ende September damit auf. Die Mädchen sind mir ans Herz gewachsen, es hat sich eine richtige kleine Clique geformt. Ganz abgesehen davon liebe ich es, wenn Oliver mich zum Basketballplatz begleitet. Er ist nach wie vor nicht der begnadetste Tänzer, doch mittlerweile bekommt er die wichtigsten Schritte ziemlich gut hin. Mehr als das. Er hat Spaß dabei. Und man sieht es.

Ich drehe den Kopf nach rechts und beobachte ihn dabei, wie er aufsteht und sanft damit beginnt, die Wände abzuklopfen. Mir ist klar, er hält sich für einen Nerd und Eremiten, und ganz sicher könnte er nicht weiter davon entfernt sein, sich für begehrenswert oder gar sexy zu halten, aber genau das macht ihn ja so sexy. Und begehrenswert. Und toll. Und großartig. Und … alles.

»Hör auf, mir auf den Hintern zu starren, und hilf mir lieber«, unterbricht er meine Gedanken, ohne mich dabei anzusehen.

Grinsend stehe ich auf, hülle mich in unsere Bettdecke und tapse über die Küchenfliesen zu Oliver hinüber, der mittlerweile ein Ohr an die Wand gepresst hat.

»Warum kommt es mir so vor, als sei dir gar nicht mehr wichtig herauszufinden, was diese Geräusche verursacht?«, fragt er, doch es klingt kein bisschen vorwurfsvoll, er lächelt dabei.

»Das liegt vielleicht daran …«, beginne ich, doch dann weiten sich Olivers Augen (wunderschön, dunkel und tief), und er hebt die Hand.

»Da ist es wieder«, flüstert er beinah tonlos.

Ein Kratzen und Schleifen, dann knackt es plötzlich.

Ich ziehe die Decke enger um meinen Körper.

Oliver streicht mit seinen Händen (groß, mit schlanken, wunderschönen Fingern), die Wand entlang, über den Türrahmen hinweg weiter bis zur Küchenzeile.

»Ich tippe auf den Lüftungsschacht«, murmelt er, greift nach einem Stuhl und ist im Begriff, darauf zu steigen, als ich ihn am Arm zurückhalte.

»Stopp! Der ist doch viel zu wacklig! Ich hole die Leiter.«

»Okay.«

Ich lasse Olivers Arm nicht los. Stattdessen greife ich mit der anderen Hand in den Stoff seines T-Shirts und ziehe ihn damit näher zu mir heran.

»Hm«, macht er, während er sich zu mir herunterbeugt, damit ich das tun kann, wonach es eindeutig aussieht.

»Hm«, summe ich gegen seine Lippen. Oliver zu küssen, ist wie Zucker essen – wenn man einmal damit angefangen hat, ist es sehr schwer, damit aufzuhören.

»Lucy«, wispert er, während ich mich über sein Kinn zu seinem Nacken knabbere.

»Hm?«

»Die Leiter!« Er lacht schon wieder.

Ich lasse seufzend von ihm ab und hole die Leiter.

»Will ich wirklich wissen, was sich dahinter verbirgt?«, frage ich.

Über den Küchenschränken und kurz unter der Zimmerdecke hat Oliver den Zugang zu einem Lüftungsschacht entdeckt. Das Gitter ist alt, vergilbt, voller Staub und Spinnweben und ohne Leiter gar nicht zu entdecken, was sein Erscheinungsbild erklärt, schätze ich mal. Gerade eben hat er die Schrauben gelöst und ist im Begriff, es von dem ekligen Loch zu heben, das sich ziemlich sicher dahinter verbirgt.

»Das, oder du willst jede zweite Nacht von seltsamen Geräuschen geweckt werden, die du nicht zuordnen kannst.«

»Gruseligen Geräuschen.«

»Ganz recht.«

»Mist.« Ich ziehe die Decke wieder enger um meinen Körper. »Was, wenn uns gleich eine Horde Ratten entgegenspringt? Oder noch schlimmer – Spinnen? Oh, mein Gott, bitte, lass es keine Spinnen sein. Ekelhaft.« Es schüttelt mich.

Um Olivers Mund (den wunderschönen) zuckt es. Es erinnert mich daran, wie wir schon einmal so standen – ich unten, er oben auf der Leiter –, als er meine Glühbirnen angeschlossen hat. Was dieses leise Lächeln schon damals in mir ausgelöst hat. Dass es mich berührt hat, auch wenn ich mir das zu jenem Zeitpunkt noch nicht eingestehen konnte. All das ist noch gar nicht lange her, doch es kommt mir vor wie eine Ewigkeit. Als würde ich Oliver schon immer kennen. Als wären wir nie nicht zusammen gewesen.

»Lucy, hörst du mir zu?«

»Oh. Nein. Was?«

Oliver schüttelt lachend den Kopf. »Was ist denn heute los mit dir?«

Nichts, denke ich. Ich bin verliebt, denke ich. Sonst nichts.

»Ich habe gesagt, du kannst gerne draußen warten, bis ich weiß, was sich hinter diesem Gitter verbirgt.« Er lächelt mich an.

»Und dich schutzlos angreifenden Ratten, wahlweise Spinnen überlassen?« Ich lächle ebenfalls. »Niemals!«

»Okay, dann ...« Er zieht die Brauen nach oben und holt sichtbar Luft, bevor er nach dem Gitter greift.

Er zieht es ab.

Nichts passiert.

»Gibst du mir mein Handy?« Oliver streckt die Hand in meine Richtung. »Und vielleicht einen Kochlöffel oder – haben wir einen Meterstab? Irgendetwas, womit ich ein bisschen herumstochern kann?«

»Herumstochern«, murmle ich, während ich Oliver das Handy reiche und den Meterstab, den ich tatsächlich gekauft habe, um die Wände auszumessen.

Oliver leuchtet erst in den Schacht, bevor er den Zollstock hineingleiten lässt. Nach einigen Sekunden zieht er ihn wieder heraus. »Okay«, beginnt er, »das ist erst mal alles, was wir ... ah, Hilfe! Was zur Hölle?«

»Was? Das kann doch nicht ...« Ich schlage schützend die Hände über dem Kopf zusammen, ehe ich zu ihm hochblinzle beziehungsweise zu dem roten Kater, der eben in diesem Augenblick aus der Schachtöffnung geschossen kam, auf der Jagd nach Olivers Meterstab. Er schlägt ein paarmal danach, bevor er sich auf sein Hinterteil setzt und damit beginnt, seine Pfote zu putzen.

»Kater!«, rufe ich verblüfft.

»Allerdings.« Oliver nickt.

»Wie ist er da hineingekommen?«

»Das gilt es wohl als Nächstes herauszufinden.« Oliver greift nach dem Kater, steigt mit ihm im Arm die Leiter herunter und bleibt vor mir stehen. »Ein Glück bin ich Experte in Sachen Rätsel und deren Lösungen«, sagt er.

»Oh, ja«, stimme ich grinsend zu. »In der virtuellen wie offensichtlich auch in der realen Welt.«

Oliver drückt mir einen Kuss auf die Lippen und den schnurrenden Kater in die Arme, bevor er rasch nach der Bettdecke greift, die von meinen Armen zu rutschen droht. Er legt sie sich selbst um die Schultern und breitet dann einen schützenden Kokon um mich und den kleinen Hausgeist.

»Die reale Welt gefällt mir im Moment ausgesprochen gut«, sagt er.

»Ja, oder?«, stimme ich zu. »Und dabei ist das erst der Anfang.«

»Level 1.« Oliver nickt.

Ich lächle. »Level 1.«

Vier Monate später

Lieber Jack,

oder soll ich dich John nennen? Henry, Clark, Timothy? Edgar? Nein, lieber nicht Edgar, sonst denkt Edna am Ende, dass ich mich über sie lustig machen will. Das tue ich nicht. Ehrlich nicht. Ich bin nur ... ein kleines bisschen verzweifelt.

Lucy ist jetzt schon beinah zehn Tage weg. Sie ist über die Feiertage zu ihrer Familie nach Texas geflogen. Und da ich sie wirklich sehr vermisse, mit jedem Augenblick mehr eigentlich ... Du weißt schon. Ich meine, keine Ahnung. Vielleicht hilft es ja, sich mit einem Tagebuch zu unterhalten, wenn schon sonst nichts mehr hilft?

Also gut. Okay. Wo fange ich an?

Lucy.

Lucy und ich kennen uns jetzt ein knappes halbes Jahr. Und natürlich ist mir klar, dass ein halbes Jahr ein ganzes Leben auf den Kopf stellen kann – ich meine, Catmosphere *hat das schließlich auch geschafft. Ich hatte nur nicht damit gerechnet, dass es mit einem anderen Menschen so sein könnte. Dass es sich vom ersten Tag an richtig anfühlt. So richtig*

richtig, wenn du verstehst, was ich meine. Als sollte alles exakt so sein. Als wäre etwas anderes überhaupt keine Option.

Ich weiß, dass Lucy ähnlich empfindet. Und dass wir trotzdem darüber gesprochen haben, ob wir zu schnell, zu unüberlegt, zu überstürzt gehandelt haben (wegen Dan. Wegen der Verlobung. Wegen … allem). Von einer Freundschaft zum Liebespaar. Von null auf hundert. Von einer Beziehung in die nächste. Von einem gut sortierten Manager-Typ zu einem nerdigen Chaoten, der gerade keine Ahnung hat, wie er sein Leben auf die Reihe kriegen soll. Um ganz ehrlich zu sein, war ich mir anfangs überhaupt nicht sicher, ob ich all dem gerecht werden könnte. Ob ich ihr gerecht werden kann. Und ich fürchte, ich bin es nach wie vor nicht zu einhundert Prozent. Bin ich wirklich der Richtige? Bin ich … Aua. Das war der Rippenboxer, den Lucy mir jetzt ganz sicher verpassen würde. Ich bin nicht berechtigt, solche Dinge über mich selbst zu sagen. Es kann sie richtig wütend machen.

Ah, Lucy. Es wird ehrlich Zeit, dass du zurückkommst. Denn alles, was ich sicher weiß, ist: Seit Lucy und ich zusammen sind, fühle ich mich nicht mehr wie ich selbst. Ich fühle mich nicht mehr unruhig, unsicher, von irgendetwas irgendwohin getrieben, das ich nicht ausmachen kann und nie erreichen werde. Seit Lucy und ich zusammen sind, fühle ich mich … zu Hause. In mir selbst. Falls das irgendeinen Sinn ergibt?

Okay, jetzt wird es wirklich schwülstig, oder? Zu rührselig, richtig? Ja, ich weiß. Also gut. Themenwechsel.

Der Kater. Kater geht es gut. Ich fürchte nur, Lucy wird einiges an Erziehungsarbeit leisten müssen, wenn sie wieder hier ist. Dante verwöhnt den Kleinen nach Strich und Faden. Weshalb er die vergangenen Tage kaum mehr hier bei mir in der Wohnung war, sondern hauptsächlich oben in Lucys Apartment. Und dort bekommt er, was immer Romeo und Dante aus dem Little Italy *nach Hause schleppen. Allmählich könnten wir den Kleinen Garfield taufen. Ist der nicht auch in einem italienischen Restaurant groß geworden?*

Ich weiß, ich war am Anfang nicht zu einhundert Prozent glücklich darüber, dass Lucy sich als Mitbewohner ausgerechnet Dante und Romeo ausgesucht hat, aber letztlich hat sich bewahrheitet, was sie von Anfang an vermutet hatte: Ein Kerl, der so laut bellt wie Dante Esposito, beißt ganz sicher nicht. Ich würde sogar behaupten, das Gegenteil ist der Fall. Wenn ich mich nicht komplett täusche, bellt Dante sogar ausschließlich deshalb so laut, weil er von dem Umstand ablenken will, dass er im Grunde gar nicht interessiert ist. Erinnerst du dich an das Geburtstagsfest von Julie Cooper im Little Italy*? Es ist mir erst viel später aufgefallen, und ganz sicher bin ich mir nach wie vor nicht, aber ich glaube, Dante ist schon seit Ewigkeiten verliebt in …*

Kleinen Moment, es hat an der Tür geläutet.

Oh, verdammt, sie ist zurück! Lucy ist zurück! Eine Woche früher als erwartet, weil …

»Okay, Bellingcourt, Schluss damit.«

»Es war deine Idee, mir ein Tagebuch zuzulegen, schon vergessen?«

»Damit du nicht so einsam bist, während ich weg bin. Aber jetzt bin ich ja wieder da.«

»Jetzt bist du wieder da. Warum eigentlich?«

»Weil … zu Hause ist es am schönsten, stimmt's? Sieh mich nicht so an, Oliver.«

»Wie sehe ich dich denn an?«

»Wie Kater, wenn Dante mit den Resten aus dem *Little Italy* nach oben kommt. So, als wolltest du mich fressen.«

»Lucy…«

»Hm?«

»Warum bist du wirklich früher zurückgekommen?«

»Weil … zu Hause auf einmal kein Ort mehr für mich ist.«

»Nein?«

»Nein, Oliver.«

Und dann sieht sie mich einfach nur an. Und diese Blicke, sie sagen mehr als Worte. Sie sagen mir alles, was ich wissen muss.